Ernst Augustin

Badehaus Zwei

Ernst Augustin

Badehaus Zwei

Roman

Verlag C. H. Beck

Der Roman «*Das Badehaus*», der von Ernst Augustin zum Teil neu geschrieben wurde, erschien zuerst 1963.

Druck und Bindung: Pustet, Regensburg
Gesetzt aus der Trump Mediävel bei Amann, Aichstetten
Gedruckt auf säurefreiem, alterungsbeständigem Papier
(hergestellt aus chlorfrei gebleichtem Zellstoff)
Printed in Germany
ISBN 10: 3 406 55 066 5
ISBN 13: 978 3 406 55066 9

www.beck.de

Im medizinischen
Bereich ist ein Todesfall
ohne weiteres möglich.

Es beginnt damit, daß ich mich für mein Unternehmen schminke.

Im Spiegel steht ein weißes Gelände mit zwei Augenlöchern, mit einer Spalte, die sich beim Sprechen öffnet und das Schwarze im Innern zeigt. Noch ist nichts festgelegt, die Gesichtszüge sind locker, unverbindlich. Die Stirn erscheint, je nachdem wie ich die Haare kämme, hoch oder niedrig. Durch Verlängerung der Oberlippe zum Beispiel wirke ich wie ein Holländer – und wenn ich dazu die Nasenflügel blähe und womöglich noch etwas Watte dahinter stopfe, sehe ich fast aus wie David Haferkorn.

Er sagt zu mir:

«Eddy, du bist doch Bankbeamter. Du hast eine Vertrauensstellung, du mußt doch etwas Kleingeld beschaffen können.»

Das ist richtig. Andererseits läßt sich sagen, daß ich bei der Bank nicht sehr erfolgreich war; deshalb sitze ich an diesem Vormittag vor dem Spiegel – die Hitze dringt bereits schwer durch die Jalousie, weicht die Farbe in den Schminktöpfen auf – und versuche, den sonderbar körnigen, versengten Gesichtston Davids herauszubringen.

Er sagt draußen auf dem Flur:

«Eddy, du bist zu schwerfällig.»

Er hat keine Ahnung, wie wenig schwerfällig ich bin. Ich trage rasch und bestimmt die Farbe auf, bemühe mich auch um eine leichte Abweichung ins Gelbe, ins Malariagelbe, besonders über den Jochbögen, denn auf Einzelheiten lege ich Wert. Allein für den Schnurrbart brauche ich an diesem Vormittag (während die Hitze in weißen Streifen ins Zimmer sickert) fast zwei Stunden: Habe zunächst einen großen Mendoza angelegt, gleichmäßig breit von der Mitte der Oberlippe bis zu den Mundwinkeln reichend, rasiere ihn aber später bis auf eine feine Linie fort, entferne schließlich auch den Rest und entwickle auf diesem Umweg die bartlose Oberlippe David Haferkorns.

Er ruft von draußen: «Sei nicht kleinlich, Eddy, wir brauchen mindestens sechshundert.»

Auch das ist richtig, wenn man das gestrige Diner mit meiner Frau in Rechnung setzt, und das weiße Complet, das er ihr geschenkt hat; wenn man vor allem an seine lächerliche neue Sportkleidung denkt. Aber Lea scheint das ja zu lieben. Lea – das ist meine Frau – sagt immer: Tch, ist der lustig, wenn der Witze macht, kann man sich vor Lachen nicht halten. Der gute David macht aber meist Witze mit der Hand unterm Tisch, und Lea kann sich tatsächlich so wenig halten, daß ihr immer schon nach kurzer Zeit Tränen über die Wangen laufen, und sie ist eine süße Frau, die Lea, wie ein Stück Kuchen. Ich erinnere mich an die Überfahrt von Barcelona. Damals lernten wir David Haferkorn kennen, das heißt, sie hatte ihn wegen seines holländischen Akzents angesprochen. Sie haben recht, erwiderte David, ich bin Holländer. Er zeigte sich sehr entgegenkommend, versorgte uns mit Getränken und brachte eine Wolldecke für Lea.

Dann kam die Nacht.

Das Schiff war stark überfüllt, so daß keine Kabinen mehr zu haben waren; anfangs lagen wir in Liegestühlen und später, als uns das zu unbequem wurde, auf Matten. Wir hatten eine ruhige Überfahrt, es war sehr dunkel, fast windstill, also angenehm auf dem warmen luftigen Oberdeck. Erst morgens bemerkte ich, daß der Holländer während der Nacht neben meiner Frau gelegen hatte. Ich links neben ihr, er rechts. Gänzlich unbefangen wurde mir ein schöner Morgen gewünscht; was hätte ich tun sollen?

Ich selbst stellte zu dieser Zeit einen Bankbeamten dar, einen engbrüstigen Herrn, der mit seiner Gattin zur Erholung reiste, besonders engbrüstig, in zu diesem Zweck ganz schmal gearbeiteter Weste. Jackett über den Schultern knapp geschnitten, an den Hüften glockig. Als David sich erbot, uns bei der Landung behilflich zu sein, konnte ich es nicht gut ablehnen. Er trug die Koffer, begleitete uns auch ins Hotel und nahm ein Zimmer auf derselben Etage.

Wenn ich mich für einen Fall entschieden habe, behandle ich ihn im allgemeinen mit großer Umsicht und Präzision. Ich benutze die von Leichner erfundenen Fettschminken, Mischungen von Farben mit feinsten Fetten. Flüssige Schminken, ammoniakalische Lösungen von Karmin oder Eosin, sind nicht empfehlenswert. Dagegen bevorzuge ich Grundkörper wie Mennige, Bleiglanz, Schwefelantimon oder Braunstein: Die Kunst besteht darin, diese Stoffe der Haut auf natürliche Weise zu verbinden, und diese Kunst ist alt (unter Ludwig XIV. sollen jährlich zwei Millionen Töpfchen Schminke verbraucht worden sein). David klopft an die Tür.

Er sagt:

«Wir brauchen Nachschub, Eddy. Wenn du erlaubst, habe ich das Scheckbuch gleich mitgebracht.»

Er denkt: Wer so eine schmale Weste trägt, kann nicht der allerkräftigste sein. Am Strand bläst er sich auf und ist tatsächlich doppelt so breit und braun wie ich selber. Das Meer wälzt sich durch die Bucht herein, riecht nach Algen und Fischknochen, und ich stehe da im Schatten des Pfahles, an dem die Kleider hängen, bin noch immer durch die Weste, die ich abgelegt habe, eingeengt. Und Lea vergleicht uns beide miteinander. In der Nacht liege ich nicht neben ihr, denn man hat mir ein Einzelzimmer gegeben. Es ist nicht schlecht, etwas schmal, so daß wirklich nur ein Bett Platz hat, und auch reichlich heiß, weil das Fenster nach Süden hinausgeht. Dafür ist es aber mit einer guten Jalousie ausgestattet. Ich habe Zeit zum Nachdenken.

In der Nacht höre ich sie manchmal sprechen.

«Kann er uns hören?»

«Nein, er hat sich die Ohren verstopft.»

«Warum tut er das?»

«Weil er sonst nicht schlafen kann. Er braucht seinen Schlaf, er ist nicht der Kräftigste.»

So darf man jetzt über mich sprechen! Es hat andere Zeiten gegeben, o ja. Damals hieß es: Du bist doch unsere Schwalbe. Und ich stieg mühelos drei Stockwerke hoch, 1938 am Kaufhaus Stecher, ganz glatte Außenfassade, ohne Haltegurte, ohne zweiten Mann, wie eine Schwalbe. Aber heute darf man sich am Strand aufblasen und sagen: Eddy paß auf, du verlierst deine Hose, wenn ich im Schatten des Pfahles stehe, und meine Frau denkt wirklich, ich verliere meine Hose, weil ich so dünn geworden bin.

Von meinem Fenster kann ich über den Hof hinweg auf die Speiseterrasse blicken, dort essen sie eine Portion Seekrebse. Vorweg haben sie schon Käsecremesuppe gegessen, und nachher werden sie, wenn mich nicht alles täuscht, Filetröllchen bestellen. Zusammen mit dem Badeanzug für Lea und der Leinenjacke für David wird es weitere dreihundert ausmachen. David wird in seiner neuen Jacke mein Zimmer ausfüllen und herzlich lachen, damit ich seine gute Absicht erkenne, und ich werde einen Scheck ausschreiben, der nicht gedeckt ist.

Eddy, haben sie gesagt, du bist ein As, du klebst wie 'ne Fliege an der Mauer. Es war in diesem ungewöhnlich heißen Sommer 38. Ich wohnte Ackerstraße, nahe Ecke Rosenthaler. Um ein Uhr stieg ich aus meinem Fenster rittlings auf die Umfassungsmauer, und um drei Uhr zehn steckte ich die Hand durch die Fensterscheibe im dritten Stockwerk des Kaufhauses Stecher. Da roch es so schön nach Lederwaren, nach Popelinemänteln, da roch es nach dem Allerfeinsten, und das Waffelmuster der Zahlkassen schimmerte bläulich in der frühen Dämmerung. Meine beste Arbeit, sauber, präzise, glatt wie eine Lanze.

Und nun sagt man zu mir:

«Eddy, komm mit baden, sei nicht langweilig, du hast noch die ganze Nacht Zeit zum Schlafen!» Denn er möchte gerne, daß ich dabei bin, wenn er am Strand die braunen Glieder aufbläst, er hat den Arm um Leas Schulter gelegt und ruft strahlend vom Hof herauf.

«Komm, Eddy, alter Miesepeter.»

Aber er irrt sich. Ich bin noch nicht am Ende. Vor dem Spiegel verreibe ich etwas *bolus ruber* auf meinem Oberkörper, atme tief ein und aus, spanne die Arme mit verschränkten Fingern und zerdrücke eine Kartoffel zwischen den Handflächen. Hält man es für möglich: Ich bin genauso breit und braun wie David Haferkorn.

Ich vermag auch seinen Gang nachzuahmen.

Und ich kann so wie er im Gespräch das rechte Ohr

hinhalten und bei den Worten «Schultheiß» und «schade» mein Gegenüber im Spiegel ansprühen. David ist, wie er versichert, aus wohlhabendem Hause. Sohn des Privatgelehrten und Balneologen Prof. E. Haferkorn, und fest steht jedenfalls, daß David seit Jahren nicht zu Hause gewesen ist.

Es gibt eine Fotografie, die mir große Dienste leistet, ein Familienbild: David im neunten Lebensjahr, stehend, in der Hand eine Matrosenmütze, – seine Mutter im Sessel, etwas unmodern in gefältelter Bluse und zu langem Rock, eine verhältnismäßig hübsche Frau – daneben, auf die Lehne gestützt, sein Vater, der Professor, ernsthaft, schmächtig und sehr altväterlich. Das Bild ist rechts abgerissen, man erkennt aber noch die Ecke eines Schreibtisches und ein Stück des gefliesten Fußbodens, ein merkwürdig verzahntes Muster von schwarzen und weißen Steinplatten, die, eine Plastik vortäuschend, wie liegende Säulen aussehen.

Das Foto habe ich David einmal entwendet, als er betrunken in der Toilette lag; es war gerade niemand in der Nähe, und so zog ich es ihm einfach aus der Gesäßtasche.

Er sagte: «Ja, du Schwein, was hast du da hinten zu suchen.»

Ich dagegen: «Du solltest dich schämen, soviel zu trinken, David. Was würde dein Vater dazu sagen, wenn er dich so sähe.»

«Der Schisser», sagte David.

(Und ich kann das Wort genauso zwischen den Zähnen hervorsprühen wie er.)

David Haferkorn lag in der Toilette und hieb den Kopf auf die griesen Fliesen, schlief in dieser Lage ein. – Ich aber war inzwischen nicht untätig und übertrug Daten aus seinem Paß in mein Notizbuch. Denn solange er nüchtern war, ließ sich im allgemeinen wenig aus ihm herausholen; ich benötigte immerhin zwei bis drei Wochen, bis ich mir ein Bild von seiner Herkunft machen konnte, von der Stadt Hagel, dem Grundstück in der Großoststraße und dem Grundstück in der Wittenstraße. Und wenn ich mir das Wohnhaus – bis zum ersten Stock Quadersteine, vom zweiten ab gelb getüncht – in der Blumenstraße vorstelle, will fast so etwas wie Rührung in mir aufkommen: Der alte Mann, der seit zehn Jahren, oder wie lange es sein mag, auf seinen Sohn wartet. In diesem Haus.

Ich frage:

«Schickt er denn manchmal Geld?»

«Natürlich», sagt David.

Aber mir scheint, daß der alte Haferkorn keineswegs Geld schickt, ich glaube, daß er die Taschen zuhält, und ich sehe ihn deutlich vor mir, ein wenig störrisch in seiner Balneologie mit den Badewannen und verkochten Wasserleitungen. Und abends, als wir im Schankraum sitzen und David mißmutig mit dem Fuß gegen meinen Stuhl stößt, frage ich:

«Schickt er denn wirklich Geld?»

«Nein», brüllt David, «keinen Pfennig, und er hat schon ganz wunde Finger vom Geldzählen.»

Er trinkt meinen Cognac aus.

«Eine schäbige Eule.»

Aber da bin ich anderer Meinung. Ich sehe im Gegenteil ein feines, vergilbtes Gesicht mit traurig gebogenen Linien, sauber gewaschen, reinlich bei aller Sparsamkeit. Liebenswert. Und die Augen? Etwas sehschwach ja, vielleicht sogar ein wenig entzündet vom Geldzählen, aber warm und blau. – Und ich werde mich um einen solchen Ausdruck in den Augen bemühen, damit die Familienähnlichkeit deutlich wird.

Im übrigen ist mir völlig klar, daß David nicht in seiner jetzigen Verfassung nach Hause zurückkehren darf. Ich weiß nicht, wieviel er pro Trag trinkt, auf jeden Fall sind die Auswirkungen deutlich. Ich beobachte ihn: Er hat sich vom Stuhl gleiten lassen und hockt jetzt auf der Steinschwelle, er singt: «Denn die Morgenfrühe …», und meine Lea steht bei ihm, streichelt seinen Scheitel, sieht sehr besorgt auf ihn herab. Ich habe Lea immer bewundert. Sie trägt keine Strümpfe, die Haut über den Waden und an den Knien ist makellos wie eine bernsteinfarbene Milch, ohne jegliche Poren, ohne den leisesten Haarflaum. «… wenn die Winde um die Berge singen …» Er ist natürlich Deutscher.

Ich mache Lea auf seinen offenen Mund aufmerksam, ich zeige ihr, wie töricht er die Kinnlade hängen läßt. Öffne gleichfalls den Mund. Verstehst du? Wie töricht er singt. Nein, sie versteht nicht. Herrgott, siehst du nicht, wie sein (plumpes) Kinn hängt! Das sieht sie nicht.

«Lea», sage ich, sie heißt Lea. Sie hat ihre erbarmungsvollen Augen aufgeschlagen, groß und sanft wie die eines Esels, sie spricht nicht, sie denkt nicht (haben Sie jemals in die Augen eines Esels geblickt, Sie müßten sich zu Tode schämen), und die Haut ist gereizt von der Sonne am Strand, Weichteile, Polster an Schulter und Hüfte brennen, sie sitzt auf dem brennenden Hinterteil.

«Lea», sage ich, «in der Kommode in meinem Zimmer ist ein verschnürtes Paket, verstehst du, in der oberen Schublade. Da findest du alle für dich wichtigen Papiere. Denke auch daran, daß du deine Prämien rechtzeitig bezahlst.»

David richtet sich auf.

«Bist du der Ehemann?» ruft er.

Ich bejahe.

Er sieht einen Augenblick lang so aus, als ob er vergessen hätte, was er sagen wollte, dann ruft er:

«Ehemann, raus!» Und der Wirt, der um die Gläser fürchtet, drängt mich gutmütig aus der Tür.

Mit Ausnahme der Fotografie habe ich David nie etwas gestohlen. Seine Kleidung ließ ich beim Schneider kopieren, schaffte zudem alles mögliche Zubehör an, Leinenzeug, zerkratzte Schuhe, Ledergamaschen. Denn ich weiß ziemlich genau, wie man sich den Weitgereisten vorzustellen hat. Ich habe die ganze Garderobe in einen Jutesack gewickelt, damit sich der richtige Geruch ansetzt. So arbeite ich denn an diesem Vormittag vor dem Spiegel (die Jalousie reicht nicht aus, um die Hitze abzuhalten), und zwar lege ich weniger Wert auf ein naturgetreues Abbild, vielmehr möchte ich David so darstellen, wie ihn sein Vater wohl wiederzusehen hofft. Genauer gesagt: es handelt sich um den Typus des verlorenen Sohnes.

Ich bringe eine Tätowierung (Hammer und Flammenkreuz) am linken Unterarm an, färbe die Fingerspitzen, übe eine besondere Gangart ein, dieses lauernde Ziehen, als ob man im Sand liefe, abstoßend und gleichzeitig rührend für den Vater, der über das Schicksal des Sohnes nachträglich in Tränen ausbricht. Es ist von großem Vorteil, daß der Alte David seit zehn Jahren nicht gesehen hat. Wenn es mir gelingt, meine Oberlippe zu trainieren, daß sie mit zwei senkrechten Falten sich der Form eines Quadrates nähert (diese Eigentümlichkeit scheint mir der Schlüssel zu Davids Gesicht zu sein), dann glaube ich, den Alten überzeugen zu können. Ohrenstellung, leichtes Aufwölben der Nasenflügel, Zurücktreten der Augenbälle, Breite der Kinnbacken durch festen Aufbiß und entsprechende Entwicklung der Kaumuskulatur – nicht schwierig für mich. So wie andere Leute über ein absolutes Gehör verfügen, habe ich ein absolutes Gesicht: Ich bin in der Lage, meine eigenen

Gesichtszüge wie ein Außenstehender zu beurteilen. Selbst im Spiegel sehe ich mich nicht – wie andere – spiegelverkehrt, sondern übertrage das Bild automatisch in die richtige Lage. Zum Beispiel kann ich ohne weiteres auf den Händen laufen, nicht weil ich dazu besonders begabt bin, sondern allein aus Gründen des absoluten Gesichts.

Lediglich wegen des Hauspersonals habe ich Befürchtungen. David behauptet zwar, daß zu seiner Zeit nur ein alter Diener im Hause war, ein Faktotum, damals bereits fünfundsechzig Jahre alt, doch mag jetzt an seiner Stelle eine junge umsichtige Kraft stehen. Ein wendiger Sekretär!

Einmal, als Lea unterwegs ist, versuche ich vorsichtig, das Gespräch darauf zu bringen:

«Der Frehbohm nicht wahr, und der Rechtsanwalt Maurau ...»

Er sitzt im Korbsessel und schläft gleich ein.

«... und die kleine Judith, zum Beispiel», sage ich, «meinst du, daß sie dich erkennen würden, falls sie dich sähen?»

«Sicher», antwortet David.

Von der Tür her ruft Lea:

«David! Was hat er dir gesagt? Was will er von dir?»

Ja, sie ist streng mit uns geworden, sie muß wohl immerfort nachdenken, und denkt wohl nur daran, und ihre Polster brennen wohl heftig unter dem Kleid.

«Ob ich den Frehbohm kenne», sagt David. Sie ist

mir zu hellhörig geworden, ich kann mich nicht erinnern, daß sie jemals auf etwas gehört hätte, was ich sagte.

Mich zu verabschieden, ist nicht gut möglich, und so stehe ich denn vor meinem Spiegel und lasse zwei senkrechte Falten rechts und links neben der Oberlippe entstehen. Ich stülpe den Mund zum «Sch» vor und bin zufrieden. Der Koffer aus Segeltuch steht gepackt neben der Tür.

Ich sage: «der Schisser», lausche auf den «Sch»-Laut und verändere die Stellung der Mundwinkel, dann sage ich: «Schultheiß». Plötzlich ist mir, als wäre die Stimme Davids im Raum. Ich blicke mich um. Der blumige Bettschirm. Die Schlafzimmerlampe. Der Stuhl neben der Tür. Mein Koffer.

Gut, denke ich, gelingt es mir, mich selbst zu täuschen, erschrecke ich vor meiner eigenen Stimmlage, dann ist der Tag nicht mehr fern, da ich erstaunt wäre, etwa nicht David Haferkorn zu sein. Ich werde meinen Koffer aufgeregt zur Bahn tragen. Aus meiner Brieftasche schauen die braunen Pappenden der Fahrkarten, und auf dem Bahnsteig will mich eine Erinnerung überfallen, derer ich mir an dieser Stelle schuldig zu sein glaube: Auf der Holzbank der dritten Klasse, der Vater ist lustig, nickt mir zu, hat ein Fernglas auf der Brust hängen und zeigt nach draußen, «Kremmen», ein verwittertes Schild am Zaun, eine

Aufschüttung neben dem Bahndamm, ein paar Stufen, Paradies. Nicht mein Paradies, nein, aber in ein paar Stunden, in einem halben Tag wird es meines sein. Denn wenn ich ihn lieben will, muß ich auf dieser Holzbank gesessen haben, und auf diesem Stuhl, und auf diesem Bettchen, wo die Mauke Muh schlief, weißt du das nicht mehr? – Der Vater ist alt und kann sich nicht an alles erinnern, aber ich kann es. Ganz genau. Brauche es nur aus meinem Kopf herauszuholen. Und ich verspreche: Ich werde nur sein, was ich wirklich bin – sein guter Sohn.

Der Zug wird mich durch diese gekräuselte, auf- und niederschwappende Landschaft tragen, deren Ortschaften von Station zu Station schmerzlicher in mein Bewußtsein dringen. Schmerzlicher und süßer. Vliesdorf. Fehlsrütte. Finowfurt. Der schwärzliche Stummel eines Kirchturms, ganz Finowfurt verdeckt von großen, kugeligen Bäumen. Das sollte mich anrühren – und ich breche in Tränen aus. Hier ist die Wiese, wo die Champignons standen. Sie streicht am Zug vorbei, warm, sommerlich bereit für neue Champignons, und mir gegenüber spricht ein Bauersmann Dialekt – ich forme seine Laute nach, die seltsam gefärbt aus seinem Munde schlüpfen –, er spricht wovon? Von einer Kur für seine Beine, für seinen Magen, er sagt: «Ich geh ooch zu ihm», und es klingt wie »oaöch», in einer ungewöhnlichen Klangfarbe, die sich mir ums Herz legt. Sein Schlips wird von Hirschzähnen gehalten. Ich möchte den Mann umarmen.

Kremmen taucht auf, Aufschüttung neben dem Bahndamm, mein Vater mit dem Fernglas vor der Brust. Ich verschwinde in der Toilette am Ende des Wagens (die Schwellen heulen durchs Loch herauf) und überprüfe zum letztenmal mein Äußeres: ein unbekannter Mensch, versengt, gekörnt, doch am Leben geblieben. Und dann fließt uns die Stadt entgegen. Ich sitze am Fenster und bin sehr aufgeregt. Der Bauer faltet das Butterbrotpapier zusammen, um es mitzunehmen. Tritt zum Fenster. Kornfelder ziehen sich zu den Brandmauern hinauf, Hagel grüßt mit einer rauchigen Fassade.

Ich habe mich natürlich brieflich angemeldet (in der von den Jahren abgeschliffenen Handschrift Davids), aber als ich aussteige und mit dem Koffer in der Hand auf dem Bahnsteig stehe, scheint mich niemand zu erwarten. Die Reisenden verlaufen sich, gehen hinter dem eisernen Gitter nach Hause, kein Winken mehr, kein Strohhut, kein Fernglas auf der Brust. Schließlich ist nur noch der verbissene Mann an der Sperre übriggeblieben, der Schalterbeamte mit der blauen Mütze. Doch, ganz hinten, wo es zu den Aborten geht, steht noch jemand. Er beugt sich über den leeren Bahnkörper – aber was sieht er da? Und als ich durch die Sperre gehe und meine Fahrkarten abliefere, spüre ich im Augenwinkel seinen Blick auf mir haften – leuchtend von den Aborten her. Ich wende mich schnell um: Der Bahnsteig ist leer. Dort, wo ich den Diener vermutete, ist der Putz von der

Wand gefallen, und die Ziegelsteine liegen bloß. Wie ein rotes Gebiß.

Der Weg vom Bahnhof in die Stadt ist kurz. Bäcker Frehbohm, die Plätterei, Pohlmann Installation, genau in der richtigen Reihenfolge. Jörß' Stehbier, Rechtsanwalt Maurau, das ist der mit dem üblen Ruf, aber wenn du mal ganz schief liegst, dann wende dich getrost an ihn. Ich werde es mir merken. Und hier die Singer-Nähmaschine auf grünem Grund, und hier der Feuermelder, Blumenstraße Nr. 47, das eiserne Geländer, das Messingschild: Professor E. Haferkorn. Und der Klingelzug.

Ich klingle.

Ich stehe gestrafft, kühn, verbrannt vor dem Hause meines Vaters und begehre Einlaß. In der Stadt heißt es: Sein Sohn ist wiedergekommen.

Im kühlen Treppenflur, der nach vergilbter Tapete riecht, steige ich aufwärts. Die gemalte Ranke über der Tür erinnert mich an meinen dritten Geburtstag, weil ich sie damals zum erstenmal bemerkt habe. Sage:

«Mein Name ist David Haferkorn, ich möchte meinen Vater sprechen.» Und die längliche Gestalt erstarrt im Schatten der Treppe. «Na», sage ich frech, «wie wird man denn hier empfangen. Ist der Professor nicht zu Hause», dabei spielt (ich habe es geübt) ein leicht belustigtes Lächeln um meine Lippen, ein wenig rüde, da ich eine Kruste von zehn Jahren nicht sogleich abstreifen kann. Die Gestalt im Schatten, über die ich nur oberflächlich hinblicke, drückt sich an die Wand, hebt abweisend, indigniert die Arme (man weiß nicht genau wie, da sie doch im Schatten steht), mit dem Gehabe eines Butlers – ich glaube, den scharfen Ansatz einer Perücke zu erkennen, sage:

«Sie kenn ich nicht mehr – Sie sind wohl der Diener», und ich schlage mit der flachen Hand oder mit einem Stöckchen auf den Treppenpfosten.

«Der junge Herr David!» sagt die Gestalt unsicher. Und ich: «Nun melden Sie mich mal dem Professor. Aber vorsichtig, wenn ich bitten darf, damit er keinen Schreck bekommt.»

Ich stehe in der Diele. Das Holz knackt. Aus der Tür dringt der Geruch meiner Kindheit, der feuchte Wintergarten, Staubgeruch aus den Sesseln, die braune, braune Wohnzimmerluft.

«David!»

«Vater!»

Ich ergreife seine Hand und will mich über sie beugen, doch er leistet Widerstand und hält mich an der Schulter fest. So mag es für die Gestalt im Treppenschatten fast aussehen, als drückte mich der Alte auf die Knie, denn ich sinke nieder, wie ich es mir vorgenommen hatte; der Alte steht gebückt vor mir, weint, ich weine auch, und ich schwöre, es ist weniger die Aufregung, die meine Augen tränen läßt, es ist echte Erschütterung des Augenblicks. Dem Alten seinen Sohn wiederzugeben. So weine ich.

Nachher sitzen wir in den Polsterstühlen am Fenster, es hängen Troddeln neben meinen Ohren, unter meinen Händen. Der geflieste Boden zeigt das schwarz-weiße Säulenmuster der Fotografie (die ich krampfhaft in Händen halte), meine verstorbene Mutter, ich im neunten Lebensjahr, mein Vater, der Professor, erregt, will es nicht glauben – doch ist es so leicht, ihn glauben zu machen. Er forscht in meinem Gesicht, ich forme die Oberlippe zu einem Quadrat mit zwei fast senkrechten Falten von der Nase zu den Mundwinkeln, und er legt zitternd die Finger an meine Wange, um sich zu überzeugen, daß ich wirklich da bin. Ja, Vater, ich bin es.

«Ich bin nicht mehr der, der ich war, Vater.»

«Laß dich doch mal anschauen, mein Gott, du hast dich kaum verändert.»

«Ja – ich komme nicht grade in bester Verfassung nach Hause.»

«Hast du eine Krankheit mitgebracht?»

«Nicht krank, Vater.»

«Vater! Du nennst mich Vater.»

«Ja.»

«Laß mich einen Augenblick – bitte –»

«Ja, Vater, du siehst ein wenig müde aus.»

«Und du bist gekommen, weil du kein Geld mehr hast? Weil du am Ende bist?»

Ich schluchze auf, presse meinen Kopf auf seine Knie. Er streicht mir übers Haar. Nun, nun – – nun, nun. In meiner Faust halte ich die Fotografie, ich halte sie mit ausgestrecktem Arm weit von mir, wie ein Schwimmender, der die Botschaft nicht naß werden lassen will. Das Pfand. Mein Faustpfand.

«Hier habe ich noch das Bild, als Mutter (Mama? Wie heißt sie denn?) ...»

Aber er lächelt müde über das Bild hin, nickt nur leicht. Das ist – beharre ich – das Bild, auf dem Mutter, du und ich hier in diesem Zimmer aufgenommen wurden. Er nickt matt.

«Ich war neun Jahre alt.»

Müde.

... ja, willst du denn nicht hinschauen –, und nun aus der Fassung gebracht, blicke ich um mich und bemerke, daß jemand an der Tür steht. Der Diener vielleicht, der auf eine Weisung wartet.

«Du, deine Mutter und ich», sagte der Alte, das Foto betrachtend. Erstens – zweitens – drittens. Ganz ruhig. Wir trinken unseren Kaffee. Unterhalten uns leise, freuen uns aneinander.

Und doch! Der Vater sitzt mit aufgeknöpfter Weste zurückgelehnt im Sessel, voller Güte und Nachsicht – doch blickt nicht sein kleines rotes Auge lauernd? Es ist blau und strahlend, ja, aber mir will scheinen, daß es nicht so blau ist, daß Blut hineinfließt, sein Blut, das nicht das meine ist? Beide Söhne müssen vor den Vater treten, und er legt einem von ihnen die Hand auf die Schulter, dem Richtigen?

Der alte Vater führt mich über die Treppe, durch den Flur im zweiten Stock. Wir betreten ein Zimmer, dessen kühle, verbrauchte Luft darauf hindeutet, daß es lange Zeit abgeschlossen war. Das rotbraune Licht der Vorhänge vermengt sich mit dem Rotbraun hinter meinen Augenlidern. Ein paar kleine Schränke, ein Bett mit angeknabberten Pfosten, in der Ecke ein verhängtes Gebilde, das ebensogut eine Nähmaschine wie ein Schaukelpferd oder ein Badeofen sein könnte.

Aber nun achten Sie auf mich! Ich erkenne sofort den abgespielten Fußbodenbelag – in der Mitte ist er ganz dünn geworden –, lege meinen Finger auf die Spuren: zarte gezahnte Prägungen von Eisenbahnschienen, die Stelle, wo das Dampfwalzwerk und das Schöpfwerk gestanden hatten, und den stumpfen Fleck, wo Freund Jürgens Knabenpipi ein wenig übergeflossen war. Denn er hatte das Schöpfwerk damit angefüllt.

«Aber hier», sage ich begeistert, «siehst du diese Kerbe? Hier hat der Zapfen der Lafette gesessen, der rechten Lafette», sage ich triumphierend, «denn die linke hatte keinen Zapfen mehr. Bei der Schlacht vor Verdun.»

«Mein Sohn», ruft der Alte aus, «wie du dich an alles erinnerst!» Er schließt mich in die Arme, umklammert meinen Gürtel, weil ich zu groß für ihn bin.

Und diese lange Schleifspur – der Tretroller …

«Der Tretroller? Du hast aber nie einen Tretroller besessen!»

«Doch, einen roten.»

Der Alte denkt nach, er ist unglücklich über sein mangelhaftes Gedächtnis.

«Ich muß es doch wissen», sage ich, «außerdem beweist ja die Schleifspur, daß ich einen hatte.» Und nun fällt es ihm ein. Einen roten, sagt er, richtig! Ich sehe dich damit, du hattest einen roten Roller.

Ich bin erleichtert, ich habe bestanden.

Aber dann führt er mich in den Innenhof, und ich achte auf jeden Schritt, als wir hinabsteigen, vollziehe jeden Schritt so nach, als ginge David neben mir, und ich habe starke Zweifel, ob er das auch nur halb so gut gemacht hätte: Als wir nämlich den Hof betreten und den langen eisernen Zaun passieren, der sich über die ganze Breite des Hauses zieht, ergreife ich den Schaufelstiel, der zufällig (!) daranlehnt, und rattere damit im Laufschritt über das Eisengatter hin, daß es hallt, daß es knallt im engen Schacht des Hofes. Und der Alte hält sich selig die Ohren zu. Droht mit den Augenbrauen und schüttelt verzweifelt den Kopf, weil er es dem Jungen nicht abgewöhnen kann. Diesem Jungen!

Ja, ich habe gewonnen, halte lachend den Schaufelstiel in der Hand, und mein Gesicht strahlt rotbäckig, auf daß der Vater den Neunjährigen erkenne. Doch möglicherweise – es geschieht nicht häufig, daß ich mich hinreißen lasse –, möglicherweise ist dies zuviel gewesen, denn der Alte steckt verlegen seinen Zeigefinger in den Kragen und blickt sich um. Hinter einem Fenstergitter, im ersten Stock, steht der Kopf des Dieners. Ich kann ihn nicht genau erkennen, doch habe ich den Eindruck, als sähe ich den scharfen Ansatz einer Perücke.

Ich muß vorsichtiger sein.

Es ist früher Morgen. Der Alte liegt auf seinem Ruhebett, keucht, ächzt: Der Diener bearbeitet seine Brust mit der Fertigkeit eines gelernten Masseurs. Ich beobachte die beiden durch den Türspalt, denn ich halte es für wesentlich, die Stimmung im Hause zu verfolgen. Leider kehrt mir der Diener den Rücken zu, so daß ich nur den schwarzen Tafteinsatz seiner Weste sehen kann, die exakt arbeitenden Arme und das gepflegte, glatte Haar. Die Fenster sind weiß verhängt. Weißes, wie durch Watte gefiltertes Licht erfüllt den Raum. Es stimmt mich traurig, die arme Haut des Vaters zu sehen, den rheumatischen Rükken. Mich stimmt der Geruch des Eukalyptusöls traurig.

Aber später am Frühstückstisch – als ich das Ei aufklopfe – sagt der Alte und lacht herzlich:

«Nun wirst du dich wohl noch einer dritten Probe unterziehen müssen, damit wir sehen, ob du der Rechte bist.» Dabei nickt er mir zu und zwinkert – ich bemerke dankbar seine Bemühungen –, aber durch die offene Tür ist der reglose Schatten des Dieners in der Diele sichtbar.

«Ich habe mit unserem Jonasser beratschlagt», sagt der Professor, «und wenn der sich eine Meinung gebildet hat, ist nichts dagegen zu tun.» Er lacht lautlos, doch glaube ich, hinter seiner Heiterkeit das Unbehagen zu spüren. Der Vormittag ist sanft, das Licht der Straße spült durch die Vorhänge.

In der Diele bewegt er sich, steht wieder still – und ganz hinten, hinter der Flügeltür, hinter dem Flur, ganz am Ende, wo die Wirtschaftsräume beginnen (hinter den Schuhputzgestellen), meine ich einen weiteren Schatten zu sehen – die Ahnung eines Schattens eines weiteren Dieners, der sich bewegt und still steht und auch weiß, was er von mir zu halten hat.

«Also los», sage ich, «beginnen wir mit der Probe. Soll ich ins Wasser steigen?»

«Nein, nicht so», lacht der Alte, «es ist nur ein Spaß.»

Es gibt nichts Schlimmeres als diese Antwort, denke ich, da es doch nichts anderes als ein Spaß sein kann.

«Nur eine Kleinigkeit», sagt der Alte, «du wirst dich erinnern.»

«Ich werde mich bestimmt erinnern, Vater.»

«Was –», er hält überrascht inne, aufs neue überwältigt. Immer aufs neue: «Vater!» Fast hätte er alles abgesagt, aber im Hintergrund räuspert sich der Diener, und fern hinter den Schuhgestellen glaube ich, ein weiteres Räuspern zu vernehmen.

Der Vater besinnt sich. Er klopft auf die Tischplatte, und herein tritt der Diener, oder soll ich sagen, Butler, denn so benimmt sich ein Butler, führt ein Mädchen an der Hand. Aha, denke ich, das haben sie sich ja fein ausgedacht, jetzt soll ich wohl wissen, wer das ist. Das Mädchen kommt nur sehr zögernd näher; obwohl der Butler Schulter an Schulter mit ihr geht, habe ich den Eindruck, daß er sie zieht oder schiebt oder am Arm vorwärtsdrückt.

«Na ja», sage ich, «ich weiß wohl, wer das ist.»

«Siehst du», sagt der Alte zum Butler, lehnt sich zurück und strahlt von innen heraus. Seine schönen blauen Augen, die ich liebe, sind wie Sonnen, oder wie Porzellanbälle, die ein Gott (verzeihen Sie mir) mit Veilchen bemalt hat. Der Butler ist neben mich getreten und beobachtet mich aufmerksam, ich rieche seine eingemottete Kleidung, muß mich zu einer Aussage bequemen.

«Nun wollen wir doch mal das Mädchen betrachten», beginne ich gelassen, «ein schönes Mädchen ist sie, jung, natürlich sehr jung noch, meiner Berechnung nach sechzehn etwa», und ich rechne schnell nach, ob sie wohl sechzehn sein könnte, «tatsächlich, denn sie war sechs, als ich seinerzeit das Haus verließ.»

Der Vater nickt vage.

«Gut», sage ich, «die schwarzen Haare hat sie von der Mutter», Töchter haben ihre schwarzen Haare immer von der Mutter, und diese da hat geradezu eine Wagenlast davon auf dem Kopf. – Der Professor blitzt beifällig; ich werde mich von ihm leiten lassen, denn er blitzt oder blickt matt, je nachdem ich einen richtigen oder falschen Schritt tue.

«Die wohlgeratene Figur, die mir unten herum ziemlich üppig erscheint, hat sie wohl gleichfalls (matt) – – hat sie in diesem Fall von ihrem Vater geerbt, der zwar unten herum weniger üppig, sonst aber ein ansehnlicher Dragoner war –» Hier zeichnet sich Bestürzung auf den Zügen des Butlers ab, deshalb fahre ich gleich fort: «Und auch eine kräftige Handschrift schrieb, wie man sich wohl erinnert.»

Mir fällt erst jetzt auf, daß ich von den Eltern des schönen Mädchens in der Vergangenheit spreche – ich bin selbst überrascht.

«Ihr Name ist mir auch geläufig», fahre ich fort, «es ist ein Name von lieblicher Schwere, wie er der Natur des Kindes wohl entspricht. Ich denke nach –» Ich denke wirklich nach, und der Butler, der sich inzwischen wieder gefaßt hat, tritt noch einen Schritt näher, und fern hinter den Schuhgestellen steht der Hausknecht …

«Genug», der Alte bewegt die Hand, «ich sehe, du hast sie erkannt: Es ist Judith, die Tochter des Hausmeisters, der leider verstorben ist, wie du weißt.» Das war wohl etwas voreilig, denn der Butler ist völlig erstarrt, kann aber nicht mehr widersprechen, da der Alte bereits die Hand erhoben hat. Ich dagegen verbeuge mich vor dem Fräulein und mache ihr ein Kompliment: Wie sehr sie sich doch seit ihrem sechsten Lebensjahr – ich deute mit der Hand die Höhe an – zu ihrem Vorteil verändert habe.

«Damals hast du auf meinem Schoß gesessen, und der Hausmeister, dein Vater, sagte: Na, wenn die Judith mal sechzehn ist, tut sie das auch nicht mehr – oder schon wieder, hat er gesagt.»

«Jahaha», juchzt der Alte, «das hat er bestimmt gesagt, so war er.»

Judith aber, vielleicht weniger wegen des Ausspruchs ihres Vaters, als wegen ihrer Unterpartie, die ich für zu üppig erklärt hatte (junge Mädchen verstehen alles falsch), errötet tief, wirft mir einen schwarzen Blick zu und läuft aus dem Zimmer, und jetzt erst, jetzt, da sie nicht mehr vor mir steht, schäme ich mich vor diesem Mädchen.

Der Vater legt mir seine Hand auf die Schulter zum Zeichen, daß ich der Rechte bin, der Butler geht hinaus, sagt kein Wort mehr – so wie er ja auch nie ein Wort gesprochen hat, nur einmal: «Der junge Herr David», und damit hat er schließlich recht gehabt, mein Name ist David Haferkorn. Der Hausknecht beginnt, hinten bei den Gestellen die Schuhe zu wienern.

Ich habe gewonnen.

Der Tag bricht an. Auf der Kommode, festlich im frühen Licht, liegen für mich bereit: ein hechtgrauer Anzug aus bestem Stoff, eine weinrote Krawatte, feine weiße Wäsche, Strümpfe, Schuhe von Prodotte Mailand. Auf dem Oberhemd präsentiert sich ein größerer Schein, Zehrgeld für den heutigen Tag. Damit der Junge etwas in der Tasche hat.

Ferner (im Trinkglas) eine weiße Nelke zum Anstecken – kleine Aufmerksamkeit des Butlers: Er habe sich erlaubt etc. etc. Ferner ein fabelhaftes Frühstück mit Schinken, Fisch und gekochten Eiern, für die der Hausdiener Eiwärmer aus violettem und grünem Seidenpapier gebastelt hat.

Ich bade. Rasiere mich sorgfältig. Treffe in der Halle meinen Vater, der sich gleichfalls sonntäglich gekleidet hat, er reicht mir die Hand zum Gruß. In der Ecke unter dem Treppenbogen stehen die Hausangestellten und klappen zusammen. Leider ist es mir nicht möglich, ihre Gesichter zu studieren, da ich meine Aufmerksamkeit dem Vater zuwenden muß, der sich zierliche weiße Handschuhe übergestreift hat. Außerdem stehen sie im Schatten der Treppe und verbeugen sich so tief, daß nur die Scheitel nach vorn zeigen. Ich habe mir aber einen Plan zurechtgelegt, wie der Butler vielleicht durch eine nicht koschere Liebschaft, etwa mit einer Minderjährigen, verschwinden könnte, der Hausknecht aber durch ein fingiertes Telegramm. Man wird sehen.

Und die Minderjährige, das erstaunte Mädchen mit den schweren Zöpfen, steht bereits in der Tür. Judith bringt die Milch. Sie wird bald mehr bringen.

Ich stecke den (größeren) Schein in die Brusttasche und folge meinem Vater, um die Liegenschaften zu besichtigen. Ein schwarzes Auto mit reichen Beschlägen erwartet uns vor dem Haus, der Butler hat sich inzwischen als Chauffeur zurechtgemacht, er erscheint in dunkler Livree mit kobaltblauen Aufschlägen. Mein Vater, der Professor, setzt sich in den Fond, lädt mich ein, gleichfalls Platz zu nehmen. Also besichtigen wir die Geschäftsräume in der

Großoststraße, die Grundstücke am östlichen Stadtrand, die Wagenfabrik, das Privatkontor in unmittelbarer Nähe dreier Banken. Und es gelingt mir, gleichmütig zu bleiben, heiter, leicht, wie man es von mir erwartet. Es gelingt mir, diese gewisse Dummheit mit dem Gefühl vollkommener Sicherheit zu verbinden. Ich küsse der Frau des Geschäftsführers länger als nötig die Hand, bedenke ihre Tochter mit einem scharfen Seitenblick, weil ich es mir leisten kann. Als Vorsitzender eines Wohltätigkeitsballes suche ich Damen nach meinem Geschmack für die lebenden Bilder aus. So etwa.

Gelte als bestangezogener Mann der Stadt, beneidet, gestützt vom Reichtum des alten Herrn; denn, kaltblütig, wie ich bin, würde ich ihn schließlich beerben wollen.

Doch bin ich nicht so einfältig, mir die Sache derart glatt und flüssig vorzustellen. Ich erwarte zum Beispiel, daß mich der Alte anfangs nicht gleich erkennt – oder daß ich ihm womöglich unter ungünstigen Umständen begegne und ihn meinerseits nicht sofort erkenne. Etwa schon auf dem Wege vom Bahnhof zum Haus. Unvorauszusehende Entwicklungen. Die Nachbarn. Der unerträgliche Butler. Oder vielleicht hat der alte Haferkorn noch einen Bruder oder irgendwelche Schwestern, ein ganzes Heer, dem ich mich zu stellen habe.

Ich weiß: ungleich viel mehr wird meine Aufgabe erfordern. Äußerste Leistung, Kühnheit. Der alte Professor wird nicht ausrufen: «David!» und wird nicht die Arme ausstrecken, sondern er wird mißtrauisch, ältlich verkniffen den Kopf aus dem Sessel drehen und sagen: «Wie kommen Sie denn hier herein?» Ich aber, unbeirrt durch sein Mißtrauen, das mir nichts anhaben kann, da ich ja sein rechter Sohn bin, werde mich ihm zu Füßen werfen. Und der Trick, mit dem ich dies zuwege bringe – von mir für diesen Fall erdacht (man wird sehen) –, ein ungeheuer kühner Trick: weil ich nämlich tatsächlich nicht mehr anders kann, als mich ihm zu Füßen zu werfen! Weil ich zu diesem Zeitpunkt keinen anderen Ausweg mehr haben werde!

Und so stehe ich denn an diesem Vormittag – als die weiße Hitze durch die Jalousien fällt – in meinem Zimmer vor dem Spiegel und lege letzte Hand an, ziehe eine letzte, wie von der Nadel geritzte Linie um die Mundwinkel. Ich liebe den langen, glühenden, unendlich tragischen Weg der Schildkröte, die ihre Eier in den Sand gelegt hat. Das erschüttert mich. Und so gebe ich mir zu allem anderen auch noch die Züge einer Schildkröte, einer Wasserschildkröte, deren Schicksal in ihren Leib geritzt wurde.

Kurz vor meiner Abreise, zu letzter Stunde sozusagen, lädt mich jemand (eine Dame) ein, ich solle mit nach Gibraltar kommen, auf einen feudalen Landsitz, rein zum Spaß, ohne Verpflichtung – ich bin wie vor den Kopf geschlagen, daß mir etwas derartiges im letzten Augenblick angeboten wird, und bin drauf und dran, mitzufahren. Denke: Das ist auch nicht schlecht, am Ufer streichen die Wellen entlang, mein Kopf zwischen den Knien der Dame, in der Hand Cervilles «Portugal Bud». Aber vermutlich würde es dort unten um diese Jahreszeit scheußlich heiß sein und nach aufgebrochenen Muscheln riechen, und die Dame würde letzten Endes doch mit Selbstmord drohen – ich bin schließlich kein Anfänger. Deshalb beschließe ich, sie sitzen zu lassen, und gegen zehn Uhr vormittags, in einer Hand den Koffer, in der anderen meine Tasche, verlasse ich ohne Begleitung das Hotel.

Eine Begegnung mag vielleicht noch erwähnenswert sein: Als ich durch die Hotelhalle ging, saß dort Lea mit übereinandergeschlagenen Beinen im Sessel (so daß der rosa Schaum ihrer Unterwäsche herausstach), sie war dunkel gekleidet, schwarz fast, und wenn ich es recht bedenke, hatte sie verteufelte Ähnlichkeit mit einer Witwe. Sie las im «Silberspiegel». Und David? David lehnte angetrunken an der Portiersloge und blickte mir gerade ins Gesicht – ich ging in etwa fünf Schritt Entfernung an ihm vorbei, in jener leicht vorgebeugten, schleppenden Gangart, meine Oberlippe wirkte durch die beiden senkrechten Falten völlig quadratisch, ich hatte blaue Augen. Aber er erkannte mich nicht, blickte mich an wie einen Fremden, blickte durch mich hindurch. –

Doch schließlich: Wer kennt sich schon selbst?

Erster Auftritt

I

Es ist lange her, daß ich unbeachtet unter dem Tisch sitzen konnte. Es war im Salon meiner Mutter, auf dem Boden lag ein blaßgelber Teppich, und der Tisch hatte geschweifte Querleisten und Rosenornamente aus schwarzem Holz. Da ich – selbst für mein damaliges Alter – noch sehr schmächtig war, nahm ich zwischen den Beinen der anwesenden Damen so gut wie gar keinen Raum ein. Jeden Mittwoch saß ich dort zur Kaffeestunde, und ich kannte sie alle: Ein Paar war ziemlich lang und dünn, das Schienbein zeichnete sich wie eine Leiste ab. Andere hatten die Eigenart, meist übereinander zu liegen, wodurch die Wade durch das Knie breit wie ein Pfannkuchen gepreßt wurde (mit fünf denkt man daran), und das dazugehörige Gesicht, das ich manchmal knapp unter der Kante des Tischtuches sehen konnte, bestärkte meinen Eindruck, denn es war rund und cremig, von unten gesehen eher breiter als hoch. Diese Frau hieß Charlotte, ich kannte sie alle beim Namen: Es waren immer fünf bis sechs Frauen, die sich mittwochs einfanden. Oh, ich liebte das Klingeln der Kuchenlöffel am Porzellan, den gleichmäßig hellen Oberton im Gespräch der Frauen, die spitzen Aufschreie, die mich im Halbdunkel unter dem Tischtuch wie kleine erregende Haken erreichten. Ich war umgeben von einer Wand höchst sinnlicher Gebilde rosafarbener, für meine eigenen körperlichen Verhältnisse riesiger Waden und Knie – gehüllt in die unverständlichen Gerüche aller dieser Damen, die beim Sprechen mit den Beinen zuckten oder überraschend mit dem Fuß aus ihrem Schuh schlüpften.

Jeden Mittwochvormittag traf ich meine Vorbereitungen: Ich legte von der Seitentür aus eine Reihe Stützpunkte an, Sessel und Hocker, rückte die Blumenkrippe von der Wand ab, so daß ein Zwischenraum entstand, bewegte – soweit meine geringe Kraft ausreichte – den Kaffeetisch selbst etwas zur Seite; es war mir aber weniger darum zu tun, den Zuweg zu sichern – denn während der meist sehr lebhaft geführten Unterhaltung konnte ich leicht unter den Tisch kriechen –, als vielmehr für den Fall einer Entdekkung mir den Rückweg offenzuhalten.

Da waren zum Beispiel ein paar Beine, die ich stets an meiner rechten Seite zu haben wünschte, so wie man es liebt, daß die Säulen seines Hauses an bestimmter Stelle stehen und nicht nach Laune herumwandern. Meine Säulen waren rund und stark wie Tierbäuche. Zu gewissen Zeiten legte ich das Ohr gegen das sehr feine Strumpfgewebe, horchte auf das Pochen im Innern, und zugleich beobachtete ich zwischen den beiden Beinen hindurch die ständige, wie in Wellen verlaufende Bewegung der anderen. Es gab ganz weiße, es gab gebräunte, gerötete. Solche, die selbst unter dem Strumpf noch die Adern der Haut zeigten. Und elfenbeinfarbene, sanft geformte mit bläulichen Schatten dort, wo sie geheimnisvoll ausladend unter dem Rock verschwanden. Sie gehörten einer Frau namens Anita. Anita, meine Liebe, sagte meine Mutter, nehmen Sie noch ein Stückchen Nußtorte.

Es kam vor, daß mich eine Fußspitze anstieß. Oder daß die Tierbäuche zuckten, wenn mein Ohr sie berührte. Man faßte nach mir, gedankenlos, wie um eine Fliege abzuwehren. Man schob mich mit dem Fuß beiseite, denn man hielt mich wohl für Dicki, den Hund. Oft geschah es, daß eine Hand herunterlangte, um mein Fell zu streicheln. Dann geriet ich nicht in Panik, sondern bekam das Fell, das man zu finden erwartete. Tatsächlich, ich war befähigt, überall ein Fell zu haben, wo die Hand hinfaßte; ich drehte meinen Kopf nach rechts und links, bog ihn nach hinten und knurrte, und immer war mein Haarwuchs gerade dort, wo die Hand streicheln wollte. Das bereitete mir gar keine Mühe, keine Aufregung, nicht das leiseste Unbehagen. Denn in dem Augenblick, da man mich für Dicki den Hund hielt, war ich Dicki.

Oder ich war das Tischbein.

Ich war in der Lage, wenn es sein mußte, wie ein Stück Holz Widerpart zu leisten, ohne Gegendruck, aber auch ohne Nachgeben, mühelos, stundenlang.

Denn als Tischbein spürte ich eine derartige Beharrlichkeit in mir, daß es mir nie eingefallen wäre, etwa zu ermüden. – Gleichzeitig aber war ich für eine andere Hand, einen anderen Fuß an den verschiedensten Stellen Hund, und gleichzeitig träumte ich unter den Tierbäuchen dahin, schlief, winselte, legte mein Ohr in Anitas wunderbar weiche Kniekehle und war glücklich.

Ich hege zwar heute den Verdacht, daß Anita mich nicht unbedingt für ein Tischbein nahm, denn sie war zu gewissen Zeiten merkwürdig duldsam, wenn ich mein Ohr an ihre Wade legte, und, genau überlegt, mochten mich womöglich auch die übrigen Frauen weder für Dicki noch für den Teppich halten – meine Mutter ausgenommen.

Andererseits hatte ich noch den Fluchtweg mit den gut vorbereiteten Stationen, Sessel, Blumenkrippe, Vorhang an der Seitentür … Alles in allem ein so glänzendes Arrangement, daß ich mich frage, warum es nötig war, größer zu werden, älter, erwachsener, so daß man nicht mehr unter den Tisch zwischen die Beine paßte.

Man wird sehen.

Es begann im Zug nach Hagel, als die Sonne hinter den Hügeln verschwand …

Es ist Abend geworden, und meine Befürchtungen beginnen mit dem letzten tiefen Gelb des Tageslichts. Der Zug trägt mich durch die gekräuselte (auf- und niederschwappende) Landschaft, deren Ortschaften von Halt zu Halt schmerzlicher in mein Bewußtsein dringen. Vliesdorf erscheint. Fehlsrütte. Wir kommen nach Finowfurt; von weitem zeichnet sich der Kirchturm wie ein aufgestellter Daumen vor dem Himmel ab.

Ich sitze am Fenster und verfolge mit den Augen das Nebengleis, das sich hebt und dehnt und atmet. Mein Gleis. Und es singt sanft, wie um mich zu beruhigen. Denn ich bin aufgeregt, ja, ich bin aufgeregt. – Wann bin ich geboren? – Ich weiß es nicht, habe es mir aber aufgeschrieben.

In der Brusttasche finden sich zwei alte Kinokarten «Atrium», Busfahrscheine «BSC», eine zerknitterte bräunliche Fotografie. Ich werfe alles in den Aschenbecher, und von dort, gütig, mit engstehenden Augen, blickt mich der Professor an. Die Mama. Und ich selbst, im Matrosenanzug. Um Gottes willen: Ich bin völlig außer mir, werfe Fotografien in den Aschenbecher, vergesse mein Geburtsdatum (31.10.27), und die Schminke verfärbt den Hemdkragen. Denn ich schwitze.

Laßt mich überlegen.

Trage ich einen Schnurrbart? Nein, ich bin glattrasiert. Anzug? Helle Sandfarbe, bißchen ins Ocker gehend; habe ich schließlich gut ausgewählt. Und mein Gegenüber, der Bauersmann mit dem Hirschzahn in der Krawatte, mustert mich genau, überlegt wohl, was mit mir los sein könnte. Sind Sie krank? Nein.

Haben Sie eine Krankheit mitgebracht?

– – –

So verberge ich mich lieber hinter einer Zeitung und blicke seitwärts aus dem Fenster. Mein Gleis hüpft. Wir nähern uns Finowfurt, Büsche ziehen vorbei, Sandhaufen, eine rotbraune Schuttfläche, und dann sind wir plötzlich ganz hoch auf dem Damm. Unten stehen verrostete, mit Blech gedeckte Schuppen, manche ohne Dächer, so daß man hineinsehen kann wie in einen Schuhkarton. Aber das ist nicht Finowfurt! sage ich. Wo sind die Wiesen und die Champignons? – Ich springe auf – diese häßliche Schutthalde kann doch wohl nicht Finowfurt sein.

«Das sind die Braunkohlenlager», sagt der Bauer mit dem Hirschzahn in der Krawatte.

«Aber was denn», ich bin bestürzt, «in Finowfurt?»

Der Bauer nickt. «Ja, Braunkohle.»

Wie soll man sich da zurechtfinden.

Wir rumpeln über den Damm; unten lehmige Tümpel, Laufplanken darüber, Schienen, Loren. Ich bin bemüht, mir alles genau einzuprägen. Ein Stapel Holzschwellen, auf dem Nebengleis liegend, schießt vorbei, so schnell, daß ich ihn kaum mit dem Auge fasse. Dann – wie zum Scherz etwas langsamer – zwei

Eimer und eine Schaufel, und schließlich, neben dem Gleis gehend, ein Mann in blauem Arbeitszeug, der mir sein Gesicht zukehrt (und mir scheint, daß es ebenfalls Bestürzung verrät). Vorbei.

«Fahren Sie in die Stadt», fragt der Bauer.

«Allerdings», sage ich. Der Bauer mustert mich lange, dann zieht er ein Paket hervor und wickelt es aus. Brot mit Leberwurst. Er ißt gemütlich.

«Und wozu?» fragt er, besinnt sich dann aber wohl auf feinere Redeweise und fragt: «Haben Sie da ein Anliegen?»

«Anliegen nicht», sage ich: Ich bin über mein bloßes Vorhandensein so erstaunt, daß ich mir kein weiteres Anliegen mehr denken kann. Der Bauer starrt mich an, vergißt sogar zu essen.

«Ich habe Verwandte in Hagel», erkläre ich. Das versteht der Bauer, er deutet mit dem Leberwurstbrot aus dem Fenster:

«Die alte Brücke.»

Ich sehe hinaus. In einiger Entfernung erheben sich die Reste einer Eisenbahnbrücke über die Gleise. Der Anfang der Brücke ist noch erhalten, aber in der Mitte bricht sie plötzlich ab: Wie eine gewaltige Sprungschanze starren die Eisenträger in die Luft.

«Eingestürzt?» frage ich.

«Vor vier Jahren», erwidert der Bauer, «jetzt haben sie statt dessen den Damm gebaut.»

Eine schöne Brücke, schwarz und verwittert. Ich habe sonst nichts für Eisenkonstruktionen übrig, aber diese hat eine borstige Haut mit Stacheln und Haaren, hat wohl im Laufe der Jahre (im Laufe von vier Jahren, bestätigt mir der Bauer) Tang und Muscheln angesetzt. Ja, der Wind, sagt der Bauer, und der Regen. Außerdem die feuchte Luft, setze ich hinzu. Wir fahren weiter. Und während wir fahren, entfernt sich die Brücke langsam, dreht sich dabei, so daß die Perspektiven zusammentreten und die Brücke nunmehr wie ein Gerüst, wie ein Block vor dem immer noch hellen Himmel steht.

Der Bauer kaut sein Leberwurstbrot; es drängt ihn offensichtlich, etwas mitzuteilen. Seine Stirn ist weiß und schwebt wie eine Taube über dem braunen Gesicht. Er öffnet den Mund:

«Jetzt geht es ja schon wieder.»

«Was geht», frage ich, während die Brücke sich weiter herumgedreht hat – jetzt fast in Frontalansicht.

«Mit dem Magen», sagt der Bauer. «Früher konnte ich kaum einen Bissen essen. Fette Wurst schon gar nicht.»

«Fette Wurst?» frage ich gedankenlos.

«Ja, da fahr ich zur Kur in die Stadt», erklärt er, «zum Jonasser. Der bringt's wieder hin.»

Aha.

Von der Brücke, die schon weit fortgerückt ist, hat sich ein Schienenstrang gelöst und läuft in schrägem Winkel auf uns zu.

Zwei verrostete Gleise.

«Da haben Sie die alte Strecke», sagt der Bauer, «auf der ging's früher nach Fehlsrütte.»

«Über die Brücke?» Die Vorstellung ist mir unangenehm, ich weiß nicht, warum.

«Über die Brücke», bestätigt der Bauer ernsthaft, und nachdem er eine Zeitlang mit sich zu Rate gegangen ist, sagt er:

«Der Jonasser soll ja sehr tüchtig sein?»

Das ist eine Frage, und ich nicke.

«Früher habe ich es mit Hundefett versucht», sagt der Bauer, «wissen Sie, das soll helfen», er blickt mich erwartungsvoll an, «und hat auch geholfen.»

Ich nicke. Der Zug fährt langsamer, und der andere Schienenstrang scheint sich in Kürze mit dem unseren zu vereinen; er ist stumpf, rostbraun auf der Oberfläche, seit Jahren unbenützt. Und dann hält der Zug plötzlich an.

Ich lehne mich aus dem Fenster, um zu sehen, was los ist. Gar nichts. Wir stehen auf freier Strecke kurz vor der Weiche, in der die Gleise zusammenlaufen. Pause. Die Lokomotive läßt Dampf ab, irgendwo vorn liegt der Bahnhof von Finowfurt.

«Warum halten wir denn?»

«Weiß ich nicht», sage ich.

Draußen steht ein bärtiger Mann und stützt sich auf seinen Spaten, er trägt Eisenbahnerhosen mit roten Biesen, aber kein Hemd – die Hosenträger sind über den bloßen, dicht behaarten Oberkörper gespannt. Der Mann wendet sich von mir ab und sticht den Spaten in die Erde, dann blickt er wieder zu mir herüber. Ich winke mit der Hand, er wendet sich ab und gräbt weiter.

Er ist ein Riese. Seine Beine sind wie Säulen unter der Eisenbahnerhose. Sieht mich an, wendet sich ab, gräbt, im Zwickel zwischen den beiden Schienensträngen hat er sich einen Eisenbahnergarten angelegt. Ich winke mit der Hand und frage: Wächst denn da etwas? Weiß nicht, ob er mich hört. Es wachsen Mohrrüben, Zwiebeln, ein paar Kürbisse, und wenn ein Zug vorbeifährt, zittert die Erde, zittern Mohrrüben, Zwiebeln, Grünkohl. Und wenn der große Fernschnellzug vorüberfährt, schwankt und hüpft der Garten, stampft der Garten, und der Mann pflanzt seine Beine in die Erde und breitet seine Hände aus.

Schwarz vom Rauch der Lokomotiven.

«Na», sage ich, «ob Sie sich da einen günstigen Platz ausgesucht haben?»

Rings um seinen Zwickel hat er einen Zaun aus Blechteilen aufgestellt, die Gemüsebeete durch schräg eingegrabene Bierflaschen umzäunt. Im Hintergrund steht das Streckenhaus mit einer großen verwitterten Elf auf der Vorderseite.

Die Lokomotive pfeift, bläst Dampf auf die Schienen.

Wir warten. Der Mann stößt mit einer Hand den Spaten in die Erde und läßt ihn da stecken, dann sieht er mich an – er steht höchstens drei Meter von meinem Fenster entfernt: Ein greller Blick trifft mich aus der verrußten Fläche seines Gesichts, grellblau, so daß ich unwillkürlich meinen Kopf zurückziehe. O Gevatter. Aber dann geht er am Zaun entlang nach vorn, wo seit geraumer Zeit ein Kasten klingelt – der Mann betätigt den Hebel – der Zug ruckt an – wir fahren ...

Donnern über die Weiche.

«Na, endlich», sage ich und setze mich wieder hin, «nun wird es wohl nicht mehr weit sein.»

«Noch Ried und Kremmen.»

Es folgen Ried und Kremmen, ländliche Haltestellen mit Zäunen, hinter denen das Gras weht.

Es ist soweit. Zunächst hole ich Reisetasche und Koffer vom Netz und packe alles um, so daß nur Zahnbürste, Rasierzeug, Handtuch und ein Hemd zum Wechseln in der Tasche verbleiben. Alles andere bringe ich im Koffer unter. – Dann untersuche ich meine Brieftasche: ein sehr guter Paß, eine Tabelle mit genauen Daten, 31.10.27, kein Geld, und das halte ich für einen guten Einfall: kein Geld.

In meiner Börse sind einssiebzig und ein Sicherheitsschlüssel, den ich jetzt aus dem Fenster werfe (der Bauer ist fassungslos). Einssiebzig, nicht mehr und nicht weniger, und diese werden, noch bevor ich den Bahnhof verlassen habe, ausgegeben sein – denn ich habe beschlossen, bloß und ledig vor meinen Vater hinzutreten: Mein Vater, hier bin ich.

Außerdem schwitze ich nicht mehr.

Als sich der Zug im Bogen der Stadt nähert, tritt

ihre schattige Fassade unvermittelt vor mich hin. Ich sehe die Schornsteine und Antennen, die schwarzen Flächen der Brandmauern, zu denen sich das Kornfeld hinaufzieht wie eine blonde Felldecke. Ich sehe den Frauenkopf mit der 81/2-Pfennig-Zigarette im Mund. Das verwitterte, über eine ganze Hausfront gebreitete Lächeln.

Und dann taucht der Zug zwischen die langen Laufdächer des Bahnsteigs, ich achte darauf, ob sich irgendwo unter den Wartenden ein bekanntes Gesicht zeigt. Nein. Steige aus, der Boden trägt mich, gehe mit Koffer und Tasche über den Bahnsteig (es hängen Blumenkrippen an eisernen Ketten unter dem Dach). Ein Gatter preßt mich zum Durchlaß. Eine fleischfarbene Wand von Köpfen mit Augen und Mündern. Ich kann nichts erkennen. Meine Fahrkarte ...

Aber dann weitet sich das Bild, die Stimmen («daaa ist er ja, Herrjeh –») werden laut, brechen sich in der Halle: ein Förster mit Hund auf der einen Seite des Portals, Fischer im Kahn auf der anderen Seite. Willkommen in der Stadt der Seen und Wälder. Wo sind die Seen? «Daaa, Iiauuh, ist er ja – Kinder, Kinder laßt mich erst mal.» Mein Vordermann schnauft, er trägt einen steifen Hut und ist wieder zu Hause angelangt, wird mit «Baronchen» angeredet. Ich drücke mich an ihnen, die nichts von mir wollen, vorbei zur Toilette, wo mein Schritt knirscht, wo mich Benno, der Mann mit der Bürste, bedient – trete zum Waschbecken und säubere mir die Hände. Bleibe danach auf den nassen Fliesen stehen (was soll ich hier, wo ich nichts verloren habe), betrachte mein Gesicht im Spiegel, meine Gesichtshaut, versengt und geflammt und wieder abgeblaßt zwischen diesen Kachelwänden. Der Toilettenmann kriegt auch etwas, jetzt habe ich noch einssechzig.

Meinen Koffer gebe ich am Gepäckschalter zur Aufbewahrung ab und erhalte ein rotes Billett: AL M 138. Für einszwanzig ziehe ich Zigaretten aus dem Automaten. Gut. Kaufe mir noch eine Tasse Kaffee, die sehr mäßig ist (ich erkläre dies an der Theke). Und nun? Nichts mehr.

Ich habe nichts mehr, Vater.

Ich bin nicht mehr der, der ich war. Sieh meine Hände. Kein Geld. (Der Trick aber ist, daß ich wirklich keines mehr habe.)

Jedoch als ich ins Freie trete – es ist sehr warm an diesem Abend; die Straßenlaternen verbreiten gelbe Dunstkreise –, sitzt dort auf der untersten Stufe ein Bettler, ein altes Männchen, grau und verledert, in einer Jacke, die sich kaum von den Steinen abhebt. Er hält die Hand hin, und ich greife in meine Rocktasche, um ihm eine Kleinigkeit zu geben, denn ich sage mir: Der alte Mann könnte ebensogut dein Vater sein – aber wie ich noch in die Tasche greife, fällt mir sogleich ein, daß es sinnlos ist, und ich schüttle den Kopf. Und als er mich so erbärmlich mit seinen engstehenden Augen anschaut, sage ich noch:

«Tut mir leid, ich habe wirklich nichts bei mir.»

Der Alte nickt. Zerbrechlich. Tritt zurück und wendet die Augen ab. Ich spüre aber seinen Vorwurf.

«Väterchen», sage ich, «so wie ich vor dir stehe, habe ich wirklich keinen Pfennig in der Tasche», und zum Beweis stülpe ich meine Taschen aus, siehst du, da ist nichts – aber da ist doch etwas: ein Geldschein, ich muß ihn übersehen haben. Ein Fünfziger.

«Nun gut», sage ich beschämt – der Alte ist wieder nähergetreten –, «das ist gefundenes Geld.»

Er streckt schnell seine Hand aus.

«Halt», rufe ich, hebe den Schein über meinen Kopf, «was wirst du aber mit so viel Geld tun, wirst du dir keinen Schnaps kaufen?»

«Geben Sie's mir», klagt er, greift sogar in die Höhe, ist ganz heiser vor Erregung.

«Halt», sage ich, «wenn du so gierig bist, kriegst du gar nichts.»

Aber da ist er erstarrt und hat die Augen so groß und wäßrig aufgeschlagen und so engstehend. Ich gebe ihm den Schein, er läßt ihn sofort unter seiner grauen oder braunen Jacke verschwinden, die sich kaum von den Steinen abhebt, und ehe ich genauer hinschauen kann, ist der Alte fort. Der nächststehende Zierbusch bewegt sich noch.

Na ja, ich denke mir: Bei dem war es gut angewandt – habe natürlich keine Ahnung, daß ich ihn sehr bald wiedersehen sollte. – Nachdem sich der Andrang verlaufen hat, sind kaum noch Menschen unterwegs, und die Häuser stehen in der Dämmerung wie eine geschlossene schwarze Wand über den Kornfeldern. Dieses spitze Dach zum Beispiel gehört der katholischen Kirche, das langgestreckte rote mit den zahlreichen Raufen dagegen der Schillmann'schen Kammgarnspinnerei. Mein Reiseführer sagt: Hagel hat 37 812 Einwohner, davon 1978 Katholiken, 234 Juden. Hagel führt den Ehrentitel Kur- und Hauptstadt. Kurstadt wegen der Quellen des Johannis- und Altbades sowie zahlreicher privater Badehäuser. Es gibt ein Gymnasium, das Salder'sche Realgymnasium, eine Strafanstalt, ein Schlachthaus und eine Kunstdruckanstalt. Industrie ist unbedeutend und wegen des Kurcharakters der Stadt absichtlich knapp gehalten; immerhin ist die Manufaktur von Posamentenwaren, Goldleisten und Blechemballage bekannt. Es gibt eine Ziegelei, je eine Öl-, Schneide- und Mahlmühle, auch eine Weißgerberei, und in der Gartenkultur steht namentlich der Spargelbau auf hoher Stufe. Das neue Kurhaus wurde vor vier Jahren fertiggestellt und schließt die sogenannte Quellenhöhle ein, einen Gewölbebau unter dem alten Brunnenhause, wie ich mich informieren kann, zu dem man auf 72 Stufen abwärtssteigt. Von den Solquellen enthalten die Edelquelle und die Karl-Theodor-Quelle 25% Salz, die Edelquelle zeichnet sich außerdem durch hohen Gehalt an Chlormagnesium aus (in 1 Liter 1,73 g), und die Brandmauern stehen wie eine geschlossene schwarze Wand: Das Frauengesicht lächelt groß über mehrere Stockwerke hin, ich gehe, es wird immer größer, einmal – ich habe etwa die Hälfte des Weges hinter mir – wird am Hinterkopf ein Fenster geöffnet, und ein Mann schaut heraus. Später kann ich das Fenster nicht mehr entdecken, denn aus der Nähe gesehen erscheint das Gesicht wie ein Tarnanstrich. Und als ich eintauche in die Lücke zwischen den Häusern mit den geritzten Inschriften (Karli und Inge), sieht mich wohl nur die alte Dame hinter der Gardine, wo der Adi sitzt, der Porzellanhund mit dem goldenen Hinterteil.

Ja, die Erinnerung.

Bei Bäcker Frehbohm wird noch gearbeitet, die Gesellen laufen umher, und im Schaufenster der Plätterei stehen zwei Büsten aufrecht im Dunkel, tragen feine, sorgfältig geplättete Kragen, Lou und Marion die beiden, die sauber wie ihre Wäsche duften: Wir sind Schwestern, mein Herr, wir sind zwei, mein Herr.

Pohlmanns Installation und die Kohlenhandlung Hartmann.

Vorbei an Jörß' Stehbier, der Buffetier hantiert an der Theke. Bist du es wirklich, ja ich bin es, so laß dich doch mal anschauen, mein Gott, du hast dich kaum verändert. Und das altjüngferliche Schild von Rechtsanwalt Maurau, wo ist der kleine Eckladen, wo die Schulhefte verkauft werden, er ist nicht da – da ist er. Ich gehe schneller, beginne, das rechte Bein unmerklich nachzuziehen. Ja, leider bin ich nicht gerade in bester Verfassung. – Wie komisch du sprichst. – Man hat mich nicht sonderlich zart behandelt (ich lächle entschuldigend), etwas lädiert. Lächle hinreißend und sehnig in das Schaufensterglas von Clermont sel. Witwe hinein. Hast du eine Krankheit mitgebracht? Nicht krank, Vater. Du nennst mich Vater? Ja, du bist es doch, darf ich dich nicht so nennen? Argwöhnisch. Ja! Aus vollster Überzeugung.

Im Schlaf hätte ich das Haus finden können, hier die Straßenlaterne mit den Eiffelturmbeinen, und hier der Feuermelder und der mir wohlbekannte Verputz, das eiserne Geländer! Blumenstraße 47.

– – –

Ich stehe vor der Tür und versuche zu erkennen, was dort steht. «F.C. Jonasser, Massagen, Bäder, Korrekturen». Das kann nicht stimmen. Es ist ein großes weißes Emailleschild, und es sind Füße, Hände und eine verkrümmte Wirbelsäule darauf abgebildet.

Ich suche die ganze Wand neben der Tür ab, rechts und links. Kein Haferkorn. Auf der Tür? Auch nicht. Ich klingle mehrmals hintereinander, stehe vor dieser Tür, vor diesem Haus, antik gequadert, gelb verputzt (so wie es richtig ist) und warte. Klingle. Ich trete auf die andere Straßenseite, um zu sehen, ob irgendwo ein Fenster beleuchtet ist, stehe wieder vor den Händen und Füßen und der verkrümmten Wirbelsäule. – F.C. Jonasser. Hier wohnt Herr Jonasser, und damit dürfte die Sache wohl ein Ende gefunden haben.

Was hätte der Vater gesagt?

Ach mein Junge, du wirst hungrig sein, ja, verdammt noch mal, ich habe eine Tasse Kaffee zu sechzig getrunken, Zigaretten gekauft für einszwanzig, und der verdammte Bettler hat tatsächlich das Geld genommen, man hätte tagelang damit auskommen können.

Ach ja – ganz oben hing noch ein Schild:

Badehaus II

An diesem Abend wanderte ich weit in der Stadt umher, bis hinaus zu den gekrümmten Gerbergräben, klopfte auch einmal beim Kürschnermeister Tann oder Trann gegen den Fensterladen, er war grün gestrichen, und der Kürschnermeister stand dahinter und drückte den Bauch gegen die Scheibe. Oder, das war ein anderer Fensterladen, drinnen begann ein Kind zu weinen. Das Dumme, Kleine, leckte an seinem Bettchen, kaute auf den Gitterstäben. Drinnen ging das Licht an, und durch den Spalt sah ich einen Kerl aus seinem Bett steigen, er griff um sich, hielt sich an der Stehlampe fest, das Kind weinte, der Kerl rüttelte am Kinderbettchen, und die Frau hob ihren Kopf aus den Kissen, schaute zu.

Und nun? Sollte ich vielleicht in den Spalt zwischen den beiden Fensterläden hineinsprechen und sagen: Ich bin hier fremd, wo kann man denn übernachten? Alle wären erstarrt: Der Mann stützt sich auf das Kinderbett, die Frau hat die Augen weit aufgerissen, schwarze unflätige Löcher, sie möchte gerne, daß ich komme. Da hinten habt ihr doch noch eine Küche, sage ich, mit etwas gutem Willen könntet ihr mich da schlafen lassen. Stille. Der Teppich ist halb umgeschlagen, damit er in der Nacht nicht beschmutzt wird. Sie sagt: Komm wieder rein, was willst du mit Erhard. Er sagt: Ich wer' nochmal verrückt, wenn das so weitergeht mit ihm. Das Licht verlischt, in Hagel geht man um acht schlafen, ich stehe auf der Straße ...

Aber diese Straße weist mich fort. Ich muß gehen. Eine Querstraße. Noch eine – und nun bin ich wohl wieder da, wo ich hergekommen bin. Es ist nicht die Blumenstraße, aber weit kann sie nicht sein, denn ganz hinten sehe ich schon das Schild von Bäcker Frehbohm. Ich bin im Kreise herumgelaufen. Fünfzig Schritt weiter hängt ein schwach beleuchtetes Glasdach in die Straße hinein: Hotel drei Löwen. Ein engbrüstiger Bau von mehreren Stockwerken, der unten, zu beiden Seiten des Eingangs, mit zwei Kübelbäumen giftig grün unter den Leuchtbuchstaben prunkt, und auf den Stufen liegt ein Teppich mit verschlungenen (wunderbar kaiserlichen) Initialen. Ich hätte mich wohl kaum entschlossen, dort hineinzugehen, aber da spricht mich jemand von der anderen Straßenseite her an:

«Einen schönen Abend, mein Herr», fast ist es nur ein lautes kratzendes Flüstern, «geben Sie mir eine Kleinigkeit.»

Ich wende mich um. Unter der hölzernen Vortreppe des gegenüberliegenden Hauses sitzt der Bettler; im ersten Augenblick denke ich, es seien zwei, sehe dann aber, daß nur ein Sack neben ihm steht. Ich sage:

«Hast du keine Augen im Kopf; vorhin habe ich dir erst was gegeben.»

Die Gestalt unter der Treppe krächzt und zieht sich zurück. Ich aber überquere die Straße und beuge mich nieder, der Bettler sitzt da wie unter einem Dach.

«Du hast keinen schlechten Platz», sage ich.

Der Bettler flüstert irgend etwas im Dunkel, ich kann nicht verstehen, was er sagt. Dann laut:

«Wollen Sie mir eine Kleinigkeit geben?»

«Aber nein», antworte ich.

Der Alte kommt plötzlich aus seinem Winkel hervor, er kriecht auf Händen und Füßen und bleibt in dieser Stellung vor mir hocken.

«Wenn Sie mir nichts geben wollen», sagt er halblaut, «dann möchte ich Sie bitten, weiterzugehen.» Er kriecht wieder zurück. «Sind Sie Amerikaner?»

«Nein», erwidere ich.

«Dann sind Sie sicher Holländer; ich kannte mal einen Holländer –», er blickt mich erwartungsvoll an, «geben Sie mir was.»

Ich zucke mit den Achseln. Er flucht vor sich hin, zieht sich schließlich, als ich immer noch nicht fortgehe, hinter seinen Sack zurück (der ziemlich prall gefüllt zu sein scheint, denn er steht aufrecht), und nach einiger Zeit habe ich das Gefühl, daß er etwas ißt.

«Hören Sie zu», sage ich bestimmt, «ich muß Sie leider bitten, mir den Fünfziger wiederzugeben.»

Stille.

Am anderen Ende der Straße läuft ein Hund über das Pflaster. Der Alte muß zu kauen aufgehört haben, sein Mund ist stehengeblieben, denke ich. Nichts mehr zu hören.

«Ja, tut mir sehr leid, aber ich brauche das Geld jetzt selber.»

Der Hund läuft ein Stück die Straße entlang, seine Pfoten platschen auf den Steinen, taschtaschtaschtasch. Lächerlich schräg läuft er.

Keine Antwort.

Plötzlich beginnt der Bettler wieder zu kauen, nur viel schneller als vorhin. Ich höre es ganz deutlich knirschen: Er ißt wohl Salat.

«Na», sage ich, «schmeckt's denn wenigstens?»

Der Bettler kichert. Dann sagt er:

«Das Geld habe ich aber nicht mehr, ich habe es meiner Schwester gegeben.»

«Dann soll es die verdammte Schwester rausrükken», sage ich laut.

«Schsch», macht der Alte und streckt seine Handfläche aus dem Dunkel, «sie hat es auch nicht mehr, sie hat Medizin gekauft, da kann man nichts machen.»

Ich glaube, er hat recht. Da ist wirklich nichts mehr zu machen.

«Dann werde ich hier bei Ihnen übernachten.» Ich hocke mich hin und spähe in das dunkle Loch. Bisher hatte ich den Alten noch gar nicht genau betrachtet, er sitzt mit angezogenen Beinen gegen den Sack gelehnt, Hände und Gesicht leuchten grauweiß, er hat zu kauen aufgehört. Was macht er denn jetzt? Er knurrt. Ich muß erst eine Weile hinhören, um zu begreifen, was das ist; aber er knurrt tatsächlich aus seiner Ecke hervor.

Ich schiebe meine Tasche unter die Treppe, und sogleich hat der Bettler sie gepackt.

«Was wollen Sie», fragt er, «Sie wollen hier doch nicht etwa übernachten.»

«Doch», sage ich und krieche unter die Treppe. Aber da wird er böse. Er schreit:

«Solche Leute wie Sie haben mir gerade gefehlt. Können nichts, haben nichts und wollen einem den Platz wegnehmen. – Nichts da», ruft er wütend, als ich mich gegen den Sack lehnen will, «hier kann nur einer schlafen, das dürfte doch wohl nicht so schwer zu verstehen sein. Dauernd Ärger», er klagt vor sich hin, schlägt sich mehrmals mit der Hand auf den Unterarm, «den ganzen Tag.»

«Ich glaube, es wird ganz gut gehen, Ihr Platz ist ja ziemlich geräumig», sage ich schmeichelnd. Doch der Bettler holt tief Atem – ich höre seinen klingenden Rachen –, er will zum Sprechen ansetzen, zeigt mir bereits die flache Hand, wird aber unterbrochen, denn ein Auto kommt die Straße herunter und hält vor dem Hotel. Er packt meinen Arm.

«Aijaihh», stöhnt er, «ausgerechnet jetzt.»

Ein Taxi. Letzte Gäste vom Abendzug. Aus dem Hotel tritt ein untersetzter Portier mit Dienstmütze und grüner Schürze; bevor er den Wagenschlag öffnet, blickt er zu uns herüber – Sehen Sie, flüstert der Bettler –, eine kräftig gebaute Dame steigt aus, man hört ihre Stimme bis unter die Treppe. Mein Gatte hat doch wohl telegraphiert. Selbstverständlich, gnädige Frau. Sie trägt einen Fuchspelz um die Schultern, die beiden Fuchsköpfe blicken ihren Rücken hinunter und schlenkern gegen die Schulterblätter. Herr und Frau Machner, wenn ich nicht irre, sagt der Portier. Jawohl, sagt Machner, der inzwischen ebenfalls aus dem Wagen gestiegen ist; er setzt einen hellen Hut auf und rückt den Pelz seiner Frau zurecht. Diese aber stellt sich massiv vor das Hotel hin und blickt nach oben, scheint entschlossen zu sein, sich hier nichts vormachen zu lassen, während er (Herr Machner) etwas gebeugt daneben steht. Es ist wahrscheinlich die ungünstige blaue Beleuchtung, die sein Gesicht so livide erscheinen läßt, aber als er sich nachher ins Wageninnere beugt, wo eine Lampe brennt, sieht er genauso angelaufen aus. Sind wohl zur Kur, die Herrschaften, fragt der Portier. Jawoll, sagt Machner. Er bietet seiner Frau den Arm und führt sie in die Halle. Der Portier holt die Gepäckstücke aus dem Kofferraum, bevor er sie aber forttrügt, blickt er in unsere Richtung, steht eine Weile mit den Koffern in der Hand aufmerksam da.

«Na bitte», flüstert der Bettler, «da haben Sie's.»

Der Portier bringt die Koffer ins Hotel, erscheint gleich darauf wieder, um noch eine Hutschachtel zu holen, bleibt wieder stehen. Tritt zwei Schritte vor und späht in unseren Winkel. Der Bettler keucht, kneift mich in den Arm:

«Sie mit Ihrem Hemd – ist doch klar, daß er das sieht.»

– – –

Der Portier nimmt die Hutschachtel auf, stockt, stellt sie wieder hin.

«Alfred», sagt er laut, «ich habe dich deutlich gesehen», er hebt die Faust, «ich werde dir –», tritt gegen die Hutschachtel. Ich habe aber durchaus den Eindruck, daß er uns nicht gesehen hat.

«Der Laden da», sage ich zum Bettler, «ist sicherlich teuer. Immer wenn solche grünen Schürzen erscheinen, wird es teuer.» Ich lehne mich gegen die Wand und schließe die Augen. Der Alte knistert ein bißchen mit dem Butterbrotpapier; plötzlich – ich habe schon gedacht, er würde nun Ruhe geben – tritt er mir in die Seite.

«Gehn Sie erst mal weg», zischt er, «mit dem Hemd können Sie hier nicht bleiben.»

«Laß das bitte», sage ich, «schließlich will ich nur ein Dach über dem Kopf haben, da kannst du mich nicht fortschicken ...» – «Kann ich!» kreischt er. «Väterchen», sage ich, «überlege mal, ob du dich richtig verhältst; stell dir vor, ich wäre dein Sohn, ich wäre zu dir gekommen und bäte um ein Nachtquartier, na?»

Er stemmt mir seinen Fuß in die Seite.

«Eh!» sage ich, «wirst du das mal lassen!»

Aber das nutzt nichts, er schnauft – beginnt, mich mit dem Fuß von sich zu schieben.

«Warte mal», sage ich. Er hält inne. Ich brülle: «Was wünschen Sie denn noch von mir? – Soll ich vielleicht darum betteln?» – Er hat aufgehört, mich zu schieben. «Also gut», sage ich, «bitte! Nun lassen Sie mich bitte bleiben.»

«Rinnsteine gibt's überall», sagt er.

«Aber keine mit 'ner Treppe darüber», brülle ich, und leiser: «Mensch ich habe keinen Pfennig mehr in der Tasche!»

«Das ist schlimm genug», sagt er, «aber vorher immer aus dem Vollen, was? Immer flott drauflos.» Damit tritt er mir wieder in die Seite. Schnauft, schiebt. Ich umfasse einen der Pfeiler, auf denen die Vortreppe steht, aber der Bettler ist im Vorteil, weil er sich mit dem Rücken gegen die Wand stützen kann.

«Soll ich Lärm machen!»

Er hat seinen erbärmlichen Greisenfuß in meine Hüfte gestemmt und läßt nicht locker. Ich packe das Fußgelenk, das sich dürr und hart anfaßt, versuche es fortzustoßen. Ahh, nichts zu machen. Ich sage dir:

Läßt du gefälligst los! Nur Haut und Knochen, ich hätte nie gedacht, daß solch ein alter Mann so kräftig sein kann.

Schlage ihm mit der flachen Hand auf's Bein; nicht sehr heftig, aber so, daß es laut klatscht.

«Mit deinem dreckigen Schuh», sage ich wütend, «mich mit dem Schuh zu treten.» Es ist ein steinharter Lederklotz, sehr geflickt – die Kappe scheint überhaupt von einem anderen Schuh zu stammen, denn sie hat ein Lochmuster. Dann sitze ich draußen auf dem Pflaster, er wirft mir die Tasche heraus.

«Ach du widerlicher Alter, hast nur so ein dreckiges Loch und bist auch noch ungastlich», ich kann jetzt zum erstenmal sein Gesicht erkennen, ein sonderbar kurzes Gesicht, mit einem vorstehenden Kinn, das ganz dicht unter der Nase beginnt (die Zähne fehlen wohl). Er keift laut:

«Junger Kerl wie Sie. Sind doch jung und kräftig, können doch arbeiten! – Da müßte man ja Schläge kriegen, wenn man das noch unterstützt!»

Aber seine Augen kenne ich. Die sind engstehend und erschreckend bekannt.

Ich klopfe meinen Anzug ab; es sind mehrere Hunde in der Straße, die von weitem ihre Schnauzen gegen mich richten. Ich nehme die Tasche auf und entschließe mich schnell: überquere die Straße, bedaure nur, nicht mehr Gepäck bei mir zu haben. Von hinten höre ich den Bettler fluchen. Steige die sieben Stufen hinauf, der Läufer erscheint braun im bläulichen Licht, die Kanten senfgelb. Er schimpft, weil ich nun ins Hotel gehe. Speckjäger! Ich? Ja, du Protz. Er hebt die Hand und verflucht mich.

Ach, Väterchen.

Ich trete durch die Glastür in die Halle.

2

Meine Mutter war eine schöne Frau, sie trug seidene Strümpfe, und zur Kaffeestunde standen ihre Beine damenhaft unter den zappelnden rosigen Gebilden. Aber mein Vater ist mir immer am nächsten gewesen. Er war gut zu mir, in jenem Haus am Rande der Stadt. Im Wohnzimmer gab es Sessel in einer merkwürdig stumpfen Farbe, wie sie zur Zeit meines Vaters modern gewesen war, und wenn er am Schreibtisch arbeitete und sagte: «Geh jetzt spielen», dann war seine Stimme genauso stumpf wie diese Sessel und dieser braune Wohnzimmergeruch. Später in der Erinnerung ließ sich eines nicht vom anderen lösen.

Er schaute zu, wenn ich spielte, er streichelte mich, wenn ich die Eisenbahnschienen verlegte und das Schöpfwerk aufbaute und die Zapfen der Lafette einschlug. Er war gut zu mir. Und über die lange Schleifspur, die ich mit dem Tretroller in die Dielen riß, hat er nie geschimpft. Später, als ich sein Haus verließ, legte er seine Wange an meine, diese Wange mit den kurzen weißen Stoppeln, geküßt hat er mich nicht, denn Zärtlichkeiten waren nicht üblich zwischen uns. Ich versprach (als er mich ermahnte), bald zurückzukehren, nach einem Jahr, höchstens zwei Jahren, aber da er mich so sehr ermahnte, dachte ich: drei Jahre.

Es waren zehn Jahre, als ich zurückkehrte, und er war inzwischen gestorben. Man sagt, die Toten spüren es, wenn man sich sehr stark an sie erinnert, und diesen Gedanken ertrage ich kaum.

Ich trete in die Halle.

Machners waren mit dem Taxi vorgefahren, ich komme zu Fuß; sie hatten mindestens vier oder fünf Koffer, ich dagegen habe nur eine Tasche. Der Portier hebt flüchtig den Kopf; er sitzt hinter einer Barriere am Ende der Halle und liest Zeitung. Ich gehe ein paar Schritte auf dem dunkelroten Teppich, der diagonal von der Eingangstür zur Barriere führt, wünsche einen guten Abend. Er nickt. Wendet sich wieder seiner Zeitung zu.

In der Halle ist es ganz still. Der Ledergriff knarrt, weil sich die Tasche unter dem Gewicht etwas in die Länge zieht, und der Portier blickt auf. Er hat ein übergroßes Kinn, scheint nachzudenken und senkt die Augen, ich bemerke aber, daß er in Wirklichkeit in seiner Zeitung liest. Es ist der Sportteil mit den Ergebnissen vom Sonntag.

Ich frage: «Was kostet bei Ihnen ein Zimmer?»

«Wie?» liest die Sportseite, ist aber gleich fertig.

«Ein Zimmer», sage ich.

Der Portier blickt matt von unten hoch, und mir fällt auf, daß nicht nur sein Kinn, sondern auch alle übrigen vorspringenden Teile seines Gesichtes vergrößert sind.

«Haben Sie noch mehr Gepäck draußen», fragt er. Ich verneine, erkläre aber, noch einen Koffer auf dem Bahnhof zu haben.

«Sollen wir den holen?»

Ich verneine, und der Portier nickt mutlos. Dann schlägt er mit dem Handrücken auf den Sportteil seiner Zeitung:

«Zimmer 23», sagt er und langt nach hinten zum Schlüsselbrett. Ich straffe mich und sage:

«Wie ist das üblich, bezahle ich im voraus?»

Der Portier, der sich halb erhoben hatte, um das Schlüsselbrett zu erreichen, hält in seiner Bewegung inne – halb nach hinten gedreht in Kniebeuge, untersetzt –, dann sagt er zustimmend:

«Gut. – Es ist bei uns nicht üblich, aber wenn Sie wollen.» Er gibt mir den Schlüssel.

«Wenn es nicht üblich ist ...», sage ich.

Auch gut.

«Zweiter Stock», sagt der Portier, «achten Sie auf den ersten Treppenabsatz, dort ist eine Leiste lose.»

Ich gehe leicht angewidert zur Treppe, während mir der Portier nachschaut.

«Augenblick mal», sagt er. Ich drehe mich um, ziehe meine Brieftasche aus dem Jackett.

«Abendessen um neun», sagt der Portier und deutet mit seinem (übergroßen) Kinn auf eine Flügeltür. Ich stecke die Brieftasche wieder zurück, steige die Treppe hinauf. Dabei fällt mir nachträglich noch seine Sprechweise auf: Er hatte so gesprochen, als ob seine Zunge nicht genügend Platz im Mund fände.

Oben im zweiten Stock öffnet sich ein längerer Korridor: Nummer 23 ist die dritte Tür links. Die Luft im Zimmer riecht abgestanden, ich prüfe erst einmal, ob die Matratze gut ist, dann blicke ich in den Hof hinunter, wo eine Frau mit bloßen Armen an einem Bottich arbeitet. Die Scheibe hat sich von außen beschlagen: Ich öffne die Fensterflügel, damit die warme Luft ins Zimmer eindringen kann. Der Hof unten ist nur spärlich beleuchtet, dampfendes Licht aus der Waschküche, nasse Luft, Klatschen. Die Hotelwäsche wird gewaschen ...

Solche Einzelheiten waren damals noch ohne Bedeutung für mich. Da stand zum Beispiel, als ich um neun zum Essen hinabging, der Portier im Gespräch mit einem großen weißhaarigen Herrn am Fuß der Treppe. Im Speisesaal war außer mir und dem Ober nur das Ehepaar Machner, später kam noch ein Gast hinzu, ein älterer drahtiger Mann mit dem Gesicht eines Junggesellen, der – überraschend für mich – an meinen Tisch kam und sich mir vorstellte: Kuhnwalt, mich aufmunternd ansah, und als ich mich gleichfalls vorstellte, auf etwas Wesentliches zu warten schien. (Ich wußte beim besten Willen nicht ...)

«Na – auch zur Kur?» fragte er. Ich verneinte, und er war sichtlich enttäuscht, nahm dann an einem abseitsstehenden Tisch Platz. Aber im Grunde schenkte ich alledem wenig Beachtung ...

So sitze ich da an meinem Tisch unter dem pompösen Wandbehang (einer Ballszene). Frau Machner fragt nebenan ihren Gatten:

«Hast du die Pillen?» – Er sucht.

«Wenn du doch nicht immer alles vergessen wolltest», sagt sie.

Er, hochrot oder sogar eher bläulich – ich tippe auf ein Herzleiden –, sucht in der Hosentasche: «Ich muß sie eingesteckt haben.»

«Hast du sie», fragt Frau Machner leise, aber sehr deutlich.

Er sucht in der anderen Hosentasche. «Nein – – doch – –», hat die Pillen gefunden.

«Da bitte!» flüstert sie scharf, «es ist nicht zum Aushalten mit deiner Gedankenlosigkeit.»

«Liebste!» sagt er. Er nennt sie Liebste.

Da hätte ich aufhorchen sollen. Der Ober brachte die Speisekarte. Man suchte umständlich aus. Wartete. Kuhnwalt rieb sich die Hände, und in der Tür ließ sich der Portier sehen, der aber jetzt elegant gekleidet war. Schwarz mit gestreifter Hose. Es war neun Uhr, man wartete offensichtlich noch: der Ober zögerte mit der Speisekarte, und auch Kuhnwalt rieb sich nur zögernd die Hände. Endlich, kurz nach neun, erschien eine Dame in der Tür, und ich erinnere mich noch deutlich, wie sie die Schultern an dem im Wege stehenden Portier vorbeidrehte, wie sie in den Saal lächelte, über mich hinweg, über die Ballszene hinweg, die hinter mir an der Wand hing, als sie sich setzte, weiß gepudert.

Ich denke: Die ist ja großartig.

Wie sie sich vorbeugt, mit dem Busen blendet. Wie sie die Karte nimmt und sich ein wenig über die heutige Speisenfolge amüsiert – ihre Perlen, die sie in mehrfacher Kette um den Hals trägt, reiben sich in gaumigen Lauten aneinander –, so schön war sie später nie wieder.

Die Suppe kommt.

Ich habe großen Hunger und finde die Suppe gut, bemerke aber, daß die Dame sie sehr unachtsam ißt und ein Brötchen dazu zerbröselt. Sie zieht drei- oder viermal den Rock über die Knie. Lächelt mir zu: Nur Mut, *jeune homme! Mon prince*, mein Freund. Lächelt mir tatsächlich zu? Ich wage nicht zu entscheiden, ob dieser Blick mir oder der Ballszene einige Handbreit über mir gilt.

Der Ober sammelt die Suppenteller ein und trägt sie hinaus. – Der Portier, der wohl doch einen höheren Rang bekleidet, kommt jetzt in den Speisesaal, erkundigt sich bei dem Ehepaar Machner, ob alles in Ordnung sei, tritt an Kuhnwalts Tisch, geht zur Dame hinüber – nein, zur Dame geht er nicht; es sah zwar einen Augenblick lang so aus, statt dessen aber kommt er zu mir. Neigt mir sein Kinn zu.

«Herr Gimlet!» Die Dame hat von der Mitte des Speisesaals gerufen. Gimlet hebt sein Kinn.

«Ist es notwendig», fragt die Dame, «daß ausgerechnet von fünf bis acht das Badewasser abgestellt wird?»

«Es ist nicht unbedingt notwendig, gnädige Frau, nur wird es in diesem Hause so gehandhabt.»

«Lieber Herr Gimlet», sagt sie nachlässig, «vielleicht sollte man es ändern.»

«Vielleicht, ja», gibt Gimlet zu, «oder Sie sollten vor fünf baden, wenn überhaupt», er tritt einige Schritt zurück, «meine Dame!»

Und ehe ich aufspringen kann, erscheint der Ober mit dem Hauptgericht: Kalbsbraten mit Blumenkohl. Er legt mir vor, legt Machners vor, geht zu Kuhnwalt und legt auch ihm vor, dann faßt er das Tablett an und trägt es hinaus.

Die Dame hat er vergessen.

Ich denke schon, er habe die Dame vergessen, oder sie habe sich vielleicht etwas Besseres bestellt, aber nach einer Weile – ich bin außerstande, das Essen auf meinem Teller anzurühren – kehrt der Ober noch einmal zurück und stellt ein Schüsselchen mit Kartoffeln und eins mit Blumenkohl hin. Fleisch bekommt sie nicht. Ich nehme deshalb an, daß sie Diät halten muß. Herr Kuhnwalt preßt sich die Serviette auf den Mund.

Es geschieht auch sonst nichts Besonderes. Die Dame beeilt sich, ihre Mahlzeit zu beenden, erhebt sich dann, lächelt mir zu – ich erröte –, blickt über mich hinweg auf die Ballszene und verläßt den Speiseraum.

«Das war die Madam Schinski», erklärt mir Kuhnwalt später.

«Eine schöne Frau», erwidere ich.

«Ja», sagt Kuhnwalt, «rechnen Sie sich aus: Einhundertdreißig Pfund wird sie wohl wiegen, nehmen Sie mal jedes Bein extra», er zeigt den Umfang, «und dann allein die Büste, die Oberarme, na, ich glaube, hundertdreißig ist nicht zuviel.»

Ich bin verblüfft von dieser Betrachtungsweise.

Ich bin auf mein Zimmer gegangen, habe mir einen Stuhl ans Fenster gerückt und rechne aus: ungefähr hundertdreißig Pfund, Donnerwetter. Das Fenster hat keine Gardinen und sieht auf die abbröckelnde Front des Hinterhauses. Unten im Hof hängen warme Schwaden wie Gewölk von Wand zu Wand, die Wäscherin klatscht die Wäsche auf ein Brett, laut, arbeitet mit großen Händen wie eine Masseuse, die das Fett vom Leib knetet. Dabei fällt mir auf, daß die Laken ungebührlich verschmutzt und voller brauner Flecken sind. Die Wäscherin liegt mit beiden Armen bis zu den Ellenbogen im Waschzuber, stürzt sich durch ihr heftiges Walken warmes Wasser über den Bauch, daß er glänzt und sich wie eine Kugel unter der Schürze abzeichnet. Und während sie eine Spange im Haar zurechtrückt, rinnt das Wasser aus ihrem Ärmel auf die Schulter.

Ich liege noch im Fenster, als unten jemand aus

dem Haus tritt – das ist ein völlig unverdächtiger Vorgang –, er überquert den Hof, taucht im Vorbeigehen eine Hand in den Waschzuber, bleibt stehen. Plötzlich blickt er mißtrauisch zu den Hotelfenstern hoch, eine Hand im Wasser. Ich weiche etwas zurück.

Habe ihn aber erkannt.

Den Junggesellen. Den nachobenschauenden Ziegenkopf Herrn Kuhnwalts. Was macht er da? Er wäscht sich die Finger in der Lauge, und zwar recht ausgiebig. Ich weiß, was er macht: Er streichelt die Arme der Waschfrau, atmet mit Vergnügen den Geruch des scharfen Waschmittels ein. Eines Tages werde ich ihn dabei ertappen, wie er ihr in den Arm beißt, denke ich, als ich mich aber wieder aus dem Fenster lehne, hat er schon den Hof überquert, hat eine Tür zum Hinterhaus geöffnet und verschwindet dort.

Ich lege mich auf mein Bett und versuche zu schlafen. Von der rechten Fensterecke her läuft ein langer gezackter Riß über die Zimmerdecke, fasert sich am Ende wie ein Baum auf. Es ist ein so tiefer Spalt, daß man die ganze Hand hineinstecken könnte, als ob die Decke durch und durch geborsten wäre.

Ich muß in meiner Erschöpfung sehr lange geschlafen haben, denn als ich aufwache, sind die Geräusche schon fett und die Stimmen lärmend, ein neuer Tag.

«So billig bin ich nicht.»

«Nein?»

«Außerdem habe ich noch meinen Schmuck.»

«Außerdem – mich trifft der Schlag – hat sie ja noch ihren Schmuck. Daß ich daran nicht gedacht habe!»

«Es sind echte Steine.»

«Und soviel davon! – Es ist zwar im allgemeinen üblich, daß die Gäste vorausbezahlen; aber halten Sie das doch ganz nach Belieben, meine Dame, zahlen Sie heute, morgen, in einem Monat.»

– – –

«Jederzeit, meine Dame.»

– – –

«Und in welcher Währung immer.»

Das möchtest du wohl, denke ich. Das Zimmer ist sehr schmal, die Tapete dunkel im Tageslicht, fast schwarz. Nehmen Sie gefälligst die Finger weg, sagt die Dame. Auf der anderen Seite sprechen Machners miteinander, ich höre sie deutlich.

«Was suchst du?»

«Hast du meine Socken gesehen?»

«– Nee», sagt sie dumpf.

«Die gestreiften?»

«– Nee.»

Sie spricht wie durch ein Tuch, ist wohl dabei, den Rock über den Kopf zu ziehen.

«Ich geh nochmal runter und hole mir ein paar Zigarren. Soll ich dir was mitbringen?»

«– Danke», sagt Frau Machner dumpf.

«Ich hätte gern ein paar Zigarren zu vierzig», bittet Machner.

«Ach Zigarren», sagt Frau Machner jetzt hell und gellend, als ob sie sich von ihrem Wollrock befreit hätte. Ich habe mich im Bett aufgerichtet und verfolge Herrn Machners Schritte. An meiner Tür vorbei – die Dielenbretter senken sich etwas –, den Flur entlang, die Treppe hinunter. Bis ins Parterre, wo die Wäscherin stehen mag, den Waschkorb in die Seite gestemmt (Herr Machner flieht an ihr vorbei), die Wäscherin, naß und dampfend, Schweiß und Lauge: Also der hat – (keucht sie) – der hat soon Kopp gekriegt …

Ich sitze aufrecht im Bett und fasse einen Entschluß, ich will feststellen, was das bedeutet: F.C. Jonasser, Massagen, Bäder, Korrekturen. Vom Hof her fällt wolkiges Licht in mein Zimmer. Ich stehe auf, wasche mich, binde mir die Krawatte neu, gehe anschließend zur Toilette am Ende des Flures.

Die Dame kichert.

Es ist ein Holzkasten mit lächerlich dünnen Wänden, so daß man sich kaum zu rühren wagt. Ich hebe leise den Deckel hoch. Anscheinend sitzt die Dame dicht hinter der Toilettenwand, sie seufzt oder gähnt, genau läßt es sich nicht entscheiden. Sie trällert.

«Wenn Sie sich nett anstellen, können Sie gerne bleiben», sagt Gimlet plump.

Als er an ihre Brust faßt, entsteht ein lautes Knackgeräusch. Pause. Dann sagt die Dame:

«Nun machen Sie, daß Sie aus meinem Zimmer kommen.»

Ich verfolge die Borte grüner Girlanden, welche den Spülkasten ziert.

«So?» Er spricht, als ob seine Zunge nicht ins Maul paßte, und seine Hände sind zu groß und die Füße zu groß und zu dick.

«Dann bezahlen Sie es aber auch gefälligst.»

Und ich kann mir gut vorstellen, wie er im Schlaf aussieht, die Zunge hängt ihm heraus, die Augen kriegt er auch nicht zu. Weiß und verdreht. Wie ein Toter.

«Pfui Teufel», sie kreischt, wehrt ihn mit geübter Leichtigkeit ab. Er massiv:

«Das Zimmer kostet fünfundzwanzig. Mit Bedienung, verstehst du!»

Sie kichert.

«Aha», sagt er, «das gefällt dir!»

Sie kreischt. Schmiert ihm wohl Salbe aufs Hemd. O du verdammtes Ferkel. Und als ich die Toilette verlassen will, pralle ich mit Gimlet zusammen, der soeben aus dem Zimmer von Madam Schinski stürzt. Er trägt den schwarzen Anzug und sieht mich an, als ob er sich etwas über mich ins Gedächtnis rufen wollte.

«Hat wohl nicht geklappt bei der Madam Schinski», sage ich.

Ich gehe die Straße hinunter, es ist schon wieder dämmrig. Ein paar Bürger stehen vor der Tür, reden miteinander. Der Gemüsekrämer hat seine Auslagen noch nicht hereingeholt, die Rettiche liegen unter dem Abendhimmel, die lauen Gurken und die Porreestengel. Ich biege nach links ein und dann, als ich auf die Blumenstraße stoße, nochmals nach links – alle Fenster sind geschlossen, das emaillierte Schild: F.C. Jonasser, Massagen, Bäder, Korrekturen, leuchtet weiß an der Hauswand. Zunächst halte ich mich auf der anderen Straßenseite und betrachte das Gebäude sorgfältig: unten antike graue Quadern. Von der ersten Etage an gelber oder, wie es in dieser Beleuchtung erscheint, olivfarbener Anstrich, so daß der Eindruck entsteht, man hätte auf den Mauerresten eines alten Gebäudes aufgestockt (daß der Eindruck entstehen sollte ...). So etwa. Ferner sind – wohl den Eigenheiten des Besitzers entsprechend – sämtliche Fenster bis zur ersten Etage vergittert. Badehaus II.

Wie also hat es sich nun zugetragen.

Ich habe erst einmal geklingelt, ohne daß jemand öffnete. Oder ich habe sogar in Abständen zwei- oder dreimal hintereinander geklingelt, ohne Resultat. Bin dann ganz zurückgetreten, oder habe mich drüben auf eine Türschwelle gesetzt, und während ich noch die sorgfältig vergitterte Fassade studiere, reißt es mich zusammen: Gegenüber schaut ein Kopf aus dem Fenster. Es brennt dort kein Licht, aber hinter dem dritten Fenster in der ersten Etage, genau über dem

Schild: Jonasser, Korrekturen (ich möchte schwören) zeichnet sich ein menschlicher Kopf ab, der auch nicht verschwindet, als ich jetzt näher herangehe. Ein Frauenkopf, trapezförmig stumpf in die Schulterpartie übergehend, unbeweglich, ja, der Teufel soll mich holen, denke ich, wenn ich dieser Person nicht schon mal begegnet bin. Sie rührt sich nicht, steht da stumm am Fenster. Auf der Stirn leuchtet ein Glanzlicht (von der Laterne her). Ich hebe den Arm. Plötzlich ist sie fort.

Ich klingle sogleich anhaltend an der Haustür und versuche, durch das Schlüsselloch ins Innere des Hauses zu sehen. Aber dort liegt nur das Licht der Straßenlampen auf den Stufen, eine gelbe Raute vom Flurfenster her, und dazwischen das Treppengeländer in schwarzen Streifen. Ich bin aber sicher, daß es die Wäscherin gewesen ist.

Von der Seite gesehen stehen die Gitter wie Bratroste, wie flache eiserne Käfige vor. Wenn da drinnen jemand den Schlüssel verlieren sollte, muß er sich schon vom dritten Stockwerk aufs Pflaster stürzen. Sonst ist nichts zu machen. Und wenn der Jemand nicht springen will, muß er eben drinnen bleiben. Das ist kein Haus, das ist ein Gefängnis. Ein Professor dürfte da wohl kaum Gelegenheit haben fortzukommen, denke ich mir, möglicherweise ist er bettlägerig und kann nicht mal bis ans Fenster gelangen.

Vom Bahnhof her pfeift eine Lokomotive; ein trauriges Jaulen. So gehe ich wieder ins Hotel zurück.

Gimlet sitzt hinter der Barriere und liest die Sportnachrichten, schlägt – als ich an ihm vorbeigehe – mit der Hand auf das Blatt und knurrt; er hat mich aber nicht gesehen. Hinter ihm steht die Kasse offen, ein unmodernes Modell, gearbeitet in Waffelblech, und der Form nach eher eine Buffetuhr als eine Kasse.

Bevor ich aber den Treppenabsatz erreicht habe, ruft er mir von unten her nach:

«Augenblick!»

Ich drehe mich nicht zu schnell um.

«Abendessen um neun», ruft er.

Um neun.

Ich möchte sagen, daß mich unsere erste Begegnung wenig beeindruckte. Als ich um neun zum Essen herunterkam, stand er in der Halle und unterhielt sich mit Gimlet. Mir fiel nur sein sehr dichter und weißer Schopf auf, der mit scharf abgegrenzten Rändern den Schädel wie eine Kappe umschloß. Im übrigen paßte seine große würdige Gestalt sehr gut zu dem roten Läufer und den weißen Flügeltüren. Er beachtete mich kaum, wechselte nur ein paar Worte mit Gimlet, die sich wohl auf mich bezogen, denn sie blickten beide zu mir herüber: Ist seit gestern hier, hat noch nicht bezahlt. Wandte sich aber gleich darauf Herrn Kuhnwalt zu, der in eine eifarbene Weste (zum dunkelbraunen Anzug) gekleidet war, sich meckernd die Hände rieb und, sobald er den Weißhaarigen bemerkte, von der Treppe herunterkrähte. Sofort die Herren in ein Gespräch zog. Wodurch ich Gelegenheit hatte, die Haartracht des Fremden eingehender zu studieren, besonders aber die Partie hinter den Ohren, wo sich im allgemeinen die Perücke verrät: Es war eine Perücke. Und offenbar war auch die braune oder gebräunte, verhältnismäßig jugendlich wirkende Gesichtsfarbe nicht echt. Den kleinen Smaragd in der Krawatte dagegen hielt ich für keine Imitation …

Dann kam Madam Schinski die Treppe herab.

Als ich ihre Aufmachung sah, dachte ich: Liebe Dame Schinski, du machst alles nur noch schlimmer.

Der Weißhaarige sagte: «Tolle Frau.»

Gimlet dagegen: «Zahlt aber ihre Rechnung nicht.»

Die Dame glühte.

Sie trug ein scharlachfarbenes sehr knappes Kleid (dem sie fast zu entgleiten schien). Scharlach mit fuchsrotem Pelzbesatz am Dekolleté, am Saum und an den Ärmeln. Sie schwang den Saum mit ihren Waden, als sie die Treppe herabschritt. Der helle Fleischton ihrer Handschuhe hob sich kaum vom Weiß der Arme ab.

«Fabelhafte Erscheinung», sagte der Weißhaarige. Und im Speisesaal erstarrte Frau Machner über ihrem Teller und prägte sich offensichtlich genau ein, was sie in Kremmen erzählen wollte: Fuchspelz, Handschuhe bis zum Ellenbogen. Dabei zog sich ihr Mund herzförmig zusammen, wurde ganz klein …

An diesem Abend trieb man einen beträchtlichen Aufwand: Der Ober rollte kleine Wagen herein, auf denen Kannen, Schalen und zugedeckte Schüsseln aus Zinn standen. Sehr festlich. Er legte mir eine rosa Serviette hin, hantierte flüssig mit dem Besteck, und seine Person wurde jetzt zum erstenmal sichtbar: Er mußte erst kleine, runde Messer aus der Hand schlüpfen lassen – eines zwischen Daumen und Zeigefinger haltend, eines zwischen viertem und fünftem Finger –, mußte erst Fisch- und Krebsmesser auf die Serviette schweben lassen, ohne Laut, rechtwinklig zu den Gabeln. Nun sieht man seine strengen Augen, seine glatten angeklebten Haare, seinen strengen Mund. Er sagt nichts. Seine Tätigkeit übt er mit großer Konzentration aus, ohne den geringsten Fehler, mathematisch genau. Wie ein strenger Musiker.

Das Essen beginnt mit der Suppe.

Sie ist erlesen, einfach, klar, nur leicht gelblichgrün getönt, mit ein paar Kräuterblättchen an der Oberfläche. Als Fischgang gibt es einen Waller, der halbiert, aus der Haut gelöst und wieder hineingelegt worden ist. Auf Salatgrün serviert. (Nun dreh dich mal unauffällig um und rate, was der da ißt.) «Einen Waller!» ruft Frau Machner halblaut, wünschte, sie hätte nichts gesagt. Der Salat. Die Beilagen …

Ich habe bereits meinen Waller verzehrt, als ich bemerke, daß Madam Schinski noch immer vor einem leeren Teller sitzt; nicht einmal die Suppe ist ihr serviert worden. Der Ober bringt den Fleischgang, schreitet durch die Mitte des Saales an der Dame vorbei, ernst und mit geschliffenen Bewegungen; als er zurückkommt, hält sie ihn am Ärmel fest, der Ober entzieht sich ihr. Mich geht die Sache nichts an, ich wende mich meinem Teller zu, dem Fleischgang, einem Kalbsröllchen, horche aber auf die weitere Entwicklung.

An der Tür erklärt Gimlet dem Ober – ich verstehe recht gut:

«Sagen Sie der Dame, daß wir ihr heute leider nicht servieren können.»

«Was», ruft die Dame vom Tisch her, «ist dies hier ein Hotel, oder was?»

«– und sagen Sie, daß wir außerordentlich bedauern.»

Der Ober bringt dem Ehepaar Machner die Kalbsröllchen. Als er an der Dame vorbeigeht, schüttelt er den Kopf und sagt:

«Sie kriegen heute nix.»

– – –

Kuhnwalt prustet plötzlich auf seinen Teller. Das Ehepaar Machner schaut interessiert zu der Dame hinüber, aufmerksam. Sie soll, sagt Frau Machner, ihre Rechnungen nicht bezahlt haben, räuspert sich etwas ungläubig, stimmt dann aber ihrem Mann zu, der sagt: Man kann es der Hotelleitung nicht verdenken. Still und ohne Haß. Kuhnwalt sendet mir einen schrägen auffordernden Blick zu. Die Dame selbst hält die Hände im Schoß, ihr scharlachrotes Kleid hat an Halt verloren. Fuchspelz.

Dann versucht sie aufzustehen. Steht auf. Doch noch ehe sie ganz auf den Beinen ist, befinde ich mich bereits an ihrer Seite.

«Madam Schinski», sage ich laut genug, daß es alle hören können, «darf ich mir erlauben, Sie zum Essen einzuladen? Bitte, machen Sie mir die Freude.» Damit biete ich ihr den Arm – es muß etwas eigenartig ausgesehen haben –, führe sie an meinen Tisch, und beim Ober bestelle ich, während alle im Saal angestrengt lauschen, ein zweites Gedeck. Die Dame sagt:

«Das ist sehr liebenswürdig von Ihnen.»

«Jeder der hier Anwesenden hätte das gleiche getan», antworte ich.

Sie ißt mit großem Appetit. Die Suppe. Den Waller. Die Kalbsröllchen. Als sie mit der Käsecreme fertig ist, legt sie mir die Hand auf den Arm – das Ehepaar Machner läßt interessiert die Löffel sinken – und fragt:

«Kannten Sie den General Schinski.»

Ich muß leider verneinen.

«Er war mein Mann», sagt die Dame.

Nach dem Essen biete ich ihr abermals den Arm. In der Halle stehen Gimlet und der Weißhaarige, beide schweigend. Als wir vorübergehen, runzelt der Fremde die Stirn, und ich beobachte, wie die Falten unter dem scharfen Ansatz dieser fabelhaften Kappe verschwinden.

«Er trägt eine Perücke», flüstere ich der Dame zu.

«Der?» sagt sie, als wir den ersten Treppenabsatz erreicht haben. «Wenn es nach dem ginge, dürfte ich heute noch ausziehen.»

Das Kopfende ihres Zimmers wird von einem dreiteiligen Spiegel beherrscht. Die Dame sitzt im Frisiersessel, ich selbst stehe – da kein weiterer Stuhl vorhanden ist – hinter ihr, eine Hand auf der Lehne, und so, einmal frontal und zweimal in halber Seitenansicht, können wir uns gleich dreifach sehen, als dreiteiliges Bild im Toilettenspiegel.

«Ich werde noch eine Flasche Sekt bestellen», schlage ich vor, «das geht sowieso alles auf Rechnung.»

«Meinen Mann kannten Sie doch sicher?» fragt die Dame.

«Den General Schinski?»

«Ja, wir sind geschieden, das heißt, ich habe ihn verlassen, vor – warten Sie mal –, vor jetzt vier Jahren.»

Dazu ist wenig zu sagen, sie hat den General Schinski verlassen.

«Wegen Obodumov», erklärt sie und blickt sich zärtlich im Spiegel an.

«Kennen Sie ihn?»

Nein. Ich denke nach.

Nein, leider.

«Aaach», sagte sie, «ein charmanter Herr, und stattlich, aus Moskau ...» Ja, das kenne ich – da war ich mal. Ich laufe zum Treppenflur und bestelle eine

Flasche Sekt. Ach was, rufe ich durch den Schacht (Gimlet steht unten), bringen Sie gleich zwei Flaschen. Als ich zurückkomme, hat Madam Schinski einen Ohrschmuck aus der Schublade genommen, kichert in der Erinnerung:

«– nur schrecklich gewalttätig war er. Ein feiner Herr! O ja! Aber eben etwas viehisch.» Sie befestigt die Gehänge und betrachtet sich mit den baumelnden Lampions. Dreht den Kopf. Dreifach. Tupft sich je einen Tropfen Parfum hinter die Ohren – ich bemerke dabei den leicht bläulichen Schatten in der Achselhöhle –, plötzlich lacht sie laut los:

«Der war saftig. Wenn er trank, wurde er unerträglich, er nahm mich hoch (sie sehen ja mein Herr, daß ich nicht leicht bin) und setzte mich auf – na, auf die Kommode. Er machte mit einem, was er wollte, und unsereins mußte streng parieren. Tanzen und Sekttrinken, noch und noch, was er wollte.» Der Obodumov.

Ich bin gerade im Begriff, wieder in den Flur zu stürzen, als die Tür von außen geöffnet wird und Gimlet einen Sektkübel hereinträgt. Er gießt mit steinernem Gesicht ein. Schlägt die Tür hinter sich zu. Wir trinken die erste Flasche aus.

«Einmal ist er betrunken auf einen Baum gestiegen, auf eine große Linde, ganz hoch hinauf. Mein Gott, habe ich Angst gehabt. Ich rief: Obodumov, Zuckerchen, komm wieder herunter. Und er antwortete: Ich komme.

Und er kam. Lieber Herr, er kam geradewegs von oben herunter, ließ sich glatt fallen, und nicht einmal den kleinen Finger hat er sich gebrochen.» Sie ist heute noch entrüstet, aber ihre Augen sind weit vor fassungsloser Bewunderung: Jahahaha.

Ich nehme die Dame bei den Hüften und hebe sie hoch. Hebe sie auf die Kommode, wo sie – ich habe mich sehr angestrengt – mit einem Krach landet und vor Vergnügen schreit. Ja, genau wie Obodumov. Sie strampelt mit den Beinen, trommelt mit ihren Absätzen gegen die Schubladen. Die Strümpfe sind hell fleischfarben wie die Handschuhe, die sich kaum vom Weiß der Haut abheben, und die Taille hatte sich etwas teigig angefaßt, vermutlich horcht Gimlet draußen auf dem Treppenabsatz mit aufgedrehten Augen, blöd und verinnerlicht, als ob er schliefe.

Wir tanzen. Die Dame hat ein Grammophon und eine Menge alter Schallplatten: «Roter Mohn» und «Hallo – Hallo, ich werde dich nie wiedersehn» und «Ich bin dein Goldjunge». Sie tanzt großartig, versteht es, bei der Mazurka einen Doppelschlag mit den Hacken auszuführen. Beim English Waltz drückt sie den Bauch vor.

«Obodumov konnte auf dem Fensterbrett tanzen», schreit sie.

«Ja, dein Obodumov», sage ich ärgerlich.

Wir tanzen eine Polka. Durch die ganze Länge des Zimmers, hin und zurück und wieder hin. Dabei ist es Madam Schinski, die mich antreibt und, hopsa, durch die Länge des Zimmers zieht.

«Er konnte», ruft die Dame, «sich draußen an das Fensterbrett hängen, daß nur noch seine Hände zu sehen waren, nur noch die Fingernägel –»

«Das kann ich auch.»

«Du kannst es nicht», sie hält mich vom Fenster zurück, sie ist kräftig und stellt mir ein Bein. «Doch», sage ich schlaff, «das war in Moskau, das kann ich auch.»

«Und er konnte es sogar mit einer Hand.»

Mit einer Hand aus dem Hotel Moskwa, weil er in der anderen die Aktentasche halten mußte. Und unten stand der Student, der angeblich die Papiere kaufen wollte. Angeblich Student. Die Dame schluchzt.

«Es war schrecklich. Vier Tage haben wir in diesem Hotelzimmer zugebracht. Obodumov war es gelungen, die Papiere zu besorgen, in einer von diesen Taschen, die man nicht öffnen kann, die man mit einer Kette ans Handgelenk schließt.»

«Eine Sicherheitstasche.»

«Ja», ruft die Dame aus, «richtig! Ich habe zu Obodumov hundertmal gesagt, laß die Finger davon, habe ich gesagt. Das Hotel war mir gleich nicht geheuer, man weiß doch, was los ist, wenn sie nicht mal nach dem Ausweis fragen. Und der Staschi war zu freundlich, ich sage zu Obodumov: Wieso ist der so freundlich? –»

«Der Staschi?»

«Ja, vom Politbüro», erklärt die Dame wegwerfend, «meine Ahnung! Was ist das für ein Hotel, in dem die Leute den Hut aufbehalten! Am zweiten Abend will ich nach unten gehen, da ist die Zimmertür abgeschlossen. Ich weiß es noch wie heute, unten spielten sie ‹Nuschenka maja›, das packt mich, dieses Lied packt mich, daß ich heulen möchte. Ich sage zu Obodumov, wo hast du den Schlüssel? Na, der steckt doch außen, sagt er. Jawohl, da hatten sie uns. Der Staschi, der zweite Sekretär vom Politischen, stand draußen und behauptete, der Schlüssel sei verloren gegangen, wir sollten uns gedulden. So etwas Lächerliches, als ob es nicht mehrere Schlüssel gäbe; man hatte uns natürlich eingeschlossen.»

Die Dame setzt sich aufs Bett. Ich öffne die zweite Flasche und schenke ein.

«Zwei Stunden, und das Fenster war vergittert, Obodumov hat wie ein Verrückter daran gerüttelt. Aber nichts zu machen, das war fest.»

Sie packt das Gestänge des Bettes.

«So hat Obodumov gestanden, und unten wartete der Student, auf einmal gibt es einen Knacks, und das Gitter geht auf.»

Die Dame trinkt hastig und weint.

«Das Ding war gar nicht fest, ein Klappgitter. Ich habe noch gesagt: Obodumov, was willst du? Als er auch schon mit der Tasche aus dem Fenster geklettert ist, und ich sage noch: Obodumov, du hast vergessen, die verdammte Kette anzuschließen, aber da war er schon raus, drei Stockwerke hoch, und unten wartete der Student.»

Sie sieht mich starr an.

«Und wie ich mich noch rausbeuge und versuche, ihm die Kette festzumachen, steht plötzlich der Staschi mitten im Zimmer, obgleich er ja angeblich den Schlüssel verloren hatte, wie er da hereinkam, ist mir schleierhaft. – Ich sage: Bitte was wünschen Sie, Obodumov ist längst abgereist (was natürlich Quatsch war, wenn man die Verhältnisse auf dem Moskauer Bahnhof kennt). Er sagt: So? Ist er das? Ich: Natürlich, sehen Sie doch selbst! Währenddessen Obodumov am Fensterbrett hängt; nur die Finger waren vom Zimmer aus zu sehen, nur die Fingernägel!»

Sie schluchzt, sitzt vor mir auf dem Fußboden.

«Was sollte er tun? Ihm blieb nur die Wahl zwischen dem Staschi und dem Studenten unten. Bitte!»

Sie hat meine Beine gepackt, läßt nicht los.

«So wie ich deinen Obodumov kenne», sage ich, «wird er den Studenten gewählt haben.»

«Ja», ruft wie wütend, «drei Stockwerke tief!»

Ich blicke betroffen auf sie nieder – direkt in den weißen Busen der Dame –, und da ich sie nicht abschütteln kann, lasse ich mich fallen. Wähle, mich fallen zu lassen. Pralle aber, da die Dame meine Füße auch jetzt noch nicht freigibt, heftig mit der Schulter am Boden auf.

«Großartig», schreit die Dame, «genau wie Obodumov.»

Auf dem Treppenabsatz lauscht Gimlet. Und Frau Machner, durch den Fall geweckt, sitzt aufrecht im Bett und überlegt, wie sie sich zu verhalten habe (weckt wahrscheinlich ihren Mann auf: Du bist doch ein Mann, dann sorge auch dafür, daß die Leute Ruhe geben!). Madam Schinski rollt in nicht enden wollendem Gelächter auf dem Boden umher, die fleischfarbenen Strümpfe sind kaum von den fleischfarbenen Handschuhen zu unterscheiden.

Ich dagegen bin aufgestanden und sage:

«Du scheinst dir nichts dabei zu denken, meine Liebe, aber ich bin es satt, mit diesem Obodumov verglichen zu werden.» Und die Dame hebt, als ich hinausgehe, die Röcke über die Augen, so daß sie aussieht wie ein großer weißer Pilz.

«Ein Gönner ... Ich habe einen Gönner gefunden.»

Das mag etwa eine Stunde her sein; ich bin noch nicht zu Bett gegangen, blicke in den Hof, der verhangen ist von den Schwaden aus der Waschküche. Anfangs achte ich nicht auf das Geräusch, auf das beharrliche Scharren in meinem Rücken. Ich beobachte die Wäscherin, die ruhig ihre Wäsche walkt. Bis schließlich Madam Schinskis Stimme ertönt: Wollen Sie mich bitte nicht mit Ihrer Hand anfassen! Sie sagt ein unanständiges Wort. Darauf keine Antwort, es werden mehrere schwere Gegenstände, wahrscheinlich Koffer, über den Flur geschleift.

«Ich glaube, Sie haben bloß Steine drin», sagt Gimlet.

Die Dame kichert.

Als sie an meiner Tür vorbeikommen, biegen sich die Dielenbretter durch. Auf einmal brüllt Gimlet:

«Bin ich vielleicht Ihr Packesel. Wie komme ich dazu, Ihren ganzen Kram zu schleppen.»

Die Dame kichert.

«Dann kann ich ja hier sitzen bleiben. Ich schlafe auf dem Flur.»

Ich stürze aus meinem Zimmer.

«Obodumov», ruft die Dame, sie trägt einen Bademantel, «wie gut, daß du kommst, man will mich rauswerfen.»

«Was soll das heißen», herrsche ich Gimlet an.

«Die Dame zieht um.»

«Sieh, was sie mit mir machen, Obodumov! Man will mich in die Bodenkammer sperren. Unters Dach, Obodumov!» Und zu Gimlet gewandt, der mit seiner Kinnpartie dasteht, die beiden Koffer in der Hand, «jetzt werdet ihr sehen, was geschieht, jetzt sollt ihr mal was erleben!»

Gimlet steigt die Treppe zum Dachboden hinauf, hinter ihm die Dame, schimpfend, kichernd, ausspuckend und mit dem Regenschirm auf das Treppengeländer schlagend.

«Obodumov», ruft sie von oben herab, «was tust du dagegen? Weißt du, wer mir das beschert hat? Dein Freund!»

«Wer?» rufe ich hinauf.

«Dein Freund mit der Perücke.»

Nach einer Weile höre ich, wie über mir Möbelstücke gerückt werden und mehrmals etwas zu Boden fällt. Stille …

Im Hof plätschert gleichmütig die Wäscherin. Sie nimmt ein Vollbad (niemand sieht es). Ich lege mich zu Bett. Aber als ich in meinem Traum stecke, kommt Gimlet zu mir und sagt: Wenn Sie sich nicht ruhig verhalten, sollen Sie mal was erleben, und ich sage: Erlauben Sie mal, und er donnert: Mal was erleben, und bläst seine Kinnpartie auf, daß sie wie eine Riesenfaust fast die ganze Breite des Zimmers einnimmt. Im Hof badet die Wäscherin. Und der arme Haferkorn rüttelt an den Gitterstäben, aber nichts zu machen, die sind fest.

3

Am dritten Tag, spätnachmittags, beschloß ich, Jonasser aufzusuchen. Es wehte ein kratziger Wind vom Bahnhof her. Das Haus war verschlossen, unten gequadert, oben gelb gestrichen. Ich beobachtete genau, versuchte sogar, das Emailschild zu lockern, weil ich wissen wollte, ob es erst kürzlich angebracht worden war.

F.C. Jonasser, mit den verkrüppelten menschlichen Gliedmaßen und dem Stück Wirbelsäule. Ich drücke lange den Klingelknopf. Besonders eklig erscheint mir der Klumpfuß, er sieht aus wie die Hand eines Affen, aber möglicherweise ist dies auf die mangelnde Kunst des Zeichners zurückzuführen. Aber während ich klingle und mich an die Tür lehne, merke ich, daß sie unter meinem Gewicht nachgibt.

Man hat mir geöffnet.

Jetzt wird es sich gleich zeigen.

Am Eingang empfängt mich die kühle blasse Luft des Treppenhausmarmors. Badehaus II. Ein Geländer aus Messing und ein Läufer, der bis zum oberen Ende der ganz gerade verlaufenden Treppe führt. Ich halte noch den Türknauf in der Hand, als mein Arm beiseite geschoben wird, die Tür schließt sich selbsttätig, saugend, verdeckt die Straße, fällt ins Schloß. Schlopp. Nanu, denke ich, ist dies eine Falle? Ich rüttle an der Klinke, plötzlich läßt sich die Tür ganz leicht wieder öffnen – – schließt sich selbsttätig, saugend, schlopp. Ins Schloß.

Ich steige die Treppen hinauf, gerade, bis in den ersten Stock, und hinter der weißen Schwingtür findet sich ein Warteraum mit rundem weißen Tisch, mehreren weißen Holzbänken, Blattpflanzen, und das Ganze erinnert fatal an meinen Zahnarzt, Berlin, Rosenthaler Straße.

Dicht an der Tür sitzt ein Mann in derber Kleidung, wohl ein Bauer. Im übrigen ist nicht viel zu erkennen, da die Deckenlampe nur sehr schwach brennt. Der Bauer blickt mich ruhig und gedankenvoll an – mehr mit dem Leib als mit den Augen: Na, was fehlt dir denn?

Und das weiß ich eben noch nicht.

Mir fällt vor allem ein bemaltes Fenster an der rechten Längsseite auf, sehr groß und nicht unterteilt, wie eines jener Treppenhausfenster in feudalen Landhäusern – die Malerei wirkt ziemlich laienhaft: eine Personengruppe, Mann, Frau und Kind, alle nackt vor einem großen grünen Baum.

Ich gehe ein paar Schritte in den Raum hinein, aber nun wird der Bauer unruhig – ich gehe wieder zurück –, er möchte wohl, daß ich mich hinten anschließe, sein Gesicht verschmilzt fast mit der braunroten Wandbespannung, nur die Stirn schwebt wie eine flache bleiche Mütze über der Nasenwurzel. Er schaut mich unverwandt an, aber ich merke, daß dieses Schauen nicht eigentlich mir gilt, sondern in sich ruht, daß es auf den eigenen Leib gerichtet ist. Sind's die Nieren? Er schnauft. Oder ist's was am Darm. Starrt mich an: Wohl Krebs, wie?

Nein! Ich gehe entschlossen bis zur Mitte des Raumes vor und entdecke dabei noch jemanden, eine ältere Frau, auch sie anscheinend vom Lande; auf ihrer rechten Gesichtshälfte, von der Schläfe bis zum Kieferwinkel reichend, sitzt eine Geschwulst, rot und glühend wie eine Sonne oder wie ein großer Schwamm ... Der Bauer ist unruhig.

So stehe ich in der Mitte des Wartezimmers vor dem Tisch mit den Zeitschriften (einen Finger zwischen den Blättern) und warte darauf, daß Herr Jonasser sich zeigt. Über mir läuft eine Fliege in der Deckenleuchte herum, hin und her unter dem Mattglas – zwei Winter überlebt, was sehr selten vorkommt, aber ich denke mir, bei gleichbleibender Lampentemperatur, bei einem sich stets erneuerndem Stückchen Dreck dürfte es möglich sein. Ich warte. Die Fliege steht still und ist ein fetter Fleck.

Das Titelblatt der oben auf dem Stapel liegenden Zeitschrift stellt einen Lehnstuhl dar: Beine und Armstützen sind wie menschliche Gliedmaßen gebildet. Wie menschliche ...? Ich stutze. Vergewissere mich, aber nein, da sind richtige Finger und Zehen. Die Wiedergabe einer Fotografie; das Blatt heißt «Der

Heilberuf» ... Auf der vorletzten Seite finde ich einen Witz in zwei Bildern: Ringkämpfer vor dem Kampf – und nach dem Kampf. Der Witz ist der, daß am Ende die Gliedmaßen vertauscht sind, und ich bin erstaunt, welch ein Unbehagen mir diese völlig banalen Zeichnungen verursachen. Werfe den «Heilberuf» auf den Tisch zurück. Vielleicht bekommt mir die Luft im Wartezimmer nicht besonders. Was ist das? «Der gesunde Leib» ... Lederhülsen, Lederfutterale verschiedenster Form, mit Haken und Ösen zum Zuschnüren. Seltsame Sachen, denke ich. Und wie ich noch die Lederhülsen betrachte und mich über ihre ungewohnte Form wundere, erkenne ich plötzlich – o du Schreck, denke ich, das gibt es doch gar nicht –, sehe ich plötzlich, wozu diese Apparate dienen.

Ich gehe im Warteraum auf und ab.

Der Bauer blickt drohend, als ich die Tür öffne, aber diesmal lasse ich mich nicht aufhalten, ich lasse zwei senkrechte Falten neben der Oberlippe entstehen, verleihe den Kinnbacken durch festen Aufbiß Breite. Die Tür am Ende des Korridors ist nur angelehnt, und ich hätte selbstverständlich vorher angeklopft, aber die gesamte Türfläche ist dick gepolstert wie ein Sofa. So bleibt mir nichts anderes übrig, als unaufgefordert hineinzugehen.

Was sehe ich?

Ich muß mir das noch einmal zurechtlegen. Der Fußboden zeigte ein bemerkenswertes Muster: kurvig geschnittene Fliesen, eine in der Rundung der nächsten, und das Schwarz und Weiß der Steine täuschte eine Plastik vor, als ob dort Säulen auf dem Boden lägen.

Im Hintergrund stand ein Mann im weißen Kittel, drehte mir den Rücken zu. Dann war da noch ein Mädchen, das – so wenigstens mein Eindruck – eben in dem Moment, als ich die Tür öffnete, vor dem Mann auf den Knien lag; aber wahrscheinlich suchte sie nur etwas auf dem Boden. Als sie mich in der Tür erblickte, stand sie sofort auf. Ich habe noch diesen ersten flüchtigen Eindruck vor Augen, sehe das helle Oval des Gesichts, umrahmt, ach was! erdrückt von einer Last schwarzer Haare.

Und nun fragt sie mich:

«Sind Sie der Nächste?»

Ich sah überhaupt nur diese ungeheuren schwarzen Zöpfe, die wie zwei Schenkel zu beiden Seiten des Gesichts herabpendelten. Dieses gewaltige schwarze Joch. Ich habe gesagt: Ja, ich bin der Nächste, oder irgend etwas, was sie für Zustimmung halten konnte. Ich weiß jedenfalls, daß ich plötzlich mit dem Mann im Kittel allein war.

«Sie?»

Er hat sich umgedreht und zeigt mir diese fabelhafte Kappe weißen Haares, so hatte ich mir das eigentlich nicht vorgestellt. Jonasser wirkt aufgeräumt, sehr liebenswürdig eigentlich, ich kann nicht sagen, daß er nicht sympathisch ist. Deutet auf einen Stuhl, er selbst nimmt hinter dem Schreibtisch Platz, der sich zwischen uns befindet.

«Also, wo fehlt's denn?»

Ja, wo fehlt es. S'Gdärm, d'Völle, etwa ein hartnäckiges Harnleiden, oder einfach nur der Gesundheitszustand, über den ich mir anscheinend nicht ganz im klaren bin? Draußen ist ganz schwach die Stimme des Bauern zu hören, dann eine Mädchenstimme, wieder die Stimme des Bauern. Die Tür ist gepolstert, sie müssen draußen also laut sein.

«Ich möchte hier jemanden besuchen.»

Er nickt.

«Den alten Herrn Professor, der hier wohnt. Professor Haferkorn.»

Er wartet, sitzt bequem.

«Der hier sein Arbeitszimmer hat», sage ich und blicke umher, besonders blicke ich auf die liegenden Säulen (auf die blicke ich ganz besonders).

«Er ist nicht mehr hier.»

«Ach», staune ich, «ist er fortgezogen?»

«Ja, fortgezogen – fort von hier.» Dann setzt er noch hinzu: «Mit allem, was ihm gehört.» Und ich denke über diesen Zusatz nach.

«Dann hat er wohl alles verkauft?»

Der Heilpraktiker nickt: «Ja, alles.»

«Denn das Grundstück in der Großoststraße konnte er wohl nicht gut mitnehmen», sage ich, «und das Grundstück in der Wittenstraße auch nicht.»

Jonasser sieht mich an.

«So?» sagt er.

«Sie sehen, daß ich über die Verhältnisse informiert bin.» Ich mache eine Pause. «Und Sie wollen wahrscheinlich wissen, wieso.»

Und damit beging ich einen Fehler.

Aber er begeht auch einen Fehler, denn er sagt:

«Nein.»

Ich lausche dem geschlossenen, nasalen Laut nach. Der Heilpraktiker ist aufgestanden, wandert im Zimmer umher.

«Denn, wenn er das alles verkauft hat», sage ich beiläufig, «dann fragt man sich, wer hat es denn gekauft. Das Grundstück in der Großoststraße und das Grundstück in der –»

«Ja!» sagt Jonasser, er ist am Schreibtisch stehengeblieben.

«Und dieses Haus hier», vollende ich.

Irgendwo höre ich eine Uhr ticken, obwohl ich keine auf dem Schreibtisch entdecken kann, an der Wand auch nicht. Jetzt hebt er den Kopf (Kopf eines erstklassigen braungeschminkten Butlers):

«Wir haben dich erwartet.»

– – –

«Jemanden wie dich.»

– – –

«Den Sohn! Aber der scheint ja nicht zu kommen.»

Scheint sich nicht zu bequemen.

Nachdem er sich zehn Jahre lang nicht um seinen Vater geschert hat. Er sagt «geschert», und ich gebe zu, daß ich in diesem Augenblick ernstlich versucht war, mich zu erkennen zu geben.

Jetzt greift er in die Schublade.

«Sagen Sie dem Herrn Sohn, hier ist nichts mehr zu holen.»

– – –

«Sagen Sie ihm: Nichts.»

Er nimmt ein Kuvert aus der Schublade, das mir nicht sehr dick erscheint, immerhin sehe ich unter der Flappe braune Scheine herausragen (immerhin ein paar).

«Nach langem schweren Krankenlager, sagen Sie ihm, seien die Ressourcen aufgezehrt.» Soweit überhaupt vorhanden.

Aha.

«Nach sehr langem, sehr schwerem und vor allem sehr kostspieligem!» Jetzt schiebt er mir das Kuvert zu, und ich bemerke, was für schöne reiche Hände der Kerl hat, wenn er, so wie jetzt, das Kuvert zuschiebt, das mir auch nicht zu dünn erscheint. Sollte dies die Lösung sein? Am Ende?

«Und sagen Sie: Restlos aufgezehrt.»

Außerdem bestand ja auch noch die Möglichkeit, daß man mich hier nicht lebend rausließ, immerhin war die Tür dick gepolstert, die Stimme des Bauern jedenfalls nicht mehr zu vernehmen. Und wenn ich mir jetzt erlaube, das Kuvert an mich zu nehmen, dann geschieht das schnell, dann stecke ich es in die rechte, warten Sie, in die linke Brusttasche. Hoppla.

Was bewirkt es, Genugtuung, Freude? Wohl eher nicht. Eher vernünftiges Denken.

«Und kommen Sie nie wieder!»

Vor allem, weil er es so leise gesagt hatte.

Als ich die Tür öffne, steht Judith halb gebückt dahinter und reibt sich ein Ohr. Jonasser schreit:

«Judith, hast du wieder gelauscht!»

Sie reibt sich ein Ohr.

«Hast du gelauscht, Judith», frage ich.

«Er hat Ihnen Geld gegeben.»

Sie kann höchstens sechzehn sein.

«Und Sie haben es genommen», sagt sie verächtlich.

Unter dem weißen Flurlicht hebt sie mir ihr Gesicht entgegen und ich bin bestürzt: Man erwartet, ein paar Poren zu sehen, einen braunen Fleck irgendwo, oder ein Wärzchen. Aber ihr Gesicht ist weiß und glatt, wie mit einer dünnen Eihaut bespannt, so zart, daß man meint, sie müsse platzen, wenn man sie anrührt, und ich bin verwirrt und sage Dinge: Mein Gott, Sie sind ja sehr jung, Sie können doch unmöglich älter als sechzehn sein. Und (will man es glauben) ich spüre wahrhaftig einen sanften Eigeruch.

«Sie sind bezahlt worden –»

«Judith.» Ich drehe den Namen im Mund herum (er ist von lieblicher Schwere).

«– damit Sie abreisen, stimmt das nicht?»

«Doch», sage ich.

Sie reißt die Tür zum Wartezimmer auf. Dort sitzen noch immer die beiden Landleute. Der Bauer ist dunkel vor Erregung, seine weiße Stirn hängt in der Luft, und daneben glüht das Muttermal der Bäuerin; rot und weiß wie ein nationales Signum. Aber da steht noch jemand im Raum, er hat sich, als Judith die Tür öffnete, schnell fortgedreht und blickt das große bemalte Fenster an.

«Nanu, Herr Kuhnwalt», sage ich, «müssen Sie auch zur Behandlung?»

Er betrachtet aufmerksam das Fenster.

«Das hat Herr Jonasser gemalt», erklärt Judith, «es ist noch nicht ganz fertig.»

«Scheußlich», sage ich. «Was stellt es denn dar? Adam und Eva?»

«Nein, Sie verstehen das nicht. Sie wollen es nur schlecht machen», sagt Judith kichernd.

Ich gehe durch die Schwingtür, die Treppe hinab, durch die Kühle des Treppenhausmarmors, hinter mir läuft Judith.

«Und lassen Sie sich hier nie wieder blicken!» ruft sie mir nach.

«Nein, niemals wieder.» Ich stehe schon auf der Straße, Judith erscheint im Türspalt, sehr blaß, und während die Tür mit gleichbleibendem Druck zufällt, drückt sie sich in den immer schmaler werdenden Zwischenraum hinein, drückt einen letzten – – Kuß durch die Tür.

Schlopp.

Ich gehe davon, um nie wiederzukehren.

Mir bleibt nicht mehr viel zu tun übrig.

Als ich das Hotel betrete, sitzt Gimlet bereits wieder hinter der Barriere. Er liest Zeitung.

«Ach richtig», sagt er, «Sie wollen ja Ihre Rechnung bezahlen.»

Das soll höhnisch klingen, aber ich merke doch die Veränderung im Ton: woher weiß er, daß ich abreise? Ich bezahle mit einem von Jonassers Scheinen, erhalte sogar eine Menge Wechselgeld.

In meinem Zimmer werfe ich alles – Waschzeug, Hemd, Rasierapparat – in die Tasche. Danach steige ich die Bodentreppe hinauf, wo die Dame (ich höre ihr Atmen) unter den heißen Dachziegeln sitzt. Eine erbärmliche Bude, man kann durch die Ritzen sehen: Die Dame hat sich wegen der Hitze ausgezogen und sitzt in einem bläulichrosa Unterrock auf ihrem Bett, läßt den einen Fuß herabhängen; den anderen hat sie auf das eiserne Gestänge am Fußende des Bettes gelegt.

Die Dame, erfreut:

«Obodumov!» Sie hat sich etwas aufgerichtet.

«Ja», sage ich, «ich bin gekommen, um mich zu verabschieden.»

Sie fällt wieder zurück.

«Man läßt mich hier oben verschimmeln.»

«Madam Schinski», sage ich, « ich muß leider abreisen», aber ich werde meinen Schatten über sie hängen, denke ich.

«Leben Sie wohl.»

«Leben Sie wohl, Obodumov», ruft die Dame, «ich bin außerstande, Ihnen die Hand zu reichen, aber Sie dürfen mich küssen.»

Ich küsse sie auf die Wange. Dann lege ich noch einen von Jonassers Scheinen auf den Nachttisch. Unter das Wasserglas. Und die Dame winkt mir zu.

Gimlet öffnet mir sogar die Tür, wünscht mir gute Reise, und den Bettler, der bis ans Portal herangekommen war, scheucht er beiseite (ich gebe ihm aber trotzdem eine Kleinigkeit), und dann sage ich, daß man Madam Schinski gut behandeln soll, denn vielleicht komme ich wieder zurück! Mehr kann ich nicht für sie tun.

4

Im Augenblick, da ich die Halle betrete, da ich in das grelle einfarbige Bahnhofslicht tauche, ist es, als ob Stöpsel aus meinen Ohren fielen. So hart überfährt mich der Lärm der Menge. Achtung. Jiiihhh, ein kleiner Junge rennt mit einem Geldstück davon. Es werden Koffer auf dem Steinboden abgestellt. Und die Koffer haben Stahlknöpfe, ich höre es. Die Mutter schreit – ihre Backen bewegen sich –, schreit: Hierher, Gustl, hierher! Aber der Junge ist nicht aufzuhalten, zum Donnerwetter. Ein Bauer mit Hirschzähnen in der Krawatte stößt mir in den Bauch. Ich stoße dem Bauern gleichfalls dahin. Schreie: Gustl, Gustl, komm hierher! Aber Gustl hört nicht, rennt mit dem Geldstück in der Faust weiter. Es ist zwanzig Uhr zehn – jetzt säße ich im Hotel, in der fremden Wärme, in der Erwartung des Abendessens. Die Bauersfrau rafft ihr Gewand und springt, die schwarzgemusterten brettsteifen Röcke in der Hand haltend, hinter dem Kind her. Malefiz. Sie halten sich den Leib vor Lachen, halten ihn mit beiden Händen – ich kann mich nicht erinnern, so etwas je gesehen zu haben.

Die Halle ist zugig, und das Glasdach klirrt.

Ich gehe zum Gepäckschalter, wo schon einige

Leute vor der Luke stehen, finde meinen Gepäckschein im Portemonnaie, dort, wo ich ihn verwahrt hatte, und direkt vor mir steht das Mädchen, auf dessen reiche schwarze Haartracht ich herabblicke. Ihren Schein! Ich denke: Wie wunderbar schwer ist dieses Haar, wie eine Last auf dem Kopf. Ihren Schein! Wenn sie sich, so wie jetzt, über ihren Koffer bückt, das Haar zu beiden Seiten herabhängen läßt –.

«Ihren Schein!» ruft der Schalterbeamte wütend.

«Meinen Schein.» Ich erschrecke, als ich das kleine viereckige Gesicht des Beamten so dicht vor mir sehe. AL M 138. Der Beamte hält mir die geöffnete Hand hin. «Ja, bitte.» Hand, die zu Hause eine Familie regiert. «Ja bitte», sage ich und will ihm tatsächlich meinen Gepäckschein in die Hand geben, überzeuge mich noch einmal: AL M 138. Und in dem Augenblick, da ich ihn vor meine Augen halte, überdeckt dieses rote Billet das Kleid des Mädchens, sieht nun selbst wie ein Kleid aus, prächtig die Farbe des Haares hebend. Ich denke: Welch ein Zusammenspiel, wie sehr kleidet sie dieses Rot! Und ich kann mir gut vorstellen, wie es vor sich geht: Der Zug rattert, sie trägt ein rotes Kleid, die Bauersleute nicken mit den Köpfen.

Ich aber, halb tot vor Erregung, sitze neben ihr und wage nicht, mich zu bewegen. Der Zug springt über die Weichen. Sie ist ängstlich. Sie ist rührend bemüht, dem Stoßen, dem stoßenden Wiegen des Zuges zu begegnen und ihren Ellenbogen dem meinen fernzuhalten. Die Bauersleute grinsen, und das Mädchen krümmt sich in die Ecke, das Haar hängt wie ein Vorhang herab. Ich gebe mir jede Mühe, meinen Ellenbogen fernzuhalten – kann aber doch nicht verhindern, daß ich bei besonders scharfen Kurven gegen sie rutsche.

Kremmen. Ein Stück Zaun und ein Schild mit dem Ortsnamen, jetzt wird sie aufstehen, sich aus dem Fenster lehnen – ich werde ihre Unterpartie betrachten und mir sagen: Sie ist nicht zu schwer –, und wenn der Zug anfährt, läßt sie sich wieder auf ihren Platz fallen, stößt mich dabei flüchtig, oder vielmehr kräftig an: scheinbar unbeabsichtigt. Die Bauersleute blicken aus dem Fenster. Draußen Telegrafenmasten. Braunkohle.

Da ist noch jemand im Abteil, ein Fahrschüler etwa, ein junger Mensch mit braunem Haar, der das Gesicht in den Fahrtwind gedreht hat und dessen Augen gerötet sind; seine Haare flattern wie eine Fahne. Ja, er gehört auch dazu, er ist eifersüchtig. Blaß, sechzehn, ein Fahrschüler. Und eifersüchtig. Denn das bist du doch?

Du überlegst, wie du dich aus dem Zug stürzen kannst, so daß alle sehen: ein flatternder junger Mensch, still mit eingeschlagenem Schädel auf dem Schotter, so jung noch.

In Ried steigt er sicherlich aus. Trotzig. Ried. Grasbewachsener Bahnsteig, wo Papier im Winde trudelt. Die Bauersfrau seufzt: Ried, Ried, der Wind geht. Glättet ihr Schwarzgemustertes.

«Jetzt ham'mer noch Finowfurt», sagt sie, «Kremmen, Ried, Finowfurt, da kommt die Abzweigung», sie seufzt, «wo früher die Brücke war.»

«Die ist aber hin», erklärt der Bauer.

Wir fahren. Ich versuche, das Gesicht des Mädchens zu erkennen, das verdeckt ist, vom Haar, von der linken Hand, die sie an den Mund gelegt hat. Der Bauer berichtet: Da habe er das Hundefett geschluckt, ha (stößt mich in die Seite, ha), das schmeckte wie der Teifi, aber die Därm seien besser gewesen (ich nicke), Augen zu und runter, da gäbe es nix. Und ich denke: Das glaube ich dir, das hast du bestimmt gemacht.

Finowfurt, da wo früher die Brücke war.

Der Fahrschüler tut etwas ganz Furchtbares – er steckt den Kopf aus dem Fenster, ganz weit, ganz weit, reckt den Kopf weit über das erlaubte Maß. Als wir im donnernden Galopprhythmus über die Weiche poltern (das ist wichtig: die Weiche ist wichtig) und das Mädchen, das bis dahin den Stößen des Zuges mit angezogenen Ellenbogen begegnet ist, sich einfach nicht mehr halten kann –

da schreit der Fahrschüler,

und das ist schrecklich für das Mädchen. Schade, denke ich, sie hätte mir ihr Gesicht lieber nicht zeigen sollen, denn so sieht Judith wirklich nicht aus. Wollen Sie ihn mir nicht geben? Die Nase stimmt nicht, das Kinn auch nicht. Der Mund ist zu klein. Und zu schmal. Als sie sich von ihrem Koffer hochrichtet.

«Wollen Sie ihn mir nicht geben?» fragt der Schalterbeamte überlaut, ich habe noch immer den Gepäckschein in der Hand.

«Doch», sage ich. AL M 138.

Der Schalterbeamte ist klein, viereckig, sehr aufgebracht, er hält mir die Hand (die eine Familie regiert) geöffnet entgegen.

«Nein», sage ich, «nein, ich habe es mir überlegt, ich werde ihn noch behalten.» Und lasse den Beamten stehen. Und das Mädchen, die Bauersleute, Männer, Weiber, Schwarzgemusterte mit Geldstücken in der Faust – wie abgeschnitten, als die Tür hinter mir zuschlägt. Draußen hängen gelbe Laternen über dem Blumenrondell. Die Nacht ist warm, ich wandere der Stadt zu.

Zweiter Auftritt

I

Ich werde meinen Bericht jetzt korrigieren.

Auf der Überfahrt von Barcelona lagen die Verhältnisse vielleicht doch nicht ganz so, wie es eingangs aussah; man sollte die Dinge stets von mehreren Seiten betrachten.

Wie gesagt, ich kam damals aus London. Ich bekleidete die Stellung eines kleineren, mäßig bezahlten Bankangestellten, der dank seiner Tüchtigkeit eine gewisse Vertrauensstellung innehatte. – Meine Frau war noch ziemlich jung. Dumm wie diese kleinen Puten nun einmal sind. Nichtsdestoweniger süß und weißhäutig, mit Armen, die wie zwei Stückchen Kuchen aus den Ärmeln schauten. Ich dagegen schien nicht von bester Gesundheit zu sein, offensichtlich hatte mich eine anhaltende, innere Krankheit, ein Brustleiden etwa, befallen, denn ich trug tiefe Furchen von den Augen bis zum Kinn, meine Gesichtshaut war grau und deutete auf Appetitlosigkeit und schlechte Verdauung hin. Aber: Für meine Familie tat ich alles. Ja, man darf sagen, ich opferte mich für meine Frau und meinen Sohn, der mit seinen sieben Jahren leider ziemlich scheußlich aussah, regelrecht auf. (Diesen Sohn darf ich vielleicht noch einfügen, er rundet das etwas mühselige Bild ab; im übrigen hatten wir ihn nicht mit auf die Reise genommen, sondern bei der Großmutter oder Tante in London gelassen. Er spielt hier also keine Rolle.)

Diese Reise hatte ich sorgfältig vorbereitet. Alles stimmte – bis auf die unselige Idee der Reise selbst (mit meiner Frau ins Ausland!), und dies, nachdem jahrelang in London alles gut gegangen war. Aber genug davon. Mit gewohnter Umsicht, mit der ich mir in der Bank Vertrauen erworben hatte, betrieb ich vor der Abfahrt regelrechte Studien; ich wollte ein Optimum an landschaftlichem Reiz verbunden mit gutem Klima und Preisgünstigkeit herausfinden. Schließlich sagte mir jemand, Port Bonito sei billig. Also entschloß ich mich für Port Bonito …

Doch nichts läßt sich voraussehen. Wir kamen nachts um zwei mit dem Zug in Barcelona an, todmüde, ich war dem Heulen nahe, meine Frau sprach kein Wort mit mir. Der Taxichauffeur verlangte zweihundertvierzig Peseten für eine Strecke, die mir absolut nicht lang erschien. Und das Hotel, in das er uns brachte, erschien mir schon beim ersten Anblick teuer. Aber ich sagte mir: Es ist Nacht, wir finden nichts anderes, außerdem werden wir beim nächsten alles wieder einsparen. Wir bekamen natürlich kein Abendessen mehr, konnten auch nur zwei oder drei Stunden schlafen, weil um acht Uhr morgens der Dampfer ging. Eigentlich schliefen wir überhaupt nicht, und so früh am Morgen gab es noch kein Frühstück, trotzdem sollte ich den vollen Pensionspreis zahlen, neunhundert Peseten. Ich fühlte mich ganz elend. Ich glaube, ich zitterte wie ein Greis, und meine Frau sah mich immerfort an, die ganze Zeit. An diesem Morgen wußte ich, daß sie mich verlassen werde.

Der Holländer, den wir auf dem Schiff trafen, war ein schlaksiger Kerl, aber ich glaube, Frauen finden bisweilen Gefallen an ausgesprochen häßlichen Männern; nun, er war nicht gerade häßlich, aber er wirkte so aufgedunsen, hatte so rohe, fleischige Gesichtszüge, daß man ihn als das genaue Gegenteil eines sympathischen Mannes bezeichnen konnte. Lea ließ kein Auge von ihm. Er trug Leinenhose und blaues Trikot.

Ich aber dachte: Lea, wenn es unbedingt nötig ist, sollst du ihn haben ...

Am Abend begegnete ihr der Mann in Leinenhose und blauem Trikot auf dem schlechtbeleuchteten Achterdeck. Lea war begeistert von seinem Akzent, der auch mir nicht sonderlich schwerfiel. Und in der Nacht, als das Schiff im Dunkeln stampfte und alle Passagiere, die keine Kabine mehr bekommen hatten, auf dem Frachtgut lagerten (wir selbst auf einer Lage Strohmatten), war Lea entzückt, den netten Man aus Holland als Nachbarn neben sich zu finden. Eine tolle Nacht. Ich gebe zu, das Ganze mag etwas verwirren, und ich versichere, daß dies selbst für mich ein gewagtes Stück darstellte: Auf Leas linker

Seite qualvoll, langgestreckt zu husten – nein! Das Husten zu unterdrücken, es in ein unwilliges Lautgeben abzuändern, wie nur jahrelange Übung vermag – und auf der anderen Seite (rechts von Lea) männlich die Hand aufzulegen, worauf? auf ihr Bein, auf die Taille –, das erfordert den ganzen Kerl. Ich war natürlich gemein. Wie soll sich eine Frau wehren, wenn neben ihr der Ehegatte liegt und hustet? Ich krabbelte sie ein wenig von rechts in der Seite, sie atmete laut, sagte aber sofort: Es ist schrecklich heiß; wie konnten wir auf die Idee kommen, um diese Jahreszeit mit dem Schiff zu reisen. – Die Antwort von links in kurzen Stößen: Du – chu – wolltest es – kuchch – ja. – Ach du bist häßlich, sagte Lea und drehte sich andersherum, leuchtete mit der blanken ..., sabberte, hechelte mir feucht ins Gesicht. – Gegen Morgen ließ sie sich sogar aufs Vorschiff führen (es war noch stockdunkel), wo sie mir die Lippen zum Kuß reichte, wahrhaftig so, vorgestülpt in eine lauwarme Schnute. Es war ein schönes Gefühl, das können Sie mir glauben, sie hielt mich wahrhaftig für den Holländer. Erstaunlich nur, wie sie es anstellte, sich nachher wieder in das eheliche Lager einzufügen, geschäftig, so als hätte sie sich nur im Schlaf umgedreht, und unwillig, weil ihr dabei mein Knie im Wege lag. Ich sagte: Schläfst du, Liebe? – Sie antwortete: Jawohl, ich schlafe.

Dazu kitzelte ich sie in die Seite, und sie starb fast vor unterdrücktem Gelächter, sie strahlte mir ihr

Lachen zu, daß ich betroffen war von soviel Hitze. Das gibt es: Frauen, die sich teilen können. Hinten kalt und häßlich, aber vorn (auf der Bauchseite) lebendig wie ein Käfer: Füßchen, Näpfchen, Saugrüssel und alles.

Ich wandere der Stadt zu. Das Kornfeld liegt bleich unter der Dunkelheit. Eines Tages werde ich die Geschichte vom Holländer zu Ende führen, denn da fehlt noch etwas. Meine Füße laufen von selbst. Rechts, links. Der Frauenkopf steht halb im Rauch, lächelnd, trübe, mit unmodernem Charme. Bis sich am Hinterkopf ein Fenster öffnet. Und ich werde sagen:

Gimlet, altes Weib, werde ich sagen – denn ich habe Geld in der Tasche –, wir wollen die Sache mal ein bißchen umgruppieren. Madam Schinski kommt wieder runter, verstanden, Kuhnwalt kann dafür meinetwegen auf'n Dachboden, wird dem Kerl auch nicht schaden. Und für mich natürlich mein altes Zimmer, aber tiptop hergerichtet.

Nichts ist faszinierender als eine Karriere. Mein Schritt knallt auf den Pflastersteinen. Das blinde gelbe Glasdach und die Kübelbäume und der rote Läufer mit dem Staub der Straße, alles so, wie es sein muß. Gimlet sitzt in der Portierloge.

Gimlet liest die Zeitung, er ist betroffen, traut seinen Augen nicht. «Ich denke, Sie sind abgereist?»

«Nein», erwidere ich und stelle meine Reisetasche auf die Barriere, «ich habe es mir anders überlegt.»

Er blickt zu mir hoch.

«Aber wir sind inzwischen komplett.»

Gimlet ist aufgestanden, auf seinem Kragen sitzt ein kleiner Soßenfleck wie ein winziges braunes Abzeichen. Er blickt sich jetzt vorsichtig um, hinter ihm liegt aber nur der Schatten des Treppenbogens. Ich betrachte seine Hemdbrust, die aus der Weste gerutscht ist.

«Wie steht es nun», sage ich, «soll ich hier in der Halle übernachten?»

Seine Hemdbrust hebt sich, aber dann äußert er sich doch nicht, sondern läßt die Augen zur Treppe hinwandern, als ob er von dort Beistand erwartete.

«Na», sage ich (gemütlich), «von alleine wird die Tasche wohl nicht nach oben wandern.»

Wir steigen die Treppe hinauf. Ich voran, Gimlet mit der Tasche hinterher. Auf dem ersten Treppenabsatz frage ich:

«Wann wird zu Abend gegessen?»

«Um neun», erwidert Gimlet, indem er etwas aufholt. Danach läßt er mir wieder den Vortritt. Oben wartet er mit der Tasche in der Hand vor dem Zimmer, bis ich eingetreten bin, und während ich zum Fenster gehe, zieht er die Bettlaken stramm.

«Ehe ich es vergesse», sage ich nachlässig, doch nicht ohne eine gewisse Schärfe, «könnte ich ein Sofa kriegen?»

«Ja», antwortet Gimlet, «von zwohundertfünf, von Kuhnwalt, der hat eines.»

Ich überlege.

«Nee, das geht nicht – aber dann bringen Sie wenigstens eine Nachttischlampe, Gimlet», sage ich, «man kann ja nicht die Hand vor Augen sehen. Und einen anständigen Aschenbecher!» rufe ich ihm nach, «einen großen, nicht so einen Finkennapf!»

«Einen Aschenbecher und eine Nachttischlampe», wiederholt Gimlet.

Ich stehe am Fenster und blicke in den Hof. Ich kann mir nicht helfen, meiner Ansicht nach müßte dahinten die Blumenstraße sein. Überlegen Sie sich mal die Lage des Hotels: Angenommen, ich verlasse es vorne, gehe an der nächsten Ecke links herum und dann nochmal links herum, dann treffe ich auf die Blumenstraße. Verstehen Sie? Also eine Parallelstraße. Aber man sieht kaum etwas in diesem verdammten Hof, alles voller Dampfschwaden. Hat das Weib da unten nun ein Kleid auf dem Leib, oder hat sie sich nur die Schürze vorgebunden? Einmal taucht ihr Kopf auf, er ist völlig naß. Und einmal wird der Hof dunkel, da ist sie wohl in die Tür getreten (verdeckt das Licht), und ihr Schatten reicht bis zum dritten Stock, bis zum Dach. Der riesige Leib der Waschfrau.

Im Treppenflur ist es inzwischen laut geworden. «Feine Manieren», schreit es, «nächstens kommen Sie, wenn ich gerade auf dem Topf sitze, he!» Die Bodenbretter senken sich etwas. «Was!» schreit es draußen, «wo haben Sie die Decke? Soll ich mich vielleicht mit der Hand zudecken?»

Ich trete auf den Flur hinaus.

«Obodumov», ruft die Dame, «sieh dir an, was sie mit mir machen!»

«Sie bekommt zwohundertsechs», sagt Gimlet.

Die Dame trägt noch immer denselben Unterrock, der jetzt reichlich fleckig ist; anscheinend wird die Bodenkammer nicht gut gereinigt.

«Ich habe sie nur gebeten, wieder ihr altes Zimmer zu beziehen», sagt Gimlet.

«Ja, nachts um zwei», schreit die Dame.

Ich beruhige sie: «So spät ist es ja nicht, erst kommt noch das Abendessen.»

Abendessen um neun.

«Madam Schinski», sage ich, «ich möchte mit Ihnen zu Abend essen, und ich möchte, daß Sie sich schön machen.»

Sie kreischt vor Vergnügen – ich weiß, es ist nicht wesentlich, aber ich sähe es gern, wenn Madam Schinski sich schön machte –, sie zerrt ein Ding aus dem Koffer, ich sage: Wie wundervoll, es breitet sich aus und ist wie der Inhalt eines Federkissens. Madam Schinski, sage ich, zu diesem Kleid sollten Sie recht kräftigen Puder auflegen, ein helles Kaffee vielleicht. Und sie hält sich ein Handtuch vor den Leib und schreit:

«Obodumov, was bist du für ein fabelhafter Mann. Du weißt über Damenpuder Bescheid. Über alles.» Und als sie sich das Kleid über den Kopf gezogen hat, sieht sie aus, als ob sie davonfliegen wollte.

«Dachte ich mir's doch», sage ich, «ein helles Mulatto wird am besten passen.»

«Bist du Spezialist?»

Ja, sehen Sie, das stimmt. Ich bin Spezialist, und deshalb bejahe ich diese Frage ganz ernsthaft. Richtiges Mulatto muß so aussehen, als ob man sich um jeden Preis bemüht hätte, den Teint aufzuhellen. Heller Puder als zweite Schicht – er ist fast weiß und liegt zunächst wie Staub auf dem Gesicht. Aber dann! Wenn er in die Haut eingearbeitet wird, erscheint langsam – wie ein Wunder –, erscheint endlich jener schattige Ton, das verderbte weißliche Oliv. Erscheint das Kreole.

Madam ist außer sich vor Freude, sie trällert, im Rücken klafft das Kleid auseinander. Ich frage:

«Und wie macht man das Kleid zu?»

Schweigen.

Dann sagt sie: «Du irrst dich, Obodumov, es bleibt, wie es ist.» Ein Rückenausschnitt, ich hätte es wissen müssen. Sie wirft die Beine. In weißen Strümpfen. Und jetzt die Käferschuhe. Und die Florhandschuhe, die nur die Maus bedecken, oh, sind die unanständig. Ich biete der Dame den Arm und führe sie nach unten.

Unser Eintritt in den Speisesaal erregte laute Bewunderung, man drängte sich heran, deshalb konnte ich hinterher nicht mit Sicherheit sagen, ob Judith tatsächlich an der Tür gestanden hatte. Da habe – abe ich dich angeschaut. Zumal sich Kuhnwalt aufgeregt wie ein Primaner gebärdete, besonders laut debattierte, um dann plötzlich abzubrechen und – als wir vorübergingen – fast devot zu grüßen. Ich weiß nicht, was er sich davon versprach, wenigstens lief er hinter uns her und versuchte, die Aufmerksamkeit der Dame zu erlangen. Ach ja, sagte diese nachlässig, das ist der Herr Kuhnwalt, er pflegt sonst seine Gefühle meisterlich im Zaum zu halten. Aber gnädige Frau, womit habe ich das verdient? Damit, daß Sie auf den Teller prusten, wenn ich nichts zu essen kriege. Frau Machner rief: Meine Liebe, wie stellen Sie das an, woher nehmen Sie dieses Aussehen. Ihr stummer Verehrer, rief Kuhnwalt, über Frau Machner hinweg, immer gewesen, wie kann ich Ihnen das nur beweisen. Deshalb war ich nicht in der Lage zu sagen: Da hat Judith an der Tür gestanden! An die Musicbox gelehnt! Ja, ich vermochte – nachher als wir am Tisch saßen – nicht einmal zu sagen, wo ich denn eine Musicbox gesehen haben wollte.

Hatte mich wohl doch geirrt.

«Also fangen wir an», ruft die Dame vergnügt und klatscht in die Hände, «Obodumov, du sorgst dafür, daß ich etwas Gutes bekomme.»

Und der Ober eilt auch prompt herbei und zählt die Speisenfolge auf, läßt Messer und Gabel auf das

Tischtuch schlüpfen. Und stellt Gläser auf. Sein Mund liegt streng vor den Zähnen.

«Er ist der einzige Mann mit tadellosen Formen in diesem Hotel», sagt die Dame, zeigt auf den Ober, der erschrocken die Suppe hinstellt.

Am Nebentisch paßt Frau Machner genau auf, sagt zu ihrem Mann: Hör doch bloß mal zu, was sie redet. Aber der einzige in diesem Raum, der wirklich nichts hört, ist Herr Machner; sein Hochdruck braust so laut im Kopf. Nimm doch die Watte aus den Ohren, sagt Frau Machner, dann braust es auch nicht so; für die Nacht kannst du sie ja wieder reinstecken.

«Oleh», ruft meine Dame, «beginnen wir mit der Suppe.»

Nach dem Essen begleite ich sie nach oben, und als wir durch die Halle gehen, entdecke ich das gelbgrüne Ding mit den runden tropfenförmigen Konturen tatsächlich dort an der Tür, und im Augenblick, als ich erkenne, daß es sich um eine Musicbox handelt, durchfährt mich der Stich: Judith stand mit Kuhnwalt an der Musicbox. Da habe – abe ich dich angeschaut. Im allgemeinen Lärm überhörte ich die Musik.

Da habe – abe

ich dich a – a – a – angeschaut. Ein Twist natürlich. Als wir herunterkamen, hat sie den Apparat abgestellt, und Kuhnwalt trat einfach vor sie, deckte sie mit seinem Rücken, so daß ich nichts sehen konnte (nur ihren sengenden Schatten). Was hat er gesagt? Aber gnädige Frau, womit habe ich das verdient. Der

Schleimer. Geht über den Hof, taucht im Vorübergehen eine Hand in den Waschzuber, trifft sich mit Judith an der Musicbox, prustet, wenn Madam Schinski nichts zu essen bekommt, streichelt der Waschfrau den Arm …

In der Nacht liege ich im Fenster und beobachte den Hof.

Unten wird stundenlang Wäsche gewalkt, wie immer. Das nasse Pflaster glänzt, und sie, die Wäscherin, beugt sich über die Lauge, ihre Schulterknochen glänzen, die Zöpfe stehen über dem Zuber. Wie ein schwarzes Joch? Es ist möglich, daß ich zwischendurch eingeschlafen bin, denn einmal erscheint unten der alte Bettler, und ich denke: Was will der denn hier, der gehört doch gar nicht dazu. Später ist er auch nirgends mehr zu entdecken. Die Wäscherin walkt, daß es eine Lust ist, sie schüttelt sich, Wasser und Haare umherschwenkend, klatscht auf die Wäsche, schöpft mit den Händen Lauge aus dem Bottich. Ich denke: Will sie sich vielleicht selber waschen? Da beugt sie sich auch schon mit einem Ruck vor und taucht – bis zu den Knien naß – den ganzen Kopf hinein, wobei sie mit den Fingern ihren Hals abrubbelt, heftig und sehr schnell. Ich habe solch merkwürdige Art der Säuberung eigentlich noch nie gesehen. Und später läuft sie umher, bis sie trocken ist, nein, trocknet sich an einem der aufgehängten Bettlaken ab und verschwindet in der Waschküche. – Also, Kuhnwalt habe ich bestimmt gesehen: Kuhnwalt erscheint gleich darauf, wittert im Hof, steht da wie ein alter stelzbeiniger Vogel. Lauscht. Geht schließlich auf die Tür zu – ich hoffe inbrünstig, daß sie verschlossen ist –, aber nein, ich muß zuschauen, wie der alte Vogel dort eintritt.

Meine Bemühungen sind letztlich umsonst gewesen, denn ich bin doch eingeschlafen. Der alte Bettler droht mit dem Stöckchen. Sein sonderbar kurzes Gesicht steht hinter der Fensterscheibe, und ich sage: Nanu, das ist ja der alte Haferkorn. Laufe in den Hof hinunter, rüttele an der Türklinke. Die Tür ist zu. Das Pflaster des Hofes besteht aus Backsteinen, die mit der Schmalseite nach oben wie ein Mauerwerk verlegt sind.

Ich sage zu Kuhnwalt: Was haben Sie da drin zu suchen. Sagt er: Nicht aufregen, Söhnchen, glauben Sie, ich halte mich hier wegen der schönen Aussicht auf? Sie widerlicher Vogel, sage ich. Man wird doch noch die angenehmen Dinge von den nützlichen unterscheiden dürfen, sagt er und betont: aaahngenem, schnalzt mit der Zunge unter seiner aufgestülpten Backe, deutet mit dem Kopf auf die Waschküchentür. Mit wieherndem Gelächter.

«Sie widerlicher (wiehernder) Vogel», sage ich, «sehen Sie sich vor», und packe den glibbrigen, ekligen Junggesellen, stecke ihn kopfüber in die Lauge, wobei er mir wie ein Stück Seife aus den Händen flutscht ...

Das alles ist freilich nur geträumtes Zeug, aber gelegentlich geben Träume wohl auch einen Fingerzeig, und einen solchen, sehen Sie, hatte ich erhalten: Denn wer taucht denn da so unversehens penetrant auf? Wer erscheint da ganz nebenher und droht mit dem Stöckchen.

Man muß Träume zu deuten wissen, und an diesem Morgen, als ich zerschlagen auf der Fensterbank aufwachte, meinte ich, das Rätsel gelöst zu haben.

Ich sage zu ihm:

«Sie möchten sich doch gerne einen Zehner verdienen.»

Er nickt. Er sitzt bei dem schönen Wetter auf den Stufen der Vortreppe und sonnt sich. Die Straße ist still. Vorhin haben sie die Milchkannen gebracht; jetzt herrscht Ruhe.

«Hier habe ich ihn in der Hand», sage ich, «er gehört Ihnen, wenn Sie auf meine Fragen antworten.»

«Alles, was Sie wollen», antwortet er.

Ich setze mich zu ihm auf die Vortreppe, ein leichter Luftzug streicht die Straße entlang. Am Himmel frisches sommerliches Gefieder.

«Du bist also schon lange in dieser Stadt», beginne ich.

«Sehr lange.»

«Und wie alt bist du?»

«Siebzig.»

«Für siebzig bist du aber noch recht kräftig», erinnere ich mich.

«Sechzig», sagt er, «ich bin sechzig.»

Ich sehe ihn mir lange an und überlege, ob es Sinn hat weiterzufragen. Schließlich beginne ich wieder: «Hast du einen Sohn?»

«Ja», sagt er.

«Und wie sieht der aus.»

Der Alte denkt nach, dann sagt er:

«Wie Sie, mein Herr, genau wie Sie – aber er ist dünner.»

«Hast du ihn lange nicht gesehen?»

«Schon sehr lange nicht.»

«Wie lange?»

«Schon zehn Jahre nicht.»

Ich bin verblüfft, und zugleich fühle ich eine große Heiterkeit nahen.

«Zehn Jahre.»

«Zehn, ja, oder auch länger.»

Egal.

«Na, es wäre doch möglich, daß er inzwischen dicker geworden ist», sage ich, «so daß du ihn nicht gleich erkennst.»

«Das wäre möglich», antwortet er.

«Wo ist er jetzt?»

Der alte Bettler denkt nach, er blickt nach rechts, die Straße hinunter, dann nach links.

«Ich weiß nicht.»

«Schreibt er denn nicht?»

«Doch, er schreibt. Es geht ihm gut, er ist ein großer Herr geworden», der Bettler sieht sich um, zeigt dann auf das Hotel – «er wohnt nur in ganz feinen Hotels.»

«Und warum gibt er seinem Vater nichts ab?»

«Er gibt ja», sagt der Bettler, dabei fällt sein Blick auf meinen Geldschein, «– nein, er gibt nichts her», sagt er schnell, «der feine Sohn, er läßt seinen Vater glatt verhungern.»

Das kommt mir sehr bekannt vor. Ich frage:

«Er will wohl nichts von dir wissen?»

«Nein», jammert der Alte, «er verleugnet mich, er schämt sich, daß ich sein Vater bin, der Lump.»

«Der Lump», sage ich, «er taugt wohl nicht viel.»

«Ein Halsabschneider ist er, ein Ehrabschneider.»

«Ja?»

«Beutelschneider», sagt der Alte vorsichtig.

«Und wo ist er? In Frankreich?»

«Er ist in Frankreich», erklärt der Alte mit Bestimmtheit. Ich kann nicht anders, ich muß lachen, in mir ist so viel Heiterkeit wie dieser ganze frohe Morgen.

«Mensch, Alterchen», lache ich, «weißt du, was mir dein Herr Sohn erzählt hat: Er hat gesagt, du bist Professor, du bist ein schwerreicher Mann.»

«Jawohl», schreit der Alte, «das macht er, so etwas kriegt er fertig, der Windbeutel.»

«Er lügt», sage ich halberstickt.

«Nichts anderes als Lügen, immer nur Lügen.»

«Und er hat gesagt, du hättest Grundstücke in der Großoststraße.»

«Was?» schreit der Alte empört.

«Und ein ganzes Haus in der Blumenstraße.»

Der Bettler wird dunkel vor Wut, sein Gesicht ist noch kürzer als sonst.

«Aber so lach doch mit», rufe ich, «das ist doch die komischste Geschichte der Welt.» Und da er dauernd nach dem Geldschein schielt, gebe ich ihm endlich das Ding, weil er so schön geantwortet hat. Und nun lacht er zu guter Letzt doch noch mit, ja, er kann sich gar nicht genug tun, sein Bauch wackelt, sein Anzug platzt fast aus den Nähten, so sehr schlägt er um sich vor Vergnügen.

Ich gehe, immer noch lachend, ins Hotel zurück – aber dort, in der Kühle der Halle, fällt mir nachträglich auf, wie schnell der Alte das Geld fortsteckte. Und als ich durch die Glastür zurückschaue, hockt er da auf der Vortreppe wie ein schlauer Zwerg. Blinzelt zu mir herüber. Nein, denke ich, das wäre zu einfach gewesen.

So simpel ist die Sache nicht. Und auch nicht so witzig.

Gimlet sitzt hinter der Barriere, wünscht mir einen guten Morgen. Ich nehme die Zeitung, die vor ihm liegt und die er gerade lesen wollte, schaue die Frühmeldungen durch. Ich habe aber noch eine andere Idee, vielleicht ist er gar kein Greis, vielleicht ist das Foto nicht echt. Unvorstellbar! …

Dennoch wird es fast fünf Uhr – es ist schon still und dämmrig im Hotel um diese Stunde –, bis ich Kuhnwalt in seinem Zimmer aufsuche. Er steht vor dem Spiegel und bindet sich eine Krawatte.

«Hallo!» sage ich, «ausgehen?»

Kuhnwalt fährt herum, beruhigt sich aber gleich, als er mich erkennt.

«Ja, wie man es nimmt, ausgehen ist vielleicht nicht die richtige Bezeichnung.»

Ich verstehe.

«Kuhnwalt», sage ich, «Ich habe mit Ihnen zu reden.»

Er fragt: «Cognac?»

«Aber nur einen kleinen», erwidere ich und setze mich auf das Sofa, das die Breitseite seines Raumes beherrscht.

«Dieses Sofa», sage ich, «legen Sie großen Wert darauf? – Oder könnte ich es kriegen?»

Er ist nicht bei der Sache, antwortet nusselig: «Ja, schon.» Er zieht eine todschicke gelbe Weste mit glänzendem Rückenfutter an. Plötzlich stutzt er und sagt:

«Aber – auf keinen Fall können Sie das kriegen. Wie kommen Sie darauf?»

Ich setze mich bequem zurecht. Das Sofa ist rot und samten, genau wie ich es mir gewünscht habe.

«Sagen Sie mal, Kuhnwalt», beginne ich, «Sie wohnen doch auch nicht gerade wegen der schönen Aussicht hier.»

Er will sich soeben den Rock anziehen, bleibt aber im Ärmel hängen.

«Wie meinen Sie das?»

«Nun, wie ich es sage», erwidere ich.

Er starrt mich an, ist blaß geworden.

«Geben Sie doch zu, nicht wahr?»

Er nickt vage.

«Und wohnen hier schon lange.»

«Drei Tage», sagt er schnell. Ist natürlich gelogen.

«Also drei Tage», fahre ich in aller Ruhe fort, «und kennen bereits die Judith so gut, daß Sie sich mit ihr verabreden – um halb acht an der Musikbox, nicht? Und kennen bereits alle Hinterausgänge, nicht wahr, alles so nebenbei.»

Er nickt.

«Und verkehren mit der Judith wohl sehr persönlich, was?»

Nickt. Starrt mich entsetzt an.

«Sind wohl auch sonst recht vertraut mit den Gegebenheiten, wie? – Wie?»

Nickt.

«Mit dem Grundstück in der Großoststraße und dem anderen am Stadtrand. Und mit dem Haus in der Blumenstraße. Nummer 48, wie?» Hier hebt er verstört den Kopf, nickt gleichfalls, Nummer 48, ja, ja.

«So!» sage ich, «und wissen Sie auch, daß ich extra Ihretwegen hergekommen bin?» Er hat eine feuchte Stirn, er hat Angst. Mit dem Familienfoto hat er allerdings wirklich keine Ähnlichkeit.

«Herr!» sage ich, «ich habe Sie mir ein bißchen anders vorgestellt, und ich kann nicht sagen, daß ich angenehm enttäuscht bin, nee, pfui Deibel, mit so einem kleinen Mädchen macht so'n alter Mann noch solche Zicken, sagen Sie mal, schämen Sie sich nicht?»

Er setzt sich aufs Sofa und sabbert vor sich hin. Mit so einem jungen Ding.

«Wie?»

Er nickt.

«Na und? Nun haben Sie sich hier im Hotel verkrochen?» frage ich.

Er nickt. Das ist ja ein dolles Stück.

«Und da glauben Sie noch, man könnte Gefühl für Sie aufbringen, Sie alter Schmutzfink? – Liebe, was, Herr Haferkorn? Liebe und Zuneigung?»

Der Mann ist vollständig zusammengebrochen.

«Ich habe Sie was gefragt!» sage ich streng.

«Ich heiße nicht Haferkorn.»

«Sondern?»

«Kreisler.»

Der Mann ist vollständig zusammengebrochen. Na und, Herr Kreisler, frage ich, warum haben Sie solch ein Theater gemacht. Aber dann denke ich: Augenblick mal, jetzt wird es ja erst richtig kompliziert. Der Mann heißt gar nicht Haferkorn, aber Kuhnwalt heißt er auch nicht. Er heißt Kreisler.

Wir sitzen beide stumm auf unseren Plätzen, beide auf dem Sofa. Ich denke: In was für ein Loch habe ich jetzt gestoßen?

Da geht es auch schon los:

«Ich wußte es», jammert er, «das konnte nicht gut gehen.»

«Na ja», sage ich.

«Die ganze Zeit war ich bei meinem Bruder, aber der wollte auch nichts davon wissen, der Egon, da bin ich hierher, war auch falsch.»

«Da sind Sie also nicht von hier?»

«Aus Kremmen», sagt er undeutlich. Ich winke ab.

«Jetzt bin ich gerade soweit gewesen!»

«Wie ist Ihr Name», frage ich ohne großes Interesse.

«Kreisler», sagt er, «Johann Kreisler, Vertragsschulleiter, Zöglinge.»

«Zöglinge?» rufe ich, «ja Sie verdammtes Schwein, konnten Sie sich denn nicht zusammennehmen?»

Er stöhnt und schlägt die Hände vors Gesicht. Ich winke ab.

«Bin Hals über Kopf davon, habe sie nicht ein einziges Mal wiedergesehen. Sie hat gar keine Ahnung.»

«Judith?»

«Nein, Gertrud», sagt er undeutlich. Ich winke ab.

«Es ist meine Veranlagung», jammert er, «ich bin ein weicher Mensch, immer werde ich weich, schon als Kind – wenn ich Seife rieche, wissen Sie, nicht Parfumseife, sondern einfache Waschseife …»

«Kernseife», sage ich.

«Ja, Kernseife, die besonders», ruft er aus. «Sie können sich nicht vorstellen, was dann in mir vorgeht, der Geruch, dieses laue sämige Zeugs, wie Seide, daß es einem durch und durch geht. – Das bin nicht ich, das ist meine unglückliche Veranlagung.»

«Ja, ja», sage ich.

«Als Siebenjähriger habe ich immer ‹Suppe› gespielt. Wissen Sie, was das ist: Suppe?»

Ich verneine.

«Also das ist doch so: Wenn das Badewasser richtig dick ist, sonnabends, nicht wahr, wenn man badet. Da sammelt sich die Seifenkruste an und so ein grauer Streifen an der Wanne, und das Wasser ist eine einzige milchige Brühe, verstehen Sie. Dann habe ich ‹Suppe› gespielt. Ich bin raus aus dem Wasser und ganz langsam wieder rein, ganz langsam eingetaucht. Beine, Bauch, wie ein Stück Huhn in der Suppe, was glauben Sie, was die Lore ...»

«Die Lore?»

«Ja, das Hausmädchen, die hat auch ihren Spaß dran gehabt, hat sie gesagt: Johann, steig noch mal raus, kleiner Hannes – ich war nämlich ihr Liebling –, mach noch mal, hat sie gesagt, du siehst aus wie ein abgebrühter Gockel. Und so muß ich ja auch ausgesehen haben, ich kleiner Hannes.»

«So», sage ich, «nun lassen Sie mal ihren kleinen Hannes in Ruhe und erzählen klipp und klar, was vorgefallen ist.»

«Aber erzähl ich doch», er ringt die Hände, «das ist eben meine Veranlagung. Ich habe die Gertrud vom Bahnhof abgeholt, dachte mir, na ja, so'n Dingelchen aus Legebruch wird wohl nicht viel Mühe machen, das erledigen wir bis sechs Uhr. Einschreiben, Kleider, Quartier und so. Aber was glauben Sie, wie ich auf den Bahnhof komme, steht da ein kleiner Feger, richtig mit Hand in der Hüfte. Ich frage: Na Frollein, sind Sie die Gertrud Schlonke aus Legebruch? Sagt sie: Klar Onkelchen, bin ich. Na, sage ich, da haben Sie wohl in den letzten vier Wochen im Graben übernachtet. Und Sie hätten sie mal sehen sollen. Mantel und Kleid völlig verludert, Hals schwarz wie die Nacht. Ich sage: Dich werden wir erst mal in den Trog stecken und gründlich abscheuern, sehen Sie, und das hätte ich eben nicht sagen sollen, denn wenn mir dieser Gedanke kommt, dann können Sie sich nicht vorstellen, was losgeht.»

«Dann kommt die Geschichte mit dem kleinen Hannemann», frage ich.

Er blickt betrübt zu Boden.

«Ich hätte sie ja noch daran vorbeigekriegt, aber wie sie das Badezimmer sieht, sagt sie: Kann man hier auch brausen? Stellen Sie sich vor, fragt sie, brausen? – Wissen Sie, was das ist? – Das ist meine empfindlichste Stelle. So wahr mir Gott helfe.»

«Was ist denn damit?» frage ich.

«Da war ich elf, warten Sie mal, zwölf war ich. Unser Turnlehrer hieß Wulf, und er ließ uns immer brausen, ich habe mich ja mächtig geschämt, in dem Alter schämt man sich ...»

Ich winke ab.

«Sie! Ich war unfähig, mich dabei auch noch abzuseifen, das besorgten meine Freunde Stahl und Lohmann, die schmadderten mich voll, und ich war stocksteif, konnte mich nicht rühren, wie ein Brett.»

«Ach du liebe Güte», sage ich.

«Ja, und da fragt die: Kann man hier auch brausen? Natürlich kann man das, sage ich, heiß und kalt, wie es gefällig ist, und da habe ich wohl schon mit den Zähnen geklappert, denn sie sagt: Na, Onkelchen, für 'ne kleine Heiße wird's wohl noch reichen. Ich denke, was wird noch reichen? Da ist die auch schon reingerutscht, bitte, Herr, sie ist zuerst reingerutscht, nicht wie man nachher behauptet hat ...»

«Also gut», stimme ich zu.

«Und dann, ruck zuck, steht die plötzlich im Leibchen da, ich denke, ich seh' nicht richtig, wer trägt denn heutzutage noch ein Leibchen, sie behauptet aber, es aus der Kleiderspende erhalten zu haben, und mir war auch dermaßen knieweich zumute, daß ich fast in die Wanne gefallen bin, aber ich hatte mir bestimmt nicht vorgenommen, selbst reinzusteigen, ich hatte mir überhaupt nichts vorgenommen, Herr. Nur das warme Wasser und die Seife! War K4/-Seife, wenn ich mich recht erinnere. Ich soll auch gesagt haben: Darf ich helfen, Schätzchen, darf ich helfen. Und das angeblich immerfort, darf ich helfen, Schätzchen. Kann mir aber kaum vorstellen, daß ich so stupide geredet habe, schließlich bin ich ja kein Idiot. Auf irgendeine Weise muß ich allerdings ...»

Er wischt sich mit dem Taschentuch den Schweiß vom Nacken.

«Mein Herr, ich bin ein Mann von sechsundfünfzig Jahren, in dem Alter weiß man schließlich, was man zu tun hat.»

«Das sollte man annehmen», sage ich, «und wie ist die Sache nun herausgekommen.»

«Ganz blödsinnig. – Ich sage also zu ihr: Was ist denn mit dem Leibchen? Soll ich das vielleicht mit abschrubben. Nee, Onkelchen, sagt sie, da steige ich noch raus. – Wie eine Eva. – Dessen entledige ich mich noch, sagt sie. Stellen Sie sich vor: Dessen entledige ich mich noch, und das hätte mich stutzig machen sollen: Wie kommt sie zu diesem Ausdruck. Aber ich war ja nicht ganz bei mir, ich verlor buchstäblich meine Hose (man fand sie nachher draußen auf dem Korridor), völlig aus der Fassung. Es war eine von diesen zementierten Badewannen, ich muß da hineingefallen sein, anders kann ich es mir nicht denken, und sie hat gequiekt wie ein Ferkel, war sie ja auch, die ganze Wanne war schwarz, das Wasser eine einzige Brühe, ich sage Ihnen, so was habe ich mein Lebtag noch nicht gesehen.»

«Na, das ist ja ein schönes Stück», sage ich, «und wie hat man es denn entdeckt?»

«Sie glauben es nicht», ruft Kuhnwalt aus, «wenn ich es Ihnen erzähle, glauben Sie es nicht. Das Mädchen ist plötzlich wie ein Lachs aus der Wanne gesprungen, so ein Dingelchen, verstehen Sie, krebsrot vom heißen Wasser und glänzend und glatt und auch sonst alles – ich wäre fast ertrunken, so hat es mich gebeutelt. Und dann riß sie alle Sachen an sich und ist aus der Tür, hat von außen zugeschlossen, so schnell, daß ich nicht mal Zeit hatte, mich darüber zu wundern.»

«Da haben Sie aber Pech gehabt.»

«Ja, und dann waren sie alle da. Der Hauswart, der Verwalter, sogar einen Polizisten hatten sie geholt, was sollte ich machen, ich saß in der Wanne, meine Kleider hatte das kleine Aas ja mitgenommen. Nur das Leibchen schwamm noch im Wasser, und da haben sie es auch gefunden.»

«Lieber Kuhnwalt», sage ich, «das ist ja ein schöner Skandal.»

Er nickt, sitzt zusammengesunken in der Sofaecke.

«Wenn ich mich nicht noch in derselben Nacht verdrückt hätte, wären die imstande gewesen, mich vor ein Gericht zu stellen. Ich sage Ihnen, wenn man einmal in diese Gesichter geschaut hat – entfesselte Wut, wissen Sie, Volkswut, völlig maßlos –, na also, da ist man bedient. Und dann hat das kleine Aas noch behauptet, ich hätte ihr Wasser in den Mund geschüttet, und die haben es geglaubt, also, das ist ja geradezu lächerlich, was sollte ich davon haben, ihr Wasser in den Mund zu schütten, keine Ahnung hatten die Leute, wie soll man sich da verteidigen, am liebsten hätten sie mich gleich an Ort und Stelle aufgehängt. Da war ein kleiner Dicker, den ich noch nie vorher gesehen hatte, wahrscheinlich von der Straße mit heraufgekommen, den hätten Sie mal hören sollen, der hat geschimpft: Gleich aufhängen, hat er gesagt, gleich aufhängen müßte man diese Kerle! Jetzt frage ich Sie: Darf man einen Menschen wegen seiner Veranlagung verurteilen? Meiner Meinung nach nicht.»

«Das mag alles stimmen und geht mich auch nichts an», sage ich, «aber bilden Sie sich bloß nicht ein, daß Sie hier so weitermachen können. Ich habe Sie gestern mit der kleinen Judith gesehen.»

«Mit der Judith?»

«Ja, in der Halle, als ich zum Essen herunterkam.»

«Ach die kleine schwarze Judith mit den Zöpfen, na erlauben Sie, die gehört doch zu Jonassers Laden, die ist doch das Bademädchen, mit der wird man wohl noch sprechen dürfen.»

«Was?» rufe ich aus, «das Bademädchen?»

«Lieber Freund», sagt Kuhnwalt, «stellen Sie sich nicht so an, da gehen wir doch alle hin.»

Ich glaube, ich bin ohnmächtig geworden, einen Augenblick lang, oder wenigstens schlug mir eine blasse Woge ins Gehirn, so daß ich keinen Gedanken fassen konnte.

«Ich weiß gar nicht, was sie daran stört», sagt Kuhnwalt ungeduldig, «die ist doch kein Kind mehr. Jonasser sagt: Es ist notwendig, den Körper mindestens einmal am Tage einer äußersten Belastung auszusetzen. Das hält gesund.»

Ich verstehe. Mindestens einmal. Für dich ist es wohl das Äußerste.

«Und regelmäßig», ergänzt Kuhnwalt, «bitte sehr. Machners von nebenan gehen auch hin, alle beide. Ist doch sehr vernünftig. Überzeugen Sie sich selbst, ich glaube, sie machen sich gerade fertig.»

Er sieht durch das Schlüsselloch der Verbindungstür, hinter der schon seit geraumer Zeit ein leises Poltern zu hören ist.

«Wie ich Ihnen sagte! – Kommen Sie!» ruft Kuhnwalt ungeduldig, ich blicke ebenfalls durch das Schlüsselloch, und richtig, Machners bereiten sich im Nebenzimmer vor: Stühle und Tische sind mit Kleidungsstücken belegt. Herr Machner steht in der Mitte des Raumes und zieht sich eine schwarzseidene weite Turnhose an, stellt sich dabei abwechselnd auf Zehen und Hacken. Frau Machner steht daneben.

«Wenn man dich beobachtet», sagt sie, «kann man es wirklich mit der Angst kriegen. Du bist schon wieder blau wie ein Karpfen.»

Herr Machner nimmt eine Bauchbinde vom Stuhl.

«Geht mich zwar nichts an», sagt Frau Machner, «aber den Schlaganfall möchte ich nicht kriegen.»

«Welchen?»

Sie zögert, sagt es dann aber doch: «Den du mal kriegst.»

Jetzt stellt sich Herr Machner vor den Spiegel und legt die Bauchbinde an: Sie besteht aus einem festen faserigen Gewebe, das auf den ersten Blick elastisch, in Wirklichkeit aber unnachgiebig ist; vorn sitzen auf jeder Seite fünf Ösen, durch welche die Binde geschnürt wird. (Jonasser sagt, daß zusätzlicher Halt geboten sei).

«Ich tue es schließlich nicht zum Spaß», erwidert Machner.

Seine Frau steigt unterdessen in ein schlauchartiges Gummitrikot, in der Hand nicht viel breiter als ein Strumpf, am Körper jedoch formgebend (hebt den Leib, festigt die Hüften und gibt dem Gesäß Halt). Frau Machner ist es gelungen, das Trikot halb emporzuziehen, ruht jetzt aber einen Augenblick aus, weil der Widerstand in dem Maße zunimmt, wie sie weiter in den Schlauch hineingelangt. Sie seufzt, und Herr Machner nickt ihr vom anderen Ende des Zimmers zu, kennt allerdings nicht den vollen Sachverhalt. Frau Machner hat doppelt Grund, verstimmt zu sein. Denn – bereitet es ihr jetzt große Mühe, den Leib zu bändigen, so wird sie doch nachher das Ding wieder ausziehen müssen. Jonasser duldet solche Mieder nicht. Er sagt: Stützbänder und feste Bandagen, gut – elastische Apparate dagegen dulde er nicht. Oder er sagt: Gummiband, ohne Maß und Verstand, ist dem Körper feindlich. Und im stillen muß sie ihm recht geben, ist es doch ein freies schönes Empfinden, den Leib locker zu tragen, die Brust entblößt, die Schenkel schreitend.

«Eines Tages», sagt ihr Mann, «wirst du dir eine

Leber und einen Zwerchfellhochstand zuziehen.» Sagt Jonasser.

«Und was soll ich deiner Meinung nach tun, wenn du so schlau bist. Soll ich vielleicht ohne gehen?»

«Du solltest es versuchen», antwortet ihr Mann ernsthaft. Er springt mehrmals hintereinander in die Höhe, und die Turnhose, die ihm zu weit ist, flattert wie ein Rock. Das gehört zur Vorbereitung.

Schließlich überlegt Frau Machner, was sie noch tun könnte (von der Erwartung berührt). Dann schlüpft sie in ein loses graues Kleid. Ich bin fertig, sagt sie. Herr Machner, der sich den Schlips gebunden hat, haut ihr aufs Hinterteil, nicht sehr kräftig, aber doch überraschend für seinen Zustand. «Los geht's!» Und plötzlich – als hätte er damit ihre Kruste zerstoßen – beginnt ein rosiges Licht in Frau Machner zu fließen. Gesicht, Nacken, auch die Schultern. Und so in der Hitze vergißt sie ihre Handtasche, steigt heiß und rosig die Treppe hinab, hinter ihr der Mann, der die Leibbinde spürt, und in weiterem Abstand Herr Kuhnwalt, der gleichfalls beschlossen hat, sich zur Behandlung zu begeben.

«Bis nachher», winkt der Junggeselle.

Da habe – abe …

«Wiedersehen», ruft Kuhnwalt aus der Halle hoch. Ich stürze – «da habe – abe» – zum Treppenabsatz, jedoch steht der Musikautomat unbenutzt neben der Speisesaaltür. Sie sind bereits alle fort.

Heute weiß ich, daß ich einen Fehler beging, mich ihnen nicht sogleich anzuschließen. Unbefangen mit der Gruppe Kuhnwalt-Machner zur Behandlung! Das wäre vernünftig gewesen, einmal am Tage sich einer kräftigen Belastung auszusetzen. Statt dessen blieb ich neben der Treppe stehen, in der Stille, im leeren Hotel. Einzig Gimlet war im Hause, ich spürte seine Anwesenheit, seinen Portiergeist, entdeckte ihn aber erst, als er sich plötzlich unmittelbar vor mir an der Barriere regte. Sie wollten doch – sagte ich – mir ein Sofa besorgen, war es nicht so? Er schaute zu mir hoch, ernst, aufmerksam, als wenn er sich jedes Wort genau einprägen wollte; und als ich die Treppe hinaufstieg, drehte er den Kopf mit.

Die Dämmerung war dunkelgrau und flockig, nur die Bettücher zeichneten ein bläuliches Viereck ins Zimmer. Ich legte mich hin und schloß die Augen, aber als ich sie wieder öffnete, war es hell im Raum geworden. Die Decke wurde von draußen angestrahlt, offensichtlich hatte jemand im Hinterhaus Licht eingeschaltet. Von meinem Bett aus konnte ich das andere Fenster nicht sehen, bei aller Neugier lag ich doch gerade zu diesem Zeitpunkt sehr weich, sehr angenehm. Im Bett.

Eine halbe Stunde später brachte Gimlet das Sofa: ich hörte anhaltendes schweres Scharren im Flur, schreckte auf und sagte: «Ja?»

«Wo soll ich es hinstellen?» fragte Gimlet.

Kuhnwalts Sofa. Rotes geschweiftes Samtmöbel,

wie ich es mir gewünscht hatte, mit überhöhten Lehnenecken, so daß es aussah wie zwei sich gegenüberstehende Sessel.

«Ausgezeichnet», ich beobachtete ihn, während er das Sofa an die gewünschte Stelle rückte. Dachte: Na also, man muß die Leute nur richtig anfassen.

«Woher stammen Sie eigentlich, Herr Gimlet?»

«Aus Friedrichsthal», antwortete Gimlet eifrig.

«Ah ja», sagte ich, «kleines Nest bei Kremmen, ganz nett, hat irgend 'ne Säule.»

«Die Friedrich-Franz-Säule», erwiderte Gimlet prompt.

«Richtig.»

Ich glaube, ich habe sogar etwas schnarrend gesprochen. Als ich vom Bett aufstand, fiel mein Blick auf das erleuchtete Fenster.

«Sie sehen, daß ich mein Bestes tue», sagte Gimlet; ich winkte ihm zu, daß alles in Ordnung sei, und er verabschiedete sich an der Tür, nickte bedrückt, als wollte er sagen: Vergiß nicht, daß ich tatsächlich mein Bestes getan habe.

Das Fenster jenseits des Hofes aber zeigte folgenden Ausschnitt: Links ein Stück Sessellehne, davor der schwarz-weiß-geflieste Fußboden, kurvig geschnittene Steine, als ob dort Säulen am Boden lägen, rechts ein Stück grüne Schreibtischplatte und, darübergelehnt, ein Mann, oder vielmehr sah ich zunächst nur die Hand eines Mannes, die von der Tischkante herabpendelte. Dann beugte sich der Mann nach vorn. Hatte drei oder vier Bündel vor sich liegen, und ich sah, wie er die Scheine zählte, konnte von meinem Standpunkt aus jede Handbewegung verfolgen. Konnte zwar den Tresor nicht erkennen, da er durch die Hauswand verdeckt war. Dagegen sah ich aber, wo der Mann den Schlüssel versteckte. An seinem Halse nämlich …

Hand, Arm, Schlüssel und ein Stückchen Brust auf zwölf Meter Entfernung. Das war schon viel – schon nahe, das war viel mehr, als ich heute morgen zu hoffen gewagt hatte. Ich bitte, das richtig zu verstehen; ich hielt es für ausgeschlossen, daß dort drüben der Alte sitzen sollte, war überzeugt, daß es sich viel eher um Rechtsanwalt Maurau handelte oder Herrn Fischer oder sonst jemanden, der im Augenblick seine Papiere ordnete; und dennoch – nahm an dieser Stelle, im Ausschnitt des Hinterhoffensters, der Professor, Balneologe und Privatgelehrte E. Haferkorn zum erstenmal Gestalt an.

Ich habe nachgelesen: Ein Balneologe ist ein Mann, der sich mit der Lehre des Badens befaßt, ein Bädergelehrter sozusagen, ein Balneologe. Und man kann sich gut vorstellen, wie er das macht, der Alte, wenn er vor seinen Wannen steht, gütig, etwas unsinnig in seinem Eifer, und sehr gelehrt, er sammelt Porphyrbecken, Handbäder aus der Zeit Trajans, Fliesen aus den Bädern der Vettier (Pompeji), läßt sich auch einen

Fußboden nach genauen Vorbildern ins Arbeitszimmer legen, armer Haferkorn reckt die enge Brust, schreitet auf seinen Beinen über die Fliesen eines Schwefelbades (aus den Albaner Bergen, 20 v.Chr.), wußte ich doch, daß ich dieses Säulenmuster schon einmal gesehen hatte.

Ein in Fachkreisen nicht ganz unbekannter Mann: Prof. E. H., Etablissement Hydrothérapique, Stirn kühl, Glieder schwer, das Sonnengeflecht wärmt das Herz etc., und mit dem Stern des fünfsitzigen Sitzbades alter persischer Paläste (Kala – Bis) treibt er schöngeistige Betrachtungen, man trank dort Tee und führte Gespräche im Bade. Rein platonische Balneologie sozusagen. Starkes Interesse an Zierleisten aus Lapislazuli und an birnenförmigen Gefäßen, um zur Ader zu lassen. Das steht alles in langer Reihe auf den Bücherregalen, eigene Schriften über Keramik, Der Deutsche Bäderkalender, Die Balneologie (Jahrgänge 23–31), Der Heilberuf, Das Badehaus, nun weiß ich Bescheid, Bad Oldesloe, Bad Salzuflen, Sanatorium-Kneippkurhaus, ruhige Südlage, Heilsole in jedem Zimmer.

Er hat sich sein Leben lang um die glatten, leuchtenden Glieder gegrämt (um seine badenden Mitmenschen), er hat sich um Kiefernnadelöl gegrämt und um das Eukalyptusöl. Er ist über die Stätte gegangen, wo das Albertaeum gestanden, vierzig Säulen rechts und fünfundvierzig links, ist mit leuchtenden Gliedern über die Steinplatten geschritten, wo 1820 die ersten Melancholien durch Spritzduschen geheilt wurden: «Mir war, als ob in einem fort Eiszapfen an meinem Schädel zerbrächen.» Kunstblatt aus der Bibliothèque Nationale, Paris: In dieser Anstalt wurde Baudelaire behandelt ...

Der Mann teilte die Scheine in zwei gleich große Haufen und legte sie auf die Schreibtischplatte. Und da haben wir ihn ganz: Ein Gelehrter mit höchst kultivierten Interessen, jawohl, aber – man mag es drehen und wenden, wie man will – leider recht eng und wohl auch etwas berechnend. Obwohl ich abgeneigt war, dem Zeugnis seines Sohnes Glauben zu schenken, mußte man sagen: Bei aller Gelehrsamkeit, bei aller durchsichtigen Feinheit war er doch ein kleiner Geizdoktor? Etwas zu sehr aufs Geld bedacht? Man sieht, ich stelle diese Eigenschaft in Frage, denn selbst heute, da ich genügend Abstand habe, will es mir nicht gelingen, in ihm einen alten Raffer zu sehen.

Zugegeben, er hatte einiges gerafft – zum Beispiel dieses Bürohaus in der Großoststraße, einen fünfstöckigen alten Kasten, in dem der Fahrstuhl noch durch Maschendraht gesichert ist. Man muß sich das ungefähr so denken: Haferkorn betritt jeden Morgen, korrekt gekleidet, das Haus, er besitzt einen eigenen Fahrstuhlschlüssel, zwei weitere Schlüssel zu seinem Büro, er schließt im dunklen Flur auf, schließt hinter sich wieder ab, hängt den Hut an den Kleiderständer, der wie eine Laterne aussieht. Im Zimmer ein Stehpult, ein Telefon, ein Aktenbock und auf dem Boden ein zerschlissener Perser, wie ihn die Leute in der City haben. Hier wickelt Haferkorn seine Geschäfte ab. Hier kauft er siebzig Stück Mullin Ltd., verkauft zweihundert Villard Seedock. Man weiß nur nicht, warum er das tut.

Zum Beispiel hätte er die Villard-Seedock-Anteile durchaus nicht abzustoßen brauchen; sie waren so stabil, daß auf lange Sicht weder nach oben noch nach unten Kursschwankungen zu erwarten waren. Aber das läuft wohl von selbst: Haferkorn steht in der Frühe auf, kleidet sich in einen dunklen Rock und graue Beinkleider, läßt sich von seinem Butler (er hat einen Butler) den steifen Hut reichen und geht angeregt in die Großoststraße. Grüßt unterwegs ein paar Bekannte. Es sind Leute, die er von Geschäften her kennt, fährt (mit eigenem Schlüssel) hinauf, liest das Börsenblatt, sieht die Post durch, wirft sie fort. Überlegt. Führt Gespräche mit verschiedenen Banken. Setzt sich hin. Telefoniert dann zu den Warner Rooms hinunter und läßt sich Tee bringen. Trinkt den Tee. Liest die Zeitung. Was soll er nun tun?

Was soll er jetzt unternehmen?

Er gibt Auftrag, für hundertzweiundfünfzig (mindestens) zu verkaufen. Zweihundert Stück. Ein unnötiges Geschäft natürlich, um nicht zu sagen, ein unseliges; denn jetzt bekommt er von der Bank im

Parterre vier dicke Geldbündel, jedes mit einer Banderole umwickelt, und dazu noch einen Haufen loser Scheine hingeblättert. Voll im Licht stehend.

Und nun darf ich wohl einmal vorgreifen und berichten, wie es sich höchstwahrscheinlich zugetragen hat:

2

Als der Professor an diesem Abend nach Hause geht, trägt er in seiner Aktentasche vier Packen, jeder hart und rechteckig, dazu ein blaues Abrechnungspapier: Villard Seedock 152,50. Es ist bereits stark dämmrig, und trotz der Wärme hängt, deutlich spürbar, Regen in der Luft. Der Weg vom Kontor bis zur Blumenstraße nimmt etwa acht Minuten in Anspruch, dann, von der Ecke bis zum Hauseingang, sind es noch dreiundvierzig Schritt – er hat sie gezählt –, in der linken Hand hält er die Tasche, deren Sicherheitskette am Handgelenk befestigt ist. Er geht mäßig schnell, aber nicht zu eilig, die Kette ist unter dem herabfallenden Ärmel verborgen.

Während seines Heimweges begegnen ihm: Herr Alfred Brod «Oberbekleidung und Trikotagen», den er mit einem Hutschwenken grüßt, der Hafenmeister, dem er zunickt – er kennt ihn nur flüchtig –, und ferner ein Taxichauffeur, den er nicht kennt, der aber ihn kennt. Sonst ist niemand auf der Straße. Nur in der ziemlich dunklen Passage Plöhn- bis Bäckerstraße trifft er noch das Heimlein, ein halbblödes altes Weib, das sich bei seinem Erscheinen in einen Flur drückt.

In Haferkorns Haus sind zwei Fenster erleuchtet. Eins im Parterre und eins in der ersten Etage, wo der gelbe Putz beginnt. Das Fenster im Parterre gehört zur Bügelstube – man kann nicht hineinsehen, weil die Scheibe geriffelt ist; der Professor meint aber, an einer schattenhaften Bewegung seinen Hausknecht, den fleißigen Kerl, zu erkennen, der dort mit der Wäsche tätig ist.

Er zieht den Schlüssel hervor, schließt die Haustür auf, dabei erscheint in der ersten Etage ein längliches Gesicht hinter dem Gitter, verschwindet ebensoschnell wieder. Aha, denkt der Professor, sie halten Ausschau nach mir. Er steigt die Treppe hinauf. Bedächtig. Kühler Marmor. Löwenmäuler mit Ringen, die das Geländer festhalten.

Oben hinter der Schwingtür erwartet ihn der Butler, nimmt Hut und Regenschirm entgegen, ist im Begriff, auch die Aktentasche an ihren Platz zu stellen – bemerkt jedoch rechtzeitig, daß sie festgekettet ist, und versteht, seine Handbewegung so einzurichten, als wollte er nur einen Staubfleck vom Ärmel klopfen. Der Professor lächelt, sagt sich: Ja so ist er, höflich, gewandt, taktvoll. Er geht – noch im Mantel (da er ihn wegen der Kette nicht ausziehen kann) – ins Arbeitszimmer, öffnet erst dort den Verschluß, entledigt sich der Tasche und stellt sie neben den Schreibtischsessel.

Indessen steht der Butler erregt im Vorzimmer und hält noch immer Hut und Schirm in der Hand.

Während des Abendessens geschieht nichts von Belang. Der Professor ißt mäßig, liest nebenher die Zeitung – der Butler steht hinter ihm, reicht zuweilen die Soße oder legt Salat vor –, er wendet den Speisen wenig Aufmerksamkeit zu, erst als der Butler mit dem Tee und der Konfitüre kommt, schiebt er die Zeitung von sich.

«Was Besonderes vorgefallen?»

«Nein», sagt der Butler, «heute nachmittag war der Schlosser da und hat die Haustür in Ordnung gebracht.»

«Und?»

«Er hat auch das Gitterschloß in der Waschküche gerichtet, damit da endlich mal abgeschlossen werden kann.»

Der Professor nickt zustimmend. Nach dem Essen geht er wieder ins Arbeitszimmer, kramt eine Weile zwischen den Briefschaften, er studiert das blaue Abrechnungspapier, hält es unter die Lampe, schwenkt es langsam vor seinen Augen umher.

Schließlich langt er nach der Tasche (sie steht neben dem Sessel), nimmt die vier Packen heraus (sie riechen ganz frisch), zieht die Banderolen ab und zählt die Scheine durch.

Man kann deutlich sehen, wie er dabei die Lippen bewegt.

Er schichtet die Scheine zu einem einzigen Stapel und betrachtet eine Weile die Höhe. Dann steht er auf, nimmt das Geld und geht zum Safe in der Ecke, stopft das Ganze in die beiden unteren Metallschubfächer, schließt mit dem Schlüssel, den er um den Hals trägt, sorgfältig ab und steckt ihn wieder hinter den Kragen. Es ist ein flacher, auf beiden Seiten gezackter Schlüssel. Und vielleicht sollte man auch kurz den Safe schildern: Er ist nicht groß. Der Geldschrank eines Kaufmannes oder Hoteliers. Die Tür ist grün emailliert, in der Mitte sitzt ein Emblem aus Messing: Wellson & Copper, Safety Installations, alle Kanten sind gleichfalls mit Messing abgesetzt, kein neues Modell, ohne automatische Sicherungen, aber sonst solide gebaut, hat ein sogenanntes Bolzenschloß (vier Bolzen).

Um neun, als sich der Professor noch einen Portwein im Arbeitszimmer servieren läßt, hat draußen wieder feiner Regen eingesetzt, das Wasser läuft in bewegten Fäden über die Fensterscheibe. Haferkorn nimmt zwei Glas Portwein. Danach bleibt der Butler – etwas unglücklich, wie es scheint – mit der Flasche in der Hand an der Tür stehen, er trägt zu dieser Stunde des Tages bereits ein graues Jäckchen, dessen Ärmel zur besseren Bewegungsfreiheit in der Achselhöhle geschlitzt sind.

«Entschuldigen Sie, Herr Professor», sagt er leise und fast demütig, «aber zufällig sah ich vorhin, daß Sie eine Menge Geld im Hause haben», er ist sehr blaß, «Sie müssen nicht denken, Herr, daß ich Ihnen nachspioniere, aber vom Rückgebäude aus kann man direkt in Ihr Arbeitszimmer hier blicken –.»

Der Professor wundert sich: «Kann man das wirklich?»

«– und da passiert es», fährt der Butler jetzt etwas gefaßter fort, «daß man, ohne zu wollen, Ihr Geld sieht.»

Haferkorn nickt abwesend, dann fragt er, was das für ein Geräusch sei.

«Es regnet schon wieder, unten im Hof steht bereits ein großer Teich», lautet die Antwort, «was Sie da hören, ist der Hausknecht, der seit einer Stunde versucht, den Abfluß freizumachen.»

Der Professor horcht, und richtig: aus dem Hof dringt anhaltendes Stochern und Klopfen. Der Hausknecht bohrt mit einer Stange im Gulli, er ächzt laut, wenn er sich gegen die Stange lehnt. Von oben sieht er aus wie ein verwachsener Bär, wie ein Troll, und schon öfters hat sich der Professor überlegt, ob es vernünftig war, ihn einzustellen.

«Es ist Ihnen sicherlich nicht recht, Herr –», sagt der Butler.

Haferkorn wendet sich um. «Was soll mir denn nicht recht sein», fragt er freundlich.

Der Butler lehnt am Türpfosten, sein graues Jäckchen hebt sich kaum von der Tapete ab.

«– daß ich Ihr Geld gesehen habe.»

Daß er mein –? Wie soll ich das verstehen?

«Ich meine», sagt der Butler, «Sie mögen es sicherlich nicht leiden, wenn man weiß, wieviel Geld Sie im Hause haben.»

Jedoch das Besondere an ihm ist, denkt der Professor, daß man sich nie in seine Lage versetzen kann, jede Äußerung von ihm ist letzthin komisch. Er blickt nachdenklich auf die Tür, die sich hinter dem Butler geschlossen hat, dann wendet er sich wieder dem Fenster zu, das, im Gegensatz zu den übrigen dieser Etage, draußen nicht vergittert ist. Ein feiner Staubregen hängt in den Hof hinab und verdeckt das Rückgebäude wie ein Tuch. Es ist dunkel. Das Gitter fehlt zwar, doch soll man sich nicht täuschen: die Einfassungen der verhältnismäßig kleinen Scheiben bestehen aus solidem Stahl, so daß hier ein Gitter gleichsam ins Fensterglas selbst eingebaut wurde. Und da – angesichts dieser Sicherheitsvorrichtung – beschließt er, das Geld morgen wieder zur Bank zu tragen. Er sagt sich: Es besteht zwar keine Gefahr, aber vielleicht ist es in der Bank doch besser aufgehoben. Er greift zur Tasche, die links neben dem Schreibtischsessel stehen müßte – aber nicht dort steht. Auch nicht auf der anderen Seite. Nanu, denkt er.

Er überlegt, wo er sie zum letzten Mal gesehen habe – als er das Geld herausnahm? Als er das Geld in den Safe tat? –, und bemerkt bei dieser Gelegenheit, daß er vergessen hat, das Bild wieder über die Safetür zu hängen; es steht noch auf dem Fußboden. Eine Heidelandschaft.

Haferkorn klingelt nach dem Butler. Es handelt sich bei dieser Tasche – soviel soll gesagt werden –

um eine Sonderanfertigung, eine sogenannte Sicherheitstasche, die seinerzeit zusammen mit dem Safe erworben wurde. Äußerlich unterscheiden sich solche Taschen kaum von anderen, höchstens fällt das etwas schwerere Format und die Stahlkette am Griff auf. Aber unter dem Leder, unter der Haut sozusagen, nur von der Innenseite her tastbar, befindet sich eine Art Kettenpanzer, ein stählernes Maschenwerk, das oben durch ein Zahlenschloß versperrt ist. Der Professor versäumt nie, die Tasche zu benutzen, wenn er Geld oder Wertsachen mit sich führt.

Er nimmt an, daß der Butler bereits schlafen gegangen ist, beschließt deshalb, selbst auf die Suche zu gehen. In der Vorhalle sind alle Lichter bis auf eine trübe Deckenleuchte gelöscht. Er sucht die Garderobe ab. Blickt unter die Bänke, hinter den großen Wandschirm, der im Sommer den Ofen abdeckt. Überlegt, wo die Tasche noch sein könnte. In der Anrichte wohl nicht? Die Anrichte ist ein schmaler Raum, in dem Schuhe geputzt, Kleider ausgebürstet werden und wo sich Häufchen von Holzspänen unter den Schränken bilden.

Kahler Geruch des Hausknechts. Vorn wirft die Flurbeleuchtung ein helles Viereck hinein, Spuren von Seifenlauge, dahinter Dunkelheit. Ganz hinten eine Gestalt. Der Professor will schon die Tür schließen, da fährt er zusammen, so heftig, daß er den Schreck wie einen sauren Geschmack auf der Zunge spürt.

In der Kammer steht der Hausknecht.

«Ja Sie!» ruft Haferkorn aus, «was machen Sie denn hier? Warum haben Sie denn kein Licht?»

Der Hausknecht rührt sich nicht.

Haferkorn entsetzt: «Sagen Sie doch einen Ton.»

«Ich brauche kein Licht», sagt der Hausknecht, und Haferkorn denkt: Ich habe nie bemerkt, daß er eine so kratzige Stimme hat.

«Hören Sie mal, Mann», sagt er, «ich finde meine Tasche nicht! In der Garderobe habe ich schon gesucht ...»

«In der Garderobe ist sie nicht», unterbricht ihn der Hausknecht.

«Ja, eben», sagt Haferkorn, «und da meine ich, daß sie vielleicht in der Anrichte sein könnte.»

«In der Anrichte ist sie auch nicht», sagt der Hausknecht.

Wie spricht er denn mit mir, denkt Haferkorn. – Behutsam:

«Aber wie wollen Sie wissen, daß die Tasche nicht hier ist? Sie haben ja kein Licht!»

Der Hausknecht steht unbeweglich, er scheint den Kopf gesenkt zu haben, denn der Umriß seines Schädels sitzt ganz niedrig über den Schultern.

«Sehen Sie doch mal nach.»

Da richtet sich der Hausknecht plötzlich auf.

«Das hat keinen Zweck. Die Tasche ist nicht da.»

«So!» sagt der Professor. Er geht erschreckt durch den Flur in die Vorhalle, in sein Arbeitszimmer, wo die Kamelhautlampe brennt. Und der Hausknecht läßt die Tasche hinter den Pappkübel mit dem Bohnerwachs fallen, im Dunkeln. Er schiebt noch mit dem Fuß nach, denke ich mir, als wenn er sie verscharren wollte. So etwa ...

Einmal habe ich Gimlet übrigens im Schlaf gesehen und fand meine Ahnung bestätigt: Er schläft mit offenen Augen.

Ich glaube, es war in jener Nacht, als er mir das Sofa gebracht hatte. Ich wollte noch etwas haben – ja, ein Syphon, ich wollte ein Syphon auf meinen Nachttisch haben, wie man es in anständigen Hotels verlangen kann. Ging also in die Halle hinab, die zu dieser Stunde nur noch durch die Straßenlaternen schwach erhellt war, fand Gimlet aber nicht – das heißt, im ersten Augenblick glaubte ich, ihn hinter der Barriere sitzen zu sehen, doch als ich nähertrat, war es nur der Kassenschrank, und die Zeitung lag ausgebreitet auf der Brüstung, als ob jemand darin läse. Es gelang mir, unter der Wölbung des Treppenbogens tatsächlich die richtige Tür zu finden – nicht die erste, die öffnete sich in den Hof, sondern die zweite –, sie führte in einen Raum, der, ich weiß nicht wie, zu blubbern schien, und ich hielt es für möglich, daß Gimlet hier irgendwo sein Lager hatte. Lauschte. Zögerte. Und da ...

Ein gleichmäßiges, blubberndes, nasses Geräusch

kam aus der einen Ecke hervor. Schahh – schascha-schascha. Kam hervorgekrochen. Ja, so wie ich gedacht hatte: Dort lag er und träumte von der Gemeindewiese mit dem Gatter und den Büschen und der Friedrich-Franz-Säule (deren Schatten wie ein Uhrzeiger über den Hügel wandert).

Was passiert, wenn er jetzt aufwacht, dachte ich, wird er um sich schlagen, wird er aufstehen und schreien? Weil er Angst hat? Taucht aus dem Traum, dem Gimlettraum, in den er sich so mühsam gebettet, und schreit. – Ich trat näher und betrachtete seinen Kopf, der wie ein Stein (mit den Rissen und Schattenlinien eines Steines) auf dem Keilkissen lag. Er hatte sich auf die Nacht vorbereitet: Neben ihm auf dem Stuhl stand das Glas, ein altes Senfglas mit Wasser zum Anfeuchten der Zunge, wenn sie während des Schlafes austrocknete. Daneben die Uhr – im Strumpf, damit sie nicht so laut tickte.

Ich beugte mich über sein Bett und sagte: Siehst du die Friedrich-Franz-Säule, kannst du sie sehen, mein Guter? – Und da lag der schwere Mann und schlief so tief, so völlig regungslos, das Kinn hing ihm auf die Brust, die Augen starrten milchig und blau zur Decke, grausig weit geöffnet.

Weit ist der Weg, und du kannst nicht zurück.

Doch! Ganz leicht! Mit der Bahn bis Kremmen und von da noch ein Stück zu Fuß.

Und dann?

In Friedrichsthal bin ich zu Hause.

Aber die Säule wird nicht mehr da sein.

Doch. Es ist eine Säule aus Eisen, mit einem Kopf am obcren Ende, F.F. heißt Friedrich-Franz ...

Das ist Franz, und das ist Friddrich, der ist hoch, und der ist niddrig.

«Ja», strahlte Gimlet, «das stimmt. So haben wir immer gesagt. Und an die Säule haben wir immer den Hund gebunden, damit er nicht fortlaufen konnte.»

«Da kommst du nie wieder hin.»

«Doch», brüllte Gimlet und verschluckte sich, er röchelte, träumte, er hätte einen Kragenknopf in der Kehle. Ich hob die Hand und wedelte sie vor seinen Augen hin und her, doch die Augen blieben unbeweglich.

«Gimlet», rief ich, «aufstehen!»

Versteinert. Nur die beiden Gallerte zitterten blau in ihren Höhlungen.

Aber damit ist es nicht zu Ende.

Am nächsten Tag regnet es immer noch. Der Professor läßt sich den Rücken massieren. Nach dem Frühstück, das er im Arbeitszimmer an einem Tischchen vor der nassen Fensterscheibe einnimmt, verlangt er seine Galoschen. Er wartet, bis der Butler das Zimmer verlassen hat, nimmt dann das Geld aus dem Safe, schlägt es in Zeitungspapier und stopft sich das dicke Paket unters Hemd. Dann zieht er die Galoschen an. In der Vorhalle steht der Butler und reicht ihm Mantel, Hut und Regenschirm.

Haferkorn geht die lange weiße Treppe hinab bis zur Haustür, bemerkt aber sogleich, daß sie noch verschlossen ist. Es ist früher Vormittag. Nun greift er in die rechte Manteltasche und findet den Schlüssel nicht. Er durchsucht die rechte Hosentasche, die linke, die Gesäßtasche. In diesem Augenblick wird von außen, von der Straße her, die Briefklappe aufgestoßen, und die Morgenzeitung erscheint im Spalt. Man hört den Boten jenseits der schweren Holztür gähnen, hört, wie er sich die Hände reibt. Und wäre es dem Professor jetzt eingefallen, die Zeitung wieder auf die Straße zu stoßen, unzweifelhaft hätte er die Aufmerksamkeit des Boten auf sich lenken, sogar durch den Briefschlitz mit ihm sprechen können. Aber das fällt ihm nicht ein. Er blickt nur erstaunt auf die Zeitung, die am äußersten Zipfel von der Klappe festgehalten wird. Er hört zu, wie sich der Zeitungsbote entfernt, hört die Schritte auf dem Pflaster. Und sucht seinen Schlüssel in der Hosentasche, den er aber nicht finden kann, weil er ihn nicht mehr hat.

Und von oben, von der Schwingtür her, hat der Butler das Ganze beobachtet, er räuspert sich jetzt.

«Ich kann meinen Schlüssel nicht finden», sagt Haferkorn, «geben Sie mir doch mal Ihren her.»

«Es tut mir sehr leid», antwortet der Butler von oben, «ich habe meinen verloren, aber wenn Sie es

wünschen, Herr, werde ich sofort danach suchen.»
Haferkorn steigt die Treppe wieder hinauf; als er die Halle betritt, ist der Butler soeben mit der Durchsicht eines Wandschranks beschäftigt, er beugt den Oberkörper ins Schrankinnere.

Blickt sich nicht um.

«Wir müssen irgendwo noch einen dritten Hausschlüssel haben», sagt Haferkorn. Er spricht jetzt leise. «Gimlet hat doch auch noch einen.»

Es knackt im Schrank, der Butler dreht sich um, seine Weste glitzert, und sein Gesicht ist so braun, als ob es geschminkt wäre.

«Sie müssen sich irren, Herr Professor, es gibt keinen dritten Schlüssel.»

Haferkorn steht stumm in der Halle. Hier in seiner Halle – in Galoschen auf dem grünen Teppich – steht er fassungslos und denkt: Barmherziger Gott, so etwas gibt es doch gar nicht.

«Tut mir leid», sagt der Butler.

Haferkorn geht aber nicht in sein Arbeitszimmer zurück, sondern so, wie er ist, in Hut und Mantel, in den vorderen Salon.

Dieses Haus umfaßt im queren Durchmesser etwa zweieinhalb Räume, im Längsdurchmesser vier oder fünf, von denen Halle und Arbeitszimmer die größten sind. Außer der Haupttreppe gibt es am Ende des Flures noch eine hölzerne gebogene Stiege, welche die Stockwerke untereinander verbindet und bis zur Waschküche hinabreicht. Das große Bad ist im ersten

Stock, und in der gleichen Etage befindet sich zur Straße hinaus der vordere Salon.

Haferkorn hat das Fenster geöffnet.

Auf der gegenüberliegenden Straßenseite geht eine Frau und verschwindet hinter der Ecke. Danach kommt lange Zeit niemand, aber dann – man hört das regelmäßige Hacken des Spazierstocks – nähert sich jemand auf dem diesseitigen Bürgersteig. Der Professor drückt den Kopf gegen die Eisenstäbe; erst als der Spaziergänger auf vielleicht zehn Schritt heran ist, wird er unten sichtbar: ein älterer Herr im gelben Überzieher, den Kopf gesenkt, Schnurrbart. Es ist Major Schubert. Lieber Schubert ...

«Darf ich Ihnen behilflich sein.» Hinter ihm steht der Butler.

«Danke», sagt Haferkorn, «ich wollte nur hinausschauen.»

Das vormittägliche Licht ist lustig, es kringelt sich auf dem Fensterbrett und sollte heiter stimmen.

«Ich nehme an», sagt der Butler, «daß Sie das Fenster schließen wollen, erlauben Sie also.»

Haferkorn tritt zurück, und der Butler klappt die Fensterflügel zu.

«Es steht mir nicht an, Herr Professor», sagt er, «Sie aus dem Zimmer zu weisen, andererseits aber sind heute die vorderen Räume dran. Sie verstehen, daß mir die Hausordnung obliegt.»

Haferkorn nickt.

«Wenn Sie also gestatten», sagt der Butler und gibt

Anweisung: Polster bürsten, naß aufwischen und Lampen abwedeln – und die Fenster bleiben zu, hast du gehört? Der Hausknecht beginnt, gleich nachdem der Butler verschwunden ist, den Teppich aufzurollen, hebt dabei die Sessel mit einer Hand in die Höhe.

«Sag mal», beginnt Haferkorn vorsichtig, «du hast doch deinen Hausschlüssel in der Tasche.»

Aber der Mann hebt die Teppichrolle hoch und stellt sie an die Wand.

«Mensch», sagt der Professor, «du mußt doch einen Schlüssel haben, ich habe meinen verloren.»

Der Mann richtet sich auf.

«Das weiß ich schon längst», erwidert er, «das hat er mir gesagt.»

«Wer?»

Der Hausknecht deutet mit dem Kopf zur Tür.

«Ach», lacht Haferkorn, «das ist eine komische Geschichte.»

Der Hausknecht nickt böse vor sich hin.

«Das ist ja wie damals mit dem Schreibtisch.»

«Mit dem Schreibtisch?» Der Hausknecht ist mißtrauisch.

«Ja, eine ganz verkorkste Geschichte», lacht Haferkorn, «ich wollte meiner Frau einen Schreibtisch schenken – eine Überraschung.»

Der Hausknecht hat zu bürsten aufgehört.

«Na, ich schloß das Zimmer ab, sollte 'ne Überraschung sein (der Hausknecht nickt), aber was glaubst du wohl, was geschah?»

Er kniet aufrecht mit der Bürste in der Hand. Hört genau zu.

«Am nächsten Morgen war der Schlüssel weg.»

– – –

«War beim besten Willen nicht aufzufinden.»

«Ja, jetzt finden wir ihn auch nicht», sagt der Hausknecht.

«– was sollten wir machen? Meine Frau mußte sich ihr Geschenk durchs Schlüsselloch ansehen – durchs Schlüsselloch, verstehst du?»

Der Hausknecht denkt nach, dann beginnt er zu lachen.

«Eine schreckliche Sache», fährt Haferkorn ebenfalls lachend fort, «die ganze Überraschung war danebengegangen. Aber jetzt kommt das Beste: Kannst du dir denken, wo sich der Schlüssel schließlich anfand?»

«Nein», sagt der Hausknecht.

«Meine Frau hatte ihn selbst in der Jackentasche –», der Professor stockt und faßt sich an die Stirn.

«Das ist eine merkwürdige Geschichte», gibt der Hausknecht zu.

«Ich wollte damit nur sagen, daß man oft in Gedanken etwas einsteckt und nachher nicht mehr weiß, wo es geblieben ist», Haferkorn blickt auf seine Fußspitzen, «ohne bösen Willen.»

Einen Augenblick lang hört man die Borsten der Staubbürste knistern. Der Hausknecht wendet den Kopf, und es ist, als ob ein schneller, körniger Schatten über dieses Zimmer fiele. Wie eine plötzliche Dämmerung. Und dann ruft er aus:

«Ihr irrt Euch, Herr – ich habe ihn nicht –, und ich weiß auch nicht, wie Sie darauf kommen. Es muß ein Irrtum sein.»

«Ein Irrtum», sagt der Professor: O du meine Güte, wie wirr und gefährlich ist das.

«Ja», sagt der Hausknecht mühsam, «ich bin nicht so dumm, wie Sie denken; ich weiß ganz genau, worauf Sie hinauswollen. Sie denken, ich habe den Schlüssel genommen.»

Oh, mein Gott.

Haferkorn hat sich abgewendet, wiegt den Oberkörper hin und her.

«Ich wußte, daß Sie mir nicht trauen», ruft der Hausknecht aus, «gleich zu Anfang habe ich es gewußt. Da habt Ihr eine Mark aufs Fensterbrett gelegt –.»

«Ich habe was?» fragt der Professor fassungslos.

«Ja, um mich zu prüfen. – Ich habe sie aber nicht genommen.»

«Du Idiot», sagt der Professor leise, «du bringst alles durcheinander.» Er hält sich am Fensterkreuz fest. Unten geht ein Mann vorbei, ein Handwerker mit einer Leiter.

«Wenn es Ihnen recht ist», sagt der Butler, der unbemerkt eingetreten ist, «sollten Sie jetzt vielleicht in Ihr Arbeitszimmer gehen. Ich habe Tee bereitet.»

Haferkorn wendet sich um. Es dauert eine Weile, bis er die Finger vom Fensterkreuz gelöst hat.

«Wollt Ihr mich also einsperren.»

– – –

So habe ich denn einen zweiten Besuch abgestattet. Im Badehaus II. Vielleicht weil eine innere Stimme (Stimme des Blutes) mir riet, man verzeihe mir, aber es ist letzthin eine ganz und gar familiäre Angelegenheit, für Außenstehende vielleicht weniger verständlich.

Unten, wo die vorgetäuschten Quadern nur schmale Fensterschlitze freilassen, war alles dunkel; aber darüber, in der ersten und auch in der zweiten Etage brannte Licht über die ganze Front. Die Scheiben waren stark beschlagen. Schatten von Männern und Frauen. Selbst hier auf der Straße spürte man die starke Hitze im Innern des Hauses. Die Wände schienen zu schwitzen, und um die Haustür lagerte ein Geruch von Kiefernnadeln und Teerseife.

Und täuschte ich mich, hörte ich wirklich ihr Jauchzen, ganz fein wie eine zirpende ferne Kulisse? Hinter den gelben Fenstern? Natürlich nicht. – Aber wie sagt man: Da saßen sie im Sud und fraßen oben und angelten unten mit den Beinen, hatten schwimmende Tischlein, und wenn sie Wein verschütteten, so sei's drum, der floß ja woanders wieder rein.

Die Haustür war nur angelehnt, der Marmor beschlagen, das Messinggeländer naß und warm. Ich möchte behaupten, dieser mein zweiter Besuch dauerte vielleicht zwei Stunden, drei Stunden, wenn es hoch kommt; aber später hatte ich das Gefühl, als ob er ein ganzes Lebensalter gedauert hätte ...

3

Ich gehe die Treppe hinauf bis zur Schwingtür. Der Bauer sitzt auf der Bank, jaja, s'Gedärm, d'Völle, so daß man nit aufstoßa kunn. – Das vielleicht nicht gerade, aber er hat recht, ich muß einen Grund finden, daß ich hier zum zweitenmal erscheine, im Leib fehlt nichts, aber sonst – ich nicke ihm zu, und die Bauernstirn schwebt weiß und verständig über dem braunen Gesicht. Es ist alles wie zuvor. Die Fliege wandert in der Glocke, und die Landfrau spreizt die Beine, der Taftrock hängt zwischen ihnen wie ein Beutel. Ich stelle mich an den Tisch.

Ja seht, nun gehöre ich zu euch.

Blättere in den «Heilberufen», für diskreten Entbindungsaufenthalt empfiehlt sich, gesucht wird tüchtige gewandte Sprechstundenhilfe, ein staatl. gepr. Krankenpfleger (led.), eine weibl. Angestellte (für die Pforte).

Ich trete vor das große Glasfenster an der Längswand. Mann, Frau und Kind sind fleischfarben sorgfältig ausgemalt, das Kind in der Mitte. Der große grüne Baum, vor dem die stehen, scheint noch nicht vollendet, zwei Drittel sind gestochen scharf, jedes Blättchen einzeln, das restliche Drittel unfertig.

«Gefällt es Ihnen jetzt besser?» fragt jemand neben mir. Judith im weißen Kittel. «Sie haben es noch gar nicht richtig betrachtet», sie schaut auf das Glasbild und ich wiederum betroffen auf die Dicke ihrer Zöpfe.

«Betrachten Sie den Baum, was sehen Sie? – Näher», ruft Judith und klatscht in die Hände, «näher heran! Was sehen Sie?»

Ich trete näher heran. Ganz nahe. Und sehe etwas Unglaubliches, für meine Begriffe Widernatürliches. Denn wer käme auf eine solche Idee: Die Blätter sind gar keine Blätter, sondern Bildchen.

«Was sehen Sie? Was sehen Sie?» ruft Judith und hüpft.

«Ich sehe Bildchen.»

«Jawohl, jedes Blatt ist ein Bild.» Jedesmal Mann, Frau und Kind, und alle grün, ein grüner Baum. «Das ist der Lebensbaum», erklärt sie, «den hat Herr Jonasser gemalt.»

«Muß Jahre gedauert haben», sage ich dünn, «interessiert mich trotzdem nicht besonders.»

«Nicht?» staunt sie, «aber vielleicht interessiert es Sie, daß Ihre Madam Schinski jetzt bei ihm ist», und macht diesen spitzen Mund, der wohl Mißbilligung ausdrücken soll. Ist sie eifersüchtig? Sie führt mich durch den Gang bis zur Polstertür, die halb offen steht und hinter der die Dame kichert, heiter und angekitzelt.

«Na, dann kommen Sie rein», sagt Jonasser, « ich dachte, wir hatten abgemacht, daß Sie abreisen.»

Ich trete ein. Die Dame ist nicht da. Wo hat er sie versteckt?

«Das ist richtig», sage ich, «aber ich konnte nicht abreisen. Ich hatte einen Schwächeanfall.»

«Den haben Sie wohl öfter mal.»

«Ja», sage ich.

«Ein altes Leiden, wie?»

Nun hat er mich auf den richtigen Gedanken gebracht. «Ja, sehen Sie, deshalb komme ich zu Ihnen», sage ich, «es ist manchmal – als ob einem ein Mühlrad im Kopf herumginge, alles dreht sich.»

«Und dann wird Ihnen schwarz vor Augen.»

«Wie ein dunkler Schleier.»

«Die Beine werden schlapp.»

«Ja, schlapp, ich schwanke.»

«Und dann stürzen Sie hin?»

Das muß ich mir erst überlegen, nein, Hinstürzen eigentlich nicht – nur Schwanken und dann diese Kreise vor Augen.

«So!» sagt Jonasser, «abgereist sind Sie wohl nicht?»

Wie soll ich es jemals erklären. Daß ich im Begriff stand, oder jedenfalls dicht davor und bereits auf dem Bahnhof befindlich, mich dann doch nicht habe entschließen können? Ich weiß es ja selber nicht. Schwächeanfall wäre wohl der falsche Ausdruck, eher inneres Schwanken, Fallsucht, jawohl Fallsucht. Oder wie immer man das nennen wollte. Ich meine, das war natürlich alles gelogen – die ganze Geschichte ist gelogen –, und daß dieser zweite Besuch überhaupt stattfand, hat weniger mit Liebe, schon gar nicht mit Vernunft zu tun, auch nicht mit irgendwelchen fadenscheinigen Ansprüchen.

Sondern.

Mit dem Glockenschlag.

Wenn Jonasser jetzt sagt: «Sie wollen also, daß ich Sie behandele?» Und ich: «So wie Sie es für richtig halten», dann ist das ein Vertrag. Ein wirklicher, gültiger und möglicherweise fataler Vertrag. Deshalb wird an dieser Stelle deutlich wiederholt:

«Also werde ich Sie behandeln.»

Und ich:

«So wie ich es für richtig halte.»

– – –

Beim Hinausgehen versuche ich, trotzdem noch einen Blick hinter den Wandschirm zu werfen. Ich glaube, ein Knie durch den Stoff zu erkennen und unten – im Spalt zwischen Fußboden und Schirm – einen Schuh, Damenschuh mit hohem Absatz. Käferschuh. Ich spreche in den Schirm hinein:

«Sind Sie das?»

«Freilich», kichert die Dame, «und ich habe gar nicht gewußt, daß Sie ein so kranker Mann sind.»

Ich habe es auch nicht gewußt.

«Und Sie, was machen Sie hier? Brauchen Sie eine Generalüberholung?»

«Ich werde Ihnen gleich meinen General vorführen», kreischt sie hinter dem Schirm! Und Jonasser: «Unterstehen Sie sich, wir sind hier nicht im Zirkus!»

«Sehen Sie mal», sie streckt ein Bein hinter dem Schirm hervor, es sieht frisch gewalkt aus, rosig wie es ist, paßt es nicht ganz in die immerhin ernste Situation.

«Madam Schinski!»

Die Dame kreischt, doch bevor sie hinter dem Wandschirm hervorspazieren kann, ist Judith im Zimmer. So plötzlich, als ob sie draußen vor der Tür auf ein Stichwort gewartet hätte. Und sie ist zornig. Sie tritt vor den Wandschirm und verdeckt mit ihrem Rücken das Bein.

«Judith», sagt der Heilpraktiker, «dieser Herr will sich behandeln lassen.»

«Ja, Papa.»

Ich habe nicht gewußt, daß sie die Tochter ist.

Aber Judith ist zornig. Sie geht, ohne sich zu vergewissern, ob ich auch folge, den Gang hinunter, stößt am Ende des Flures die Tür auf. Dahinter liegt ein stark geheizter Raum, dessen feuchte Luft wie weißlicher Qualm herausschlägt. Judith ist auf einmal verschwunden. Man sieht gar nichts, wenige Meter von der Tür entfernt hängen Tuchbahnen oder Laken von der Decke; nach den unterschiedlich leisen, glucksenden und von allen Ecken heranschwimmenden Geräuschen zu urteilen, muß der Raum aber groß sein. Es riecht wie in der Badeanstalt. Als Judith wiederkommt, trägt sie ein paar Tücher und ein Bündel über dem Arm.

«Also los», sagt sie, ohne mich anzusehen, führt mich durch einen schmalen Durchlaß, eine Art Gang zwischen diesen schlapp hängenden Laken. Sie schlendert vor mir her, schlägt sich dabei die Badetücher gegen die Beine. Schließlich reißt sie einen der Vorhänge beiseite und deutet mit dem Kopf hinein.

«Da», sagt sie, «ziehen Sie Ihre Sachen aus», und wirft Tücher und Bündel auf eine Pritsche aus rohen, vom Gebrauch blank gescheuerten Latten. Das Bündel entrollt sich dabei und fällt auf den nassen Boden, ein weißes Laken.

Judith sagt unnötig laut: «Worauf warten Sie denn noch.» Ich löse meinen Schlips. Sie schimpft vor sich hin (na ja, es ist kein schlimmes Schimpfen, hört sich aber trotzdem in ihrem Munde nicht gut an), ich steige aus der Hose.

«Und beeilen Sie sich gefälligst», ruft sie von der anderen Seite des Vorhangs. Ich kleide mich schnell aus, stehe danach etwas unbehaglich nackt herum, barfuß auf dem Holzrost des Fußbodens. Und was kommt jetzt? Jetzt hänge ich mir am besten das Laken um. Bei Licht besehen ist es nicht einmal weiß; mag es ja gewesen sein, aber die großen braunen und eigentümlich wäßrigen Flecken hat man nicht entfernen können. Trotz der dünnen Hülle fange ich sofort an zu schwitzen, ich lüfte das Laken:

«Broaaahhh ...»

Nanu.

«Sie denken wohl, Sie sind alleine hier.» Kuhnwalts von der Hitze gerötetes Gesicht hängt zwischen den Tüchern. «Irrtum mein Lieber, horchen Sie mal hin!» Ich horche, kann zunächst im gleichmäßigen Glucksen (anscheinend laufen überall Wasserleitungen) nichts Besonderes wahrnehmen.

Aber dann in unmittelbarer Nähe ein ersticktes Ächzen. Kuhnwalt grinst:

«Das ist unser Ober. Gleich neben Ihnen. Versucht, seinen Bauch loszuwerden.»

Das Ächzen hat aufgehört. Kuhnwalt meckert in sich hinein.

«Er läßt sich Senfwickel machen», flüstert er, «scheußlich unangenehm», verdreht die Augen und gibt einen Würgelaut von sich, danach grinst er wieder.

Nebenan ist es still geworden. Dann sagt der Ober:

«Bitte machen Sie sich nicht über mich lustig.»

Kuhnwalt nickt mir bedeutungsvoll zu.

Ich habe inzwischen die Badetücher geprüft, die mir Judith geliefert hat: Sie sind auch nicht ganz sauber, und sie riechen nach Teer oder Erde oder besser nach verschmortem Holz. Nach Holzteer. Kuhnwalt beschäftigt sich jetzt in seinem eigenen Abteil. Was er dort tut, läßt sich nicht feststellen. Ein merkwürdiges Klatschen. Auf der anderen Seite kann sich der Ober wohl nicht länger beherrschen, denn er sagt plötzlich laut «Uuuh», und dann knackt es in seiner Stimme ... Man liegt leicht und angenehm unter allen diesen Geräuschen und Gerüchen, ich habe mich auf der Pritsche lang ausgestreckt. Die Vorhänge bewegen sich. Manchmal klafft ein Spalt und zeigt ein paar Fußsohlen.

Und einmal hat wohl jemand die Tür offengelassen, denn es entsteht ein Durchzug, der alle Vorhänge plötzlich mächtig bläht. Da will sich der Ober erschreckt aufrichten, kann jedoch nicht, und Kuhnwalt blickt routiniert durch die Flucht der Abteile, nur Frau Machner merkt nichts. Sie reibt selbstvergessen die Füße aneinander. Gelbe hornige Ovale.

Ach ja, der Durchzug ist vorüber (man seufzt), und die stille Hitze hat sich wieder eingestellt, riecht nach Teer und Erde, die Trennwände bewegen sich sachte, es dröhnt der Blutdruck.

Dann geschieht draußen etwas: Räder holpern über Bodenleisten, ein Rollbett fährt vor, und ich bin gar nicht sonderlich erstaunt, als Gimlet in mein Abteil tritt. Gimlet in Hemdsärmeln und langer schwarzer Gummischürze, die bis auf die Füße reicht. Ich sage:

«Nanu Gimlet, sind Sie jetzt bei Jonasser angestellt.»

Er ist aber nicht im geringsten verlegen, bedeutet mir, ich solle meinen Arm um seinen Hals legen, und bückt sich mit großer Selbstverständlichkeit, um mich aufzuheben. Ich sage:

«Menschenskind, glauben Sie, ich kann nicht selber auf das Ding steigen?»

Doch entweder liegt es daran, daß die Liege weiterrollt, wenn man sich auf sie stützt, oder ich habe in der letzten halben Stunde wirklich an Kraft verloren – wenigstens muß ich mir von Gimlet hinaufhelfen lassen. Er hebt mich so mühelos, daß ich über die Körperkräfte des Mannes staune. Ich sage:

«Sie sind ja eine wahre Amme.»

Ohne irgendein Zeichen, daß ihn mein Lob berührt hätte, legt er meine Beine zurecht. Wie etwas, das er seit Jahr und Tag handhabt, wie ein paar Sandsäcke. Dann steckt er plötzlich meinen rechten Arm in eine Lederschlinge und zieht sie fest.

«Damit Sie mir nicht runterfallen.» Er schnallt auch meinen linken Arm fest.

«Na, ich falle doch nicht», sage ich.

«Abwarten», meint er, nimmt das Laken, und deckt es über mich, zieht es mir auch über den Kopf.

«Nun woll'n wir mal», sagt Gimlets Stimme von draußen, und dann spüre ich eine rollende Bewegung, gleichmäßig stoßend über die Holzlatten, rampampam, dann wird das Geräusch auf einmal ganz laut und schmetternd: ein Korridor wahrscheinlich. Noch ein Stück, es wird dunkel, und noch ein Stück – Ende. Das Leinen, das mir platt auf Mund und Nase liegt, befeuchtet sich allmählich.

Ich kann nicht feststellen, ob Gimlet inzwischen weggegangen ist; erst nach einiger Zeit höre ich das Klappern einer zweiten Liege, die knapp hinter mir zum Stehen kommt. Danach wird es wieder still. – Mit der milchigen Dämmerung, die durch das Laken dringt, kommt auch der Geruch des Korridors. Ich rieche die Holztäfelung, die Essensdünste im Holz, die beiden Türöffnungen rechts und links, dort, wo der Küchentrakt abzweigt, wo das Geschirr entlanggetragen wird – irgendwo im Hintergrund der Etage. Es ist ein altes Haus.

Und es nähert sich jemand ganz leise. Flüstern – leise und rasch. Es kommt von hinten her, wo der Nachbar liegt. Dann Stille. – Jemand lehnt sich gegen meinen Oberarm, und zugleich tastet eine Hand über das Laken, tastet sich nach meinem Kopf hin. Flüstern:

«Wie fühlst du dich?»

Judith!

«Liegst du bequem?»

«Ja.» Ich flüstere ebenfalls, und da niemand mein Gesicht sehen kann, habe ich – Gott steh mir bei – die Augen glücklich aufgeschlagen. Sie lehnt sich gegen mich. Oh, ich liege bequem, danke, ich liege bequem, und wage nicht, mich zu rühren, denn mein Arm ruht in ihrer Beuge, seltsam mild und nachgiebig, wo zwei blaue Gefäße in der Tiefe verlaufen. In ihrer Leistenbeuge.

O ja.

Unterdessen treibt sie allerlei Faxen mit mir.

Faßt über dem Laken meine Nase an, mein Kinn, versucht, meinen Mund zu öffnen und zu schließen, lehnt sich schließlich schwer auf mich und verdunkelt das Laken vor meinen Augen. Überhaupt scheint sie in dieser Stellung ausruhen zu wollen, was ich liebend gern geschehen lasse. Oh ich halte sogar ein wenig dagegen, komme ein wenig ins Drängen – da ist es plötzlich, als ob ich ins Leere dränge. Ja wie?

Judith!

Sie ist von mir gegangen.

Das Laken ist feucht von der Atemluft, draußen ist es wieder hell geworden über dem Leinen. – Endlich höre ich erneutes Flüstern, ein paar Meter entfernt. Ich denke, wunderbar, sie kommt noch einmal. Aber sie kommt nicht. Sie flüstert am anderen Bett, tätschelt dort wohl, schiebt ihm die Hand unter das Laken, die kleine Metze.

«Kuhnwalt», rufe ich laut, «sind Sie das?»

Stille.

Flüstern, Piepsen.

Dann prustet Kuhnwalt: «Darauf können Sie sich verlassen, daß ich das bin!» Es folgt ein Krach, als ob die Rollen des Liegebetts in eine Fuge gerutscht wären. – Stille.

Ich denke: Ja du Luder, bist du denn für alle feil? Und ich weiß jetzt, sie will mich kränken, küschküschküsch, ja flüstert nur, mich trifft es nicht. Sie ist eine ganz billige Person, die mich nichts angeht, denn nun rolle ich davon, nun wird es eng und stikkig. Gimlet ist wieder da und fährt mich in die Schwitzkammer. «So», sagt er, «schön ruhig liegen.»

Oh, es wird heiß. Ist es bisher heiß gewesen, wird es jetzt so heiß, wie ich es eigentlich nicht für möglich gehalten hätte. Das Wasser rinnt mir vom Leib, rinnt in der schwer gesättigten Hitze, rinnt – schön ruhig liegen – rinnt so unermeßlich ausgiebig, so unermeßlich, soviel Wasser – – – auf die Dauer.

Nee, das mache ich nicht lange mit.

Denke ich noch …

Ich sollte mich nicht beklagen. Denn selten habe ich so tief und so ganz und gar ohne Bewußtsein geschlafen. Als ich aufwache, steht die Luft kühl vor dem Laken. Die Räder stoßen. Ich rieche Erde, große braune Erde. Sie kommt ganz nahe heran, kommt zu mir, ah, nun weiß ich: große braune Flecken! – Gimlet zieht das Laken fort. Gimlet nur in Hose und Gummischürze. Er greift mir unter Kniekehlen und Nacken, hebt mich hoch und legt mich auf eine Holzpritsche.

Ich sage: «Sie scheinen ja wirklich hier angestellt zu sein», versuche, meine Glieder zu bewegen, blicke hoch. Welch ein Zustand! Gimlet groß im Raum, in der Gummischürze.

«Bißchen schwach, was?» sagt Gimlet, «kein Knochenbau mehr, was?»

Das ist natürlich Unsinn, ich fühle mich zwar

durch das Schwitzen etwas geschwächt, bin aber durchaus in der Lage, ohne Hilfe aufzustehen.

«Kommt noch besser», sagt Gimlet breit, «da – extra für Sie angerührt», er patscht mit der Hand in das Becken, greift einen Batzen heraus und wirft ihn gegen die Wandfliesen. Da bleibt er kleben. Schwarz wie Teer.

«Und heiß wie die Hölle», sagt Gimlet. Wahrhaftig heiß: Der Brei dampft stark, hat an den Rändern bereits eine feste Kruste angesetzt. Und die Holzbadewanne, die man in den Boden eingelassen hat, sieht aus, als ob sie schon verkohlt wäre.

«Nun wollen wir Sie mal reinlegen», sagt Gimlet; aber das wird mir doch zu dumm, ich sage:

«Erlauben Sie mal, ich kann schließlich selbst aufstehen.»

«So?» sagt Gimlet gemütlich, «dann versuchen Sie es doch mal.»

Ich stütze mich auf die Ellenbogen und will den Oberkörper hochstemmen. Nun sitze ich – und kniee und will mich aufrichten, aber da zittern mir Arme und Beine so stark und so verblüffend heftig, daß ich denke: Bin ich das, der so zittert? Auf allen Vieren, nicht sitzend, nicht stehend, komisch vorgebeugt schnattere ich auf butterweichen Gliedern, unfähig, mich zu erheben.

Gimlet faßt mir in aller Ruhe unter die Achseln, hebt mich hoch, mit den Füßen voran in die Wanne, nein, stellt mich auf die harte körnige Kruste. Eine lächerliche Situation: Ich stehe sozusagen aufrecht da, stehe und sage auch noch: aber das ist ja ganz fest, da läßt Gimlet los und nun – bricht die Kruste, ich fahre mit den Beinen, mit einem schmatzenden Laut durch, verliere sofort das Gleichgewicht und klatsche der Länge nach hin.

Ich glaube, ich wurde regelrecht abgebrüht. Höre Gimlet sagen: Ist wohl mächtig heiß, wie? Regelrecht abgesengt, der Schmerz war so groß, daß er aus meinem Bewußtsein herausfuhr und da blieb. Gebrüllt habe ich, oder vielmehr gekrächzt: Ich weiß, was ihr wollt, ihr wollt mich backen!

Ich denke: Jetzt widerfährt mir etwas.

Finde endlich am Rand der Wanne Halt, meine Brust pechschwarz, meine Arme auch – da tippt mir Gimlet mit der Fußspitze auf die Schulter und drückt mich wieder zurück.

– und das schafft ihr auch, krächze ich. Gimlet sehr groß, sehr entfernt dort oben, ich sehe zu ihm auf: Gimlet, du weißt doch hoffentlich, was du tust!

Die Schultern kann ich herausheben.

Die Beine. Wo sind meine Beine? Ich habe kein Empfinden mehr für meine Beine, denn nach unten hin ist alles grundlos.

Aber die Schultern kann ich heben.

Da drückt mich Gimlet mit der Zehenspitze zurück, und das war wohl der Augenblick, daß ich das Bewußtsein verlor: Eine schwerelose Schwärze, aber eine, in der irgendwo im Hintergrund jemand trällert.

Sind Sie endlich vernünftig geworden?

Na, also.

Und sollte man es glauben, ich bin tatsächlich ganz und gar vernünftig. Ganz tot. Es kommen langsame Träume, wie auf Watte, an der Decke hängen Tropfen, die Bretterwand ist naß beschlagen, und Frau Machner trällert nebenan. Das Holz der Wanne, ja, das ist kein Holz, das ist hart und glatt wie Marmor, vom langjährigen Gebrauch schwarz versteint.

Frau Machner juchzt: Aiih, das ist heiß.

Und dann.

«Jiih, jujuhh –.» Nun hat sie sich wohl aus dem Gummitrikot gezwängt. Hat den Fuß hineingesteckt, der schwarz wie ein Schuh wieder herauskommt, hat das Bein hineingesteckt, das wie mit einem schwarzen Strumpf bekleidet ist. Steht mit beiden Beinen darin und springt. Jupjupjup. Wie mit zwei Strümpfen, zwei Schwarzseidenen. Und platscht und hüpft. Und hockt sich hin, steht auf, bückt sich mit der schwarzseidenen Hose. Dann taucht sie bis zum Halse unter – ich glaube dabei zu ersticken – und taucht auf.

Im schwarzen Trikot, das langsam abkleckert, als ob jemand mit dem Finger darin herumzeichnet. Ich zeichne eine Wirbelsäule, eine schöne weiße gepunktete Linie. Jeden Wirbel extra. Vorn auf den Bauch zeichne ich einen weißen Kreis mit einem Punkt in der Mitte: Das ist der Nabel. Hinten zeichne ich eine Taube auf die rechte Backe und eine zweite Taube auf die linke – sie hat zwei –, und vorn zeichne ich zwei Brüste hin, und sie? Sie hält still und läßt alles mit sich geschehen. Haben Sie das von mir gedacht?

Nein, Frau Machner, von Ihnen nie.

Dann träume ich von Zimmer Nummer siebenundzwanzig, dessen Porzellanschild über der Tür wie ein kleines Waschbecken geformt ist. Ich gehe den Gang hinunter (suche den Ausgang) und öffne die Tür. Aber als ich die Klinke herunterdrücke, prägt sich mir eine Messingwarze in den Handteller, so daß ich sofort im Bilde bin: Dieses Zimmer habe ich in meinem ganzen Leben noch nicht betreten. Drei, vier leere, aber nicht ganz frische Betten. Wahrscheinlich ein Durchgangszimmer. Und ich hätte mich auch gleich zurückgezogen, wenn nicht soeben jemand (Judith?) durch die andere Tür verschwunden wäre.

Doch der nächste Raum ist bewohnt, viele Kranke liegen dort, reden aufgeregt aus den Betten heraus oder humpeln mit eingebundenen Armen und Beinen durchs Zimmer. Einer ist obenherum in schwere Holzschienen eingebaut, in ein ganzes Gestell, das jetzt, als er auf mich zukommt, wie eine Lattenkiste knarrt; außerdem ruht sein rechter Arm, eingewinkelt und hochgestützt, auf einer Art Drahtkonstruktion.

«Na Kumpel, kommst du ooch zu uns», sagt er, oder eigentlich sagt er nicht «ooch zu uns», sondern «oaöch ...», als ob er sich erbrechen müßte, und ich habe, weiß der Teufel, die Kumpelsprache vergessen, kenne die richtige Antwort nicht mehr. Neben ihm sitzt ein Mann auf seinem Bett. Er badet sein krankes Bein, hat das Bein in eine Schüssel gestellt und begießt es mit einer Blechbüchse vom Knie bis zu den Knöcheln. – Ich erkläre nun, daß ich nicht auf Stube käme, sondern im Gegenteil den Ausgang suche. Der mit der Blechbüchse hört auf zu schöpfen, blickt hoch.

«Ja, das wissen wir nu ooch (oaöch) nich.»

Hinten klatschen zwei Kartenspieler auf die Nachttische.

Da winkt jemand vom anderen Ende des Zimmers. Was? Er winkt. Ich gehe durch den schmalen Gang zwischen den beiden Bettreihen auf den Mann zu: Es ist Kuhnwalt. Bis ans Kinn zugedeckt.

«Sie sind wohl neu hier», fragt Kuhnwalt.

Ich bin so erschöpft, daß ich nicht zu antworten vermag.

«Passen Sie auf», Kuhnwalt richtet sich im Bett auf, winkt mich ganz nahe zu sich, nötigt mich, auf der Bettkante Platz zu nehmen. «Was glauben Sie wohl, weshalb ich hier bin», er beugt sich vor, «doch nicht wegen der schönen Aussicht –.»

«Sie Unhold», rufe ich aus, «lassen Sie mich gefälligst mit Ihren Schmutzereien in Ruhe.»

Und fühle mich gehoben, fühle, Gott sei Dank, daß mir jemand unter die Achseln greift. Der ist vielleicht schwer!

Und im Oberbewußtsein (das aber nicht mein richtiges Bewußtsein ist) erkenne ich ein Gesicht, naß von Schweiß, besetzt mit Perlen, Tropfen unter dem Kinn. Ich sehe es wie einen Himmel, über mir. Die Bretterwände sind unbegreiflich roh und faserig. Judith. Ja? Willst du mich heben? – Tropfen lösen sich vom Kinn, fallen herab wie von den Zweigen eines Strauches. Er ist zu schwer, ich krieg ihn nicht. Vielleicht, wenn du dich hinhockst und mit den Knien nachhilfst. Weinst du um mich wie die Zweige eines Strauches? Ob ich was? Wie die Zweige. Ja, man sollte ihn glatt liegen lassen, schwer wie der Kerl ist.

Ich finde mich halb über dem Beckenrand hängend, als wenn jemand versucht hätte, mich aus der Wanne zu ziehen. Es ist aber niemand im Raum. Draußen auf dem Gang sagt jemand: «Platz! Heißes Wasser!» Dann gehen ein paar grobe Tritte vorbei.

Mir ist zumute, als hätte ich eine ganze Nacht in diesem Bottich verbracht; doch wird es noch nicht spät sein. Sieben Uhr vielleicht. Ich krieche heraus. Oben herum bin ich graubraun, vom Bauch abwärts tiefschwarz. Nebenan wird ein Eimer auf den Boden gestoßen – dann ein lauter Schwall. »Jiupp«, kreischt Frau Machner und steht wohl blendend weiß in der Zelle, ich dagegen muß versuchen, Brust und Bauch mit den Händen abzuwischen, und je mehr ich mich bemühe, desto hartnäckiger klebt das Zeug am Leib: eine Schmiererei. So ziehe ich denn schließlich das

Laken darüber. Ich öffne vorsichtig die Tür, denke mir, daß der große Saal – wo ich meine Kleider wiederzufinden hoffe – rechter Hand liegen müßte.

Der Flur beschreibt einen Knick. Dahinter die Flügeltür.

Aber dies ist nicht der große Saal, dies ist irgendein Vorbereitungszimmer. Gestelle, Schienen, Ledergurte hängen an den Wänden, ein paar dunkle Schutzbrillen, Gummihandschuhe mit langen Stulpen, und in der Mitte führt eine offene Stiege sowohl nach oben als nach unten. Ich habe das Empfinden, erheblich zu triefen, und richtig: Von der Tür bis hierher, wo ich stehe, sehe ich eine deutliche Spur auf dem weißen Fliesenboden entlanglaufen.

Ich weiß nicht, vielleicht wurde mir erst jetzt bewußt – wenn es mein Bewußtsein war –, daß ich gar nicht aufstehen kann, daß ich hier auf allen Vieren krieche. Es ist nur ein Schwächeanfall, sagte ich mir, es wird gleich vorübergehen. Aber da steht mir der Fliesenboden plötzlich im Gesicht, ich schlage mit einem Knall auf und höre noch, wie hohl sich das anhört:

«– – sage ich ihm, soll mal mach'n, macht er aber nicht, der Kerl, macht er überhaupt nicht – –», denn ich kenne diese Stimme, sie gehört zu der Person, die das heiße Wasser in die Zellen trägt und bei jedem Schritt auf der Stiege kracht, «– – na, wir wer'n ja sehn – –»

Und das ist mir eben nicht mehr so ganz klar.

4

Habe ich eigentlich erwähnt, daß dieses Haus immer eine höchst sinnliche, ja, wenn ich sagen darf: eine höchst sexuelle Wirkung auf mich ausübte? Nun also. Ich steige die gewundene Treppe abwärts und habe wohl schon erraten, wer die Person ist, die das Wasser in die Zellen bringt, und als ich, eine halbe Etage tiefer, einen vorsichtigen Blick in den Flur werfe, bin ich nicht überrascht, sie dort sitzen zu sehen, die Wäscherin. In der Tiefe des Flures steht eine Tür weit offen: Der Flur ein dunkler Darm – und dahinter dieses Sofa, in dem sie mitten drin sitzt wie ein rotes Ungeheuer, mit gespreizten Beinen. Sogar der Unterrock ist furchteinflößend. Blickt mir frei ins Gesicht, ihre Zunge liegt in der linken Backentasche, der Mund, seltsam klein, steht offen, eine Hand baumelt von der Armstütze herab, die andere ruht im Schoß. Ah ja, noch etwas. Über dem Sofa hängt ein ovales Gemälde: Briefträger bringt junger Frau Post, eine Glücksbotschaft, und zwar sehen sich Briefträger und junge Frau auffallend ähnlich. Wie Geschwister.

Die Wäscherin hat die Hand von der Armlehne erhoben.

«Junger Mann» – man wird sich die Stimme formlos denken, eher lallend –, «komm doch mal her.» Und sie winkt mir wahrhaftig zu, die Hedwig oder wie sie heißen mag. Beim Atmen hebt sich das Schürzenkleid über dem Bauch, das kleingepunktete Schürzenmuster riecht graubraun, kalt und scharf wie ein Scheuermittel. Ich taste mit dem Fuß, um die nächste Stufe zu finden. Sie seufzt, bläht sich. «Ko – do – mal her.» Eher würde ich ...

«Kommst du nicht», sagt sie, «dann laß bleiben», die Arme frei und feist, rot wie gekochte Rüben, ohne Ärmel. Und nun – da mir der Vergleich einfällt – rieche ich auch den Rübendunst, kalt und scharf. Und großartig. Winkt sie nochmal, geh ich hin, winkt sie mir, so komm ich gleich. Zu deinem Rübensofa. Meine.

Deine Hedwig (Ko-do-mal).

Ich sagte, dieses Haus übte eine starke Wirkung auf mich aus. Das läßt sich nachträglich zwar schwer erklären, aber man bedenke meinen Zustand: ich mußte mich beim Gehen an die Wand stützen, und die Wäscherin empfand ich nur noch als großen lauten Hall im Kopf. Judith sagte: «Es wäre hübsch gewesen, wenn du meinetwegen zurückgekommen wärst.»

«Aber ich bin deinetwegen zurückgekommen.»

«Nein», sagte sie, «das stimmt nicht. Aber du hättest es so sagen können, das wäre hübsch gewesen.»

Dazwischen lag aber eine ganze Etage, und das muß

ungefähr so geschehen sein: Ich bin mit letztem Kraftaufwand an der Flurmündung vorbeigeschlüpft, und keinen Augenblick zu früh (denn da klappte Hedwig auch schon mit der Tür), ich habe eine ganze Weile in der Fensternische gewartet, dachte: sie kommt! Gleich kommt sie, um mit mir auf Brautfahrt zu gehen. Hedwig in Kranz und Schleier, draußen rauscht der Küchenbaum, «ich bin Deine». Aber dann war mir schwindlig, ja, mir war schwindlig, und ich muß wirklich meine Gedanken nicht beisammen gehabt haben, denn wie ich nach oben schaue, sehe ich doch ihre Beine ganz deutlich – gerade in der Lücke zwischen Treppenpodest und Decke sichtbar, beide ohne Strumpf. Ich denke: Donnerwetter, die steht auf zwei feinen Rüben. Gar nicht so rot, wie ich mir gedacht habe, eher fein weiß und glänzend wie Hühnerfleisch. Und denke noch: Respekt, alte Lorchel!

Da sagt sie: «Wieso bist du denn zurückgekommen?»

Judith. Nicht ganz begreiflich, aber es liegt ja eine ganze Etage dazwischen. Ich denke, sie macht mir Vorwürfe, weil ich das Geld genommen habe.

Nein, sagt sie, aber es wäre hübsch gewesen …

Mein Laken klebt, und hinten kleckert mir etwas die Beine hinab. Judith, sage ich, ich bin in einer schrecklichen Verfassung. Ich weiß nicht, ob jemand ermessen kann, was dies für mich bedeutet, ich steige die Stiege abwärts und kleckere, und Judith trägt ein weißes Kittelkleid, keine Strümpfe. Oh, ich erinnere mich genau – komme die Treppe herab, sauber gewaschen, sauberes Hemd, saubere Hose, Unterzeug und alles. Blumen für Judith. Und da – da läuft es mir die Beine runter.

Ich sage, Judith, bitte, faß mich nicht an, ich bin völlig eingesaut. Aber das scheint ihr gar nichts auszumachen, sie sagt: Siehst du, dies hier ist meine Puppenstube. Sie zeigt mir ihre Puppenstube. Das ist die Lore, und das ist die Lene. Die eine wie abgekaut, aber die andere süß und blank mit Augen, die sich öffnen, wenn man sie hochnimmt. Ich sage: Judith, Kind, das ist ja das Hübscheste, was ich jemals gesehen habe. Hinter den Regalen, wo ihr Gesicht im Schatten liegt. Ich sage: Hast du denn hier gar keine Angst? Nein, sagt sie, warum? Hier habe ich immer schon gespielt.

«Leg deinen Arm um mich.»

«Das geht nicht», sage ich, «da würde ich dich schmutzig machen.»

Sie hatte mich in einen Nebenraum gezogen, nicht groß, eher ein Kabuff, und so vollgestellt, daß man sich kaum bewegen kann, und diesen möchte ich doch etwas genauer lokalisieren: Er liegt also im Erdgeschoß, von der Haupttreppe her nicht erreichbar, nur über die Stiege, die die übereinanderliegenden Flure verbindet. Und er scheint eine Art Lager zu sein, mit Massen von Gipshülsen, Schultergipsen, Beckengipsen, Hand- und Fußnachbildungen, alle weiß in weiß. Auf langem Regal steht da aufgereiht eine ganze Sammlung von Rückenschalen, offensichtlich für Kinder oder junge Mädchen bestimmt, und in eine von ihnen lehnt sich nun Judith, als sie mit mir spricht. Paßt gerade hinein. Und wenn sie jetzt weiterspricht, lehnt sie sich in einen anderen Rückengips, der ihr vielleicht auch einmal gepaßt hat; ich sehe übrigens, daß die Datumsbeschriftungen jeweils um ein Jahr auseinanderliegen.

«Du mußt mich umfassen, so!» Sie nimmt meinen Arm und legt ihn um ihre Hüfte, spricht sehr ernsthaft, «du darfst aber nicht meine Brust anfassen, das mag ich nicht.»

Ich denke: Jetzt habe ich sie, jetzt werde ich mit ihr ans Ziel kommen.

«Nein, nicht so!» ruft Judith aus. «So!» Unter dem Anprall des Wortes löst sich Staub vom Regal, fällt herab. Und als sie ihr Kinn von meiner Schulter hebt, ist es schwarz. Sie liebt mich. Sie lacht lautlos in ihre Hände hinein. Ich kann nicht begreifen, warum sie das tut, aber Judith sagt: Schau mich doch an, ich bin's, die Judith vom Haus – des Hausmeisters Töchterlein. Und ich erwidere: Aber das ist doch etwas sehr Schönes. Da lacht sie.

Sie sagt: «Papa sah immer aus, als wollte er in den Himmel fliegen. Er hatte eine weiße Jacke an, wenn wir nach Kremmen fuhren.»

«Nach Kremmen?» frage ich.

Ja, jeden Sonntag fuhren wir nach Kremmen. Da war eine Wiese, wo ein Tisch stand und wo wir Kaffee tranken. Jeden Sonntag. Sie spricht sehr ernsthaft. (Soviel ich weiß, ist aber Jonasser dein Papa.) Nein, sagt sie, das ist nicht mein Papa. Jonasser nicht. Wenn der kam, habe ich laut geschrien, der sah doch aus wie ein Wolf. Nun, sage ich, er sieht nicht gerade schlecht aus. Wie ein Wolf, sagt sie.

«Also im Sommer fuhr der Vater mit euch nach Kremmen», sage ich.

Ja, er war die Güte selbst, und als Mutter sagte, der Jonasser solle doch bei uns wohnen, weil er ihr Cousin sei, da war Vater auch damit einverstanden. Nachts stopfte er sich die Ohren zu, dann sah er nichts und hörte nichts und war mit allem zufrieden. Aber er war wohl schon ziemlich krank und brauchte viel Schlaf.

Ich sage: «Jetzt schau mal dein Kleid an!»

Er hatte Falten von den Augen bis zum Kinn. Ich glaube, er war magenkrank, und er konnte sich schrecklich aufregen, einmal war ich dabei, wie er mit den Kohlenträgern schimpfte, ganz blau im Gesicht. Er war hier der Hausmeister.

Aber das ist doch etwas sehr Schönes.

«Sie sind wohl nicht verheiratet?» fragt Judith.

«Nein», sage ich überstürzt.

«Nein», wiederholt sie, «denn Sie tragen ja keinen Ring, ich habe schon darauf geachtet.»

Soll ich ihr vielleicht erzählen, daß mir Lea fortgelaufen ist? Wo war denn das, fragt sie. In Marseille, sage ich, mit einem Holländer. Sie denkt nach. Einmal, als ich nachts raus mußte, fand ich Jonasser und Mutter auf dem Flur, es war dunkel dort, und sie sprachen ganz leise, um Vater nicht zu wecken, denn der brauchte seinen Schlaf. Er war krank? Ja, sehr krank. Mutter hatte so schönes dunkles Haar, ganz voll, wie eine Woge, und Herrenbekanntschaften, wenn ich es mir jetzt überlege, o ja, Mutter hatte wohl Herrenbekanntschaften, einmal im Café Goldenbaum saß ein Herr bei uns am Tisch, mir kam er ziemlich alt vor, war aber wahrscheinlich nicht älter als dreißig, und als die Musik spielte: Gern hab' ich die Fraun geküßt, sang er Mutter etwas vor, und sie sagte: «Ach, jetzt fängt er auch noch vom Küssen an.» Sie dachte, ich sei noch zu klein, um Bescheid zu wissen.

Du warst wohl nicht mehr zu klein? Nein. Das kann ich mir denken. Du kannst dir gar nichts denken, sagt sie und faßt unter meine Jacke – da kommt die Hand schwarz heraus. Judith! rufe ich, was tust du! – Du mußt still sein, sonst hört man uns. Staub fällt von der Luke. Stille. Torso eines jungen Mädchens, ihr weißer Rückenabguß, ihr Gipsbett mit genauer Datumsangabe in Bleistift. Also, deine Mutter war eine resche Person? Ja, sagt sie, wenn sie sich wusch, sah sie aus wie eine rosa Hexe, es gab nichts Schöneres.

Jonasser konnte mich nicht leiden, weil ich so klein war, weil ich hinter dem Sofa stand. Er sagte: «Was stehst du da herum, du faule Lure. Nächstens werde ich dir die Zunge abschneiden. Wenn du petzt.

Und er brauchte bloß zwei Finger wie eine Schere zu bewegen, dann rannte ich. Er kniff mich auch immer ins Bein – na, genauer, in den Po. Ich war der Meinung, das sei schädlich auf die Dauer, und eines Morgens, als er mich sehr gekniffen hatte, ging ich ins Badezimmer und besah meinen Po im Spiegel. Ich dachte, er müßte feuerrot sein, wie ein großer Pickel, aber nein, er war weiß wie immer. Sie, das ist nicht so lustig, wie Sie denken; wenn man ein kleines Mädchen ist, macht man sich allerhand Vorstellungen. Und jedesmal, wenn er mich auf der Treppe erwischte, kniff er mich in den Po, oder wenn ich aufs Fensterbrett stieg, um die Klappe zu öffnen, er trug immer dunkle Anzüge, ja, schick war er wohl. – Ich habe im medizinischen Buch nachgesehen, oben beim Professor. (Beim Professor?) Ja, oben beim Professor, mit Bildern, daß es einem gleich überall juckte, wenn man sie nur ansah. Da fand ich ein kleines Mädchen, dessen Po entsetzlich geschwollen war und schon überall abblätterte, ganz braunrot und gespannt, wie die Krankheit hieß, weiß ich nicht mehr, irgendwas mit Malakie oder Matakie. Abends im Bett, wenn ich nicht einschlafen konnte, kam das kleine Mädchen mit dem entzündeten Po, und ich faßte meinen eigenen an und dachte, jetzt ist er auch schon ganz hart und wund. Und war der festen Überzeugung, Malakie zu kriegen. Ja, Sie lachen, junger Herr – aber ich glaubte, daß ich ganz sicher sterben würde ... Und jetzt erzähle ich gar nichts mehr – – na, ich wollte eben gerne sterben! Ich habe ihn verabscheut wie nichts auf der Welt, ich konnte nicht hinsehen, wenn er mit Mutter schöntat, so zuwider war mir das. Ich wurde fortgeschickt, um Grünzeug zu holen oder Bier oder die Plättwäsche. Einmal gibt mir Jonasser zehn Pfennig und sagt, ich solle mir Gummibären kaufen, aber nicht bei Frehbohm, sondern bei Freese, das ist am anderen Ende der Stadt. Na, sage ich, ich kann sie ja ganz langsam kauen. Ja, sagt er, das tu nur, und gibt mir noch zehn Pfennig, damit es länger reicht. Da bekam ich eine solche Wut, daß ich auf dem ganzen Weg geweint habe und dachte: Dann will ich eben sterben. Ich dachte: Dann will ich Malakie kriegen, und ihr sollt sehen, was mit mir los ist, und ich weinte nicht nur aus Wut, sondern auch schon im voraus beim Gedanken an das traurige Ereignis, das ich mir vorstellte.

Einmal, als ich auf der Treppe herumrutschte, fragte mich Jonasser:

Was hast du denn da?

Ich sagte: Ich bin krank.

So, sagte er, dann zeig mal her, wo du krank bist.

Ich wollte aber nicht, weil ich mich genierte.

Was? sagte er, vor dem Doktor geniert man sich doch nicht. – Ich wußte natürlich, daß er kein Doktor war (er war ja der Cousin meiner Mutter), er sagte, zur Untersuchung gehen wir ins Untersuchungszimmer, es war aber das Badezimmer im ersten Stock, wo der Professor seine Wannen aufgestellt hatte, einige ganz alt und überall zusammengeklebt, eine sogar zum Schaukeln, sah aus wie ein Kinderwagen, sehr lustig mit gemalten Girlanden. Darin habe ich oft geschaukelt, war allerdings kein Wasser in der Wanne.

«Eine Wellenschaukel nennt man das», sage ich. «Und die Untersuchung, fand die öfter statt?»

«Zwei- oder dreimal, später habe ich mich zu sehr geniert. – Außerdem geschah dann dieses Schreckliche: Mein Vater starb eines Nachts. Wir fanden ihn in seinem Bett mit gefalteten Händen, ein Bein hing herab, als ob er noch schnell hatte aufstehen wollen; oder war vielleicht sogar aufgestanden und schaffte es nicht mehr ganz zurück ins Bett. Auf jeden Fall aber hatte Jonasser das Zimmer am Abend abgeschlossen, und so war denn Vaters letzter Gang – stell ich mir vor – umsonst gewesen.

Von da ab tat Jonasser so, als ob er mein Vater wäre; ich mußte Vater zu ihm sagen, ihm den Gutenachtkuß geben. Richtig auf den Mund. Punkt neun im Wohnzimmer, Jonasser in Vaters rotem Bademantel am Eßtisch. Ich gab ihm meinen Rüssel, und er gab mir seinen Rüssel, es war lustig, und Mutter saß dabei mit den Händen im Schoß und guckte komisch, ja, jetzt gucken Sie auch so!»

«Ach wo», sage ich, «ich habe mich nur über den Ausdruck gewundert.»

«Ja, das nannten wir so. Jonasser und ich.»

«Also scheint ihr ja ziemlich intim gewesen zu sein.»

«Im Gegenteil, ich verabscheute ihn, und er mochte mich genausowenig, er erzählte meiner Mutter, ich würde mir beim Essen die Hände am Tischtuch abwischen.»

«Und?»

«Keine Spur. Aber sie sprach daraufhin tagelang kein Wort mit mir. Jonasser nahm zu dieser Zeit bereits Vaters Stellung als Hausmeister ein, oder eigentlich eine noch viel feinere Stellung, denn für die groben Arbeiten wurde bald dieser Kerl eingestellt, dieser Mensch aus Friedrichsthal. Jonasser war ja eine elegante Erscheinung, das mußte man ihm lassen – allein für seine Haare brauchte er morgens eine Viertelstunde, bis sie endlich gerade auf dem Kopf saßen, und wenn der Professor nach ihm läutete, fuhr er sich immer erst über die Frisur. Ich weiß übrigens, daß er und Mutter damals heirateten (mich hatten sie währenddessen nach Kremmen geschickt), wenigstens fand ich, als ich wiederkam, unsere Wohnung im Keller merkwürdig verändert, neue Bezüge, neuer Anstrich, und im Schlafzimmer hing eine Fotografie von Jonasser und Mutter, beide sehr ernst. Genützt hat es freilich nicht mehr viel, denn Mutter starb ebenfalls nach vielleicht zwei Jahren, ich mag nicht daran denken –.»

«Judith», sage ich, «wenn es dir zuviel wird.»

Sie blickt mich eine Weile an, schließlich kauert sie sich ganz zusammen, steckt ihre Beine unter meinen durch, benutzt meinen Arm als Lehne.

«Sieh, du bist schon ganz schwarz», sage ich. Sie schüttelt den Kopf.

«Nicht, daß er mich schlecht behandelte. Er sagte: Du mußt dir Mühe geben, kleine Mädchen müssen lernen, wie man es richtig macht. Ich versuchte, alles richtig zu machen. Kaffeekochen. Knöpfeannähen. Mindestens zweimal am Tage fragte er: Liebst du mich denn auch? Was blieb mir anderes übrig, als zu antworten: Ja Vater, ich liebe dich. Na, sagte er, dann zeig mal, wie sehr du mich liebst, gib mir mal einen Kuß (sie zuckt mit den Achseln). Außerdem fand ich es ganz in der Ordnung so; ich sagte mir, kleine Mädchen müssen tun, was man von ihnen verlangt.

Ja, bis auf die Sonntagsbetten. – ? – Das nennt man so, wenn man bis elf im Bett bleibt. So einer war Jonasser. Ich mußte auf seinen Knien reiten, die er unter der Bettdecke hochstellte wie einen Kamelrücken. Galopp und Trab, äußerst unbequem und überhaupt langweilig, ich hatte nie Lust zum Kamelreiten. Einmal wurde er böse und sagte: Ich bin doch dein Vater, willst du nicht parieren? Ich antwortete: Mein Vater bist du schon, aber ich bin zu groß dafür. Oh, da wurde er ganz böse und sagte: So? Zu groß? Und hast du mich denn gar nicht mehr lieb? Da habe ich gesagt: Nein, du alter ekliger Vater, ich habe dich gar nicht lieb.»

«Das hast du gesagt?»

«Jawohl.»

«So spricht man aber nicht mit seinem Vater.»

«Mit dem schon.»

Beim Spazierengehen hielt er mich am Handgelenk fest und ging absichtlich ganz schnell, so daß ich gar nicht mitkam. Als einmal eine nette alte Dame, Frau Sellers, auf der Straße sagte: Sie gehen zu schnell; überlegen Sie doch mal, für jeden Ihrer Schritte muß das Kind ja zwei tun –, fuhr er sie an: Kümmern Sie sich gefälligst um Ihre eigenen Angelegenheiten. Ich glaube, er hat sogar gesagt: Sie alte Wachtel. Überhaupt alte Damen! Frau Frehbohm von der Bäckerei, zum Beispiel, hatte mich mal ausgefragt wegen Küssen und so: Ein so großes Mädchen darf nicht mehr auf den Mund küssen.

Wer hat das gesagt? Wollte Jonasser wissen.

Frau Frehbohm, erwiderte ich.

Dann verbiete ich dir, dort nochmal in den Laden zu gehen, sagte er aufgebracht (das ist auch so eine alte Wachtel); aber im Grunde hatte ich kaum noch Gelegenheit dazu, denn künftig kam stets Jonasser mit und hielt mich an der Hand. Spielen durfte ich sowieso nur im Hof oder im Treppenhaus, deswegen bin ich auch so eine blasse Suse geworden.»

«Eine schöne blasse Suse.»

«Ach Gott», sagt sie und denkt nach, «nein, schlecht behandelt hat er mich eigentlich nicht. Auch nicht geschlagen. Bißchen verhauen vielleicht. Als ich den Preis herunterwarf, au au, dabei war er selber schuld, weil er mich angestiert hatte beim Saubermachen. Da ist es passiert mit der großen weißen

Urne: «Unserem Vereinsmitglied Oberpfleger F.C. Jonasser ...»

«Oberpfleger?»

«Das war er ja, Masseur und Sanitäter.»

Und das ist nun interessant – sage ich mir –, daß man das auch noch erfährt, wobei ich eine gewisse Skepsis nicht ganz unterdrücken kann. Von allen hat man erfahren, was sie getan und was sie gewesen, Vater, Mutter, Kind, sogar die alte Frehbohm wurde erwähnt, sogar die alte Sellers und ein halb schwachsinniger Hausknecht aus Friedrichsthal – – – nur einer nicht.

Hat da nicht jemand gehustet?

Wir horchen im engen Kabuff.

Nein.

«Nur den alten Haferkorn, den haben wir anscheinend vergessen», sage ich, «und das ist nun interessant, dieses ist doch sein Haus, hier wohnt er, hier hat er praktiziert. Wieso ist der Mann unsichtbar?»

«Weil er nie zu sehen war, das war eben so!»

Judith (die kleine Judith) ist fast beleidigt.

«Wenn ich vorn auf der Treppe spielte, hieß es: Marsch nach hinten. Und wenn ich auf der hinteren, hier auf der Holzstiege war, hieß es: Marsch, der Professor kommt, jetzt aber schnell. In die vorderen Räume durfte ich überhaupt nicht, und wenn ich ihm tatsächlich mal auf dem Flur begegnete, stellte ich mich schnell in eine Ecke, denn es hieß: Der Professor mag keine Kinder. Ob das stimmte, weiß ich nicht – glaube es aber nicht unbedingt. Richtiger ist wohl, daß die Bediensteten ihre Kinder gerne verstecken.» Sie spricht überlegen.

«So hast du ihn nie richtig gesehen?»

«Doch. Ewig mit Hut und Stock, selbst im Hause. Einmal hat er gesagt: Na Kleine, du hast dich wohl verlaufen? – und ich bin gleich davongerannt, weil ich dachte, jetzt greift er mich mit seiner Lederhand. Er hatte immer Lederhandschuhe an.»

«War wohl elegant angezogen.»

«Ja, aber so eine Altherreneleganz, wie auf den alten Fotografien. Wie ein Erfinder. Einmal kam er hier unten in die Kammer, weil er einen Schlüssel suchte. Ich hätte ihm ja sagen können, wo einer hing, nämlich am Schlüsselbrett, saß aber gut versteckt hier hinter dem Regal, siehst du, da ist noch eine Menge Platz dahinter. Wo ich was Feines kochte, für die Puppen in der Puppenstube, alle gut fütterte und zu Bett brachte (draußen regnete es). Da hat er ganz wirr geredet, ganz durcheinander ... da ist doch ... wo ist denn ..., ich aber habe ganz still hinter dem Regal weitergekocht ...»

Die Süppchen.

Für die Püppchen.

– – –

Als plötzlich die Tür aufgerissen wird. Bildlich, sollte man denken – aber sie wird wirklich aufgerissen:

«Nanu, da ist er ja!»

5

Nanu, da ist er ja.

Nicht, daß ich nicht darauf vorbereitet gewesen wäre, das nicht, aber sie erwischten mich im ungünstigsten Augenblick, darf ich wohl sagen. Dem Ziel nahe, zumindest erheblich näher gekommen: Judith (die kleine Judith) lagert in dieser Abgeschiedenheit an meiner Brust, in der Nacht, in der Tiefe des Hauses, wo uns wirklich niemand hätte finden sollen. «Oh David», sagt sie, «wie schön, daß wir hier zusammen sind.» – «Ja», sage ich, «wie Philemon und Baucis. Wenn sie uns später einmal finden, sind wir nicht mehr voneinander zu unterscheiden, sie werden sagen, die beiden kleinen Gerippe haben sich so lange umarmt, bis sie tot waren.»

«Wie wer?»

Ich erkläre es ihr: «Sie sind beide zu Bäumen geworden, glaube ich.» Ja, und nun werde ich wohl recht bald ans Ziel kommen. Mit der kleinen Lackpuppe. Sie ist mir auch schon halb in den Schoß gerutscht, und als ich die Knie senke, rutscht sie mir noch tiefer in den Schoß.

Aber dann hat sie wohl einen Einfall und kriecht davon, ich sage: «Judith, du verrücktes Luder, komm her zu mir», aber sie kriecht auf allen vieren, was bleibt mir anderes übrig, als ihr nachzukriechen. «Was soll das werden», rufe ich, leise natürlich, denn laut kann ich ja nicht werden, sie kriecht aber weiter, hopst bis zur Tür, ich hopse mit – – –

Und da wird sie aufgerissen.

Die Tür.

«Nanuuuuu, da ist er ja!»

Ja, das allerdings war dann der allerunglücklichste Augenblick, den man sich denken konnte, wie ich gerade auf dem Boden hopse und Jonasser in voller Größe dasteht:

«Mein lieber Herr!»

In voller weißer Erscheinung.

«Ich hoffe, Sie werden sich entschuldigen! Für ihre unglaubliche Eigenmächtigkeit, die Sie uns hier geliefert haben», sagt er lautstark. «Sie haben sich eigenmächtig aus Ihrer Kabine entfernt – – – und das ist ganz unverzeihlich», mustert mich genauer, «sagen Sie mal, wie sehen Sie denn eigentlich aus!»

Jonasser fassungslos:

«Er hat sich nicht mal abgespült.»

Gimlet von der anderen Seite:

«Abgetrocknet auch nicht.»

«Unter diesen Umständen», sagt Jonasser energisch, «lehnen wir natürlich jede Verantwortung ab.»

Ich werde gehoben, ich werde unter der Achsel gehalten, fortgetragen aus diesem Raum. Rechts hält mich Gimlet, links Jonasser. Aber da steht Judith, hat sich wohl einen besonderen Spaß davon versprochen. Nein! Sie lehnt an der Wand, hat die riesigen Augen auf mich geheftet, und ich – am Ende ernstlich in Gefahr – werde an ihr vorbeigetragen, während sie zurückbleibt.

In einer achteckigen Welt mit wehenden Wänden. Ich weiß, es war nur ein Kabuff, aber so geht es im Fieberwahn, und das alles auch noch im Schweinsgalopp über die Wälder, über die Felder. Jonasser sagte irgendwann gemütlich: Nun wollen wir ihn mal reinlegen, aber der Zusammenhang war mir gänzlich abhanden gekommen.

Es ist heiß hier, schwarz, der Holzrand der Wanne glatt wie eine Fischhaut, die anzufassen ich mich scheue – man hat das Licht gelöscht. Frau Machner glänzt, wenn sie sich dreht, im Sitzen und im Liegen – wie müde ich bin –, und wie sie schmatzt und schpaddelt mit Bauch und dickem Po.

Doch eines ist jetzt anders: Ich habe einen Deckel bekommen, eine Holzplatte mit einem Loch, durch das sie meinen Kopf gesteckt haben. Und der Deckel ist festgepflockt, so daß ich ihn nicht mit den Schultern heben kann. Wie hat er gesagt? Na, dann verlieren wir ihn wenigstens nicht.

Da ist dieser Halsring, das Loch, in dem mein Hals steckt, und – glauben Sie mir – daran hängt mein ganzer Körper, ja mehr noch, mein Bewußtsein hängt daran; wenn ich den Hals nach vorn beuge, stoße ich an das Holz, so weiß ich, daß ich einen Hals habe.

Das ist gewiß. Aber darunter fühle ich gar nichts. Nichts rührt sich, nichts beugt sich, nichts kriecht mir zum Kragen heraus, wenn ich ein Bein bewege – nichts.

Ich glaube, ich bin zwischendurch ohnmächtig geworden, habe den Halt (den Hals, den Holzring) verloren. Es ist heiß, ja, es ist heiß. Hinter mir steht Gimlet, hilft mir nicht.

Ohnmächtig bin ich vorher schon gewesen, aber diese ist anders, eine langsame Ohnmacht, eine folgerichtige, weil sie mich jetzt kochen. Ich glaube, ich habe sogar geschrien, und Gimlet hat mir ein Handtuch vor den Mund gehalten, denn das geschieht alles im Rahmen der medizinischen Behandlung, Menschenskind, stellen Sie sich nicht so an.

«Mmmmpf! Mmmmpf!»

Ja, mmmpfmmmpf, ich glaube, das sollten Schreie sein, aber sehr viel scheint dabei nicht herauszukommen, ich kann schon fast froh sein, wenn ich durch den nassen Lappen überhaupt Luft kriege – – oder auch keine –, und geschieht das mir nun selbst oder wem sonst?

Ich weiß aber: Es ist der Tod.

Er befindet sich gleich nebenan. Gleich den Gang hinunter, nicht weit, es ist überhaupt nicht mehr weit – da ist nun nichts mehr zu machen, und folgerichtig ist es auch.

Oh, da liegen sie alle. Aufgereiht in ihren Betten. Sehr still, kaum daß jemand den Kopf hebt oder mit dem Finger winkt. Vor jedem Bett steht ein Teller Suppe auf dem Fußboden, und man steigt vorsichtig darüber hinweg. Einer am Ende des Ganges sieht mich an, er hat rote Sprenkel im Gesicht.

Ich frage: «Wo geht's denn hier raus?» Er nickt.

Ich betrete eine Kammer, in der es stockdunkel ist, nur durch Notlämpchen beleuchtet, rechts und links Betten, kaum daß Platz freibleibt. Die Gesichter stehen still im Leinen, kein Laut, keine Bewegung. Ich beuge mich über eines, das spitz und aufmerksam hochsieht, und in der Ecke sitzt jemand am Tisch, nein, liegt mit dem Oberkörper auf der Tischplatte und scheint zu schlafen, mummelt mit dem Unterkiefer. Aber als ich ihn anfassen will, erscheint mir sein Mummeln verdächtig. Wie, denke ich, wenn er jetzt den Kiefer hängen läßt, wenn er mir vom Stuhl fällt. Ich sage: O Gott, ist Ihnen nicht gut? Fasse seinen Arm an, aber der Mann ist ja steif, deshalb fasse ich ihn lieber nicht an – bin froh, daß er wenigstens aufrecht am Tisch sitzen bleibt, so daß ich noch rechtzeitig die Tür erreiche. Nun gut. Die nächste Kammer ist klein, ungelüftet, vollgestopft mit Matratzen, die aussehen, als ob jemand kannenweise Kaffee darübergegossen hätte. Die Luft stockig, ich fühle mich unwohl in diesem Raum, und die Tür öffnet sich in einen Wandschrank. Da will ich mich abwenden. Hätte ich's getan! Aber im Schrank liegt ein großes Bündel, und nun muß ich meinen Finger in das Bündel stoßen, ja, ich denke: Das fühlt sich merkwürdig an, ist hart und teigig zugleich, fast wie ein Stück Kalbskeule, und oben, wo der Schlitz auseinanderfällt, blinkt zwischen dem Leinen etwas Helles: Ich glaube, ich habe mich ungeheuer entsetzt, ich habe mir wie irrsinnig die Kleider um den Leib gerafft.

Aber jetzt weiß ich auch, warum es hier so stockig riecht. Ich laufe ...

Stoße mit dem Schienbein gegen Eisen (eine Bettstelle), fühle jedoch keinen Schmerz, laufe – mein Schienbein eine eiserne Prothese – in den Korridor, der leer ist. Oben brennt eine bloße Birne, und da liegen sie, einer hinter dem anderen, der Korridor ist eng, und die Betten lassen nur einen schmalen Gang frei. Ich raffe meine Kleider um den Leib, doch (wie verhext) ich mag raffen, so viel ich will, ich streife immerfort an, immerfort, ihr Verfluchten. Sie schlafen allesamt, denn es ist tiefe Nacht. Sie blasen ihre Backen auf und schwitzen im Schlaf.

Ich erinnere mich deutlich, und zwar innerhalb – – ich will sagen, daß ich mich innerhalb des geträumten Zeugs erinnerte, daß ich dachte: Wenn ich hier jemals wieder herauskommen sollte, will ich mich von oben bis unten abseifen. Aber ich erinnere mich auch, daß ich sehr wenig damit rechnete, hier wieder herauszukommen. Einer hatte seine Bettdecke abgeworfen, die nun mitten im Gang lag und mir den Weg versperrte. Ich hob sie auf und breitete sie über ihn, der im Schlaf böse Worte redete.

Was dann? Eine neue bloße Birne, eine neue Ecke, ein Bett steht quer im Gang. Nun, so etwas kann natürlich geschehen: Der Patient schläft unruhig, wirft sich umher, das Bett wandert. Im Korridor unter der bloßen Birne. Aber leider weiß ich (will sich mir der Gedanke aufdrängen), daß dies nicht zufällig geschehen ist.

Der Mann, der da im Bett liegt, ist klein und hat sich tief im Bettzeug vergraben, so daß eigentlich nur ein paar Haarbüschel von ihm zu sehen sind. Er rührt sich nicht, er ist tot, und so steige ich über ihn hinweg, das heißt, ich setze meinen Fuß auf das Laken, schwinge mich hoch und will schnell hinübertreten. Aber als ich oben bin, gibt die Matratze nach – sie ist weicher, als ich dachte –, und so balanciere ich noch eben aufrecht über dem Bett und erstarre:

Er faßt mich an.

Ja, so eine Hand faßt mich an. Mein Fußgelenk. Da habe ich geschrien.

Und dann greifen sie nach mir, erwachen heulend, schimpfen unflätig – wie sollen sie wissen, daß ich unschuldig bin? Ich fasse panisch in Gesichter, in Verbände, der Himmel mag mir verzeihen. Sie schlagen nach mir, stellen mir ihre Beine in den Weg, ihre ausgezehrten, harten Beine. Da laufe ich, oh, ich laufe, und hinter mir schreien sie: Fatzke, Fatzke, Fatzke, Fatzke, ich höre sie noch heute schreien.

«Haben Sie sich verletzt», fragt sie.

«Nein, kaum», antworte ich ärgerlich, «aber ich hätte mich gerne gewaschen. Ich klebe vor Schmutz – so etwas küßt man nicht gerne.»

Sie sagt: «Ich werde Ihnen zeigen, wo man sich waschen kann», und dreht sich an mir vorbei, streift mich sanft, wie zur Aufmunterung – nie werde ich wissen, ob sie es ernst meint mit mir.

«Das waren die Siechenzimmer», lächelt sie, «Sie sind da eigenmächtig herumgelaufen, das ist verboten.» Aber sie geht dicht neben mir, streift mich, und beim Sprechen sind ihre Mundwinkel nach unten gezogen, als ob ihr jemand weh täte, «unter diesen Umständen lehnen wir natürlich jede Verantwortung ab.»

Da klingelt das Telefon.

Formlos an der Wand.

«Ja?» Judith horcht, ich aber bemerke, daß ich mich immer noch innerhalb befinde.

«Ja –», sie deckt die Muschel mit der Hand zu, flüstert:

«Es ist für dich –»

Für mich!

«Ja – er läßt dir mitteilen –», sie horcht wieder in den Hörer,

«– ich soll dir sagen, daß dein Gepäck da ist.»

Mein Gepäck, was ist mit meinem Gepäck? Wer in aller Welt hat etwas mit meinem Gepäck zu schaffen! – Ich rufe:

«Zu dieser Stunde!»

Sie hält die Muschel zu.

«– sagt, daß dein Gepäck gebracht worden ist.»

Man hat mich entdeckt, man hat entdeckt, wer ich bin! Ich umfasse ihre Hüften mit ganzer Kraft. In der Hoffnung, es möge sich alles nur als Irrtum erweisen. Aber schon klopfen sie draußen an die Tür. Nicht laut, aber stetig und sachlich.

Vor der Tür wird etwas Schweres abgesetzt. Stille. Plötzlich klopft es laut: eins – zwei – drei.

Da liegt der Holzdeckel vor mir – man hat ihn mir abgenommen –, das Bad ist lauwarm geworden, grau und rissig an der Oberfläche. Gimlet sagt völlig klar verständlich:

«Herr Jonasser läßt Ihnen mitteilen, daß Sie fertig sind.»

Er sieht gar nicht mehr bedrohlich aus, seine Gummischürze ist naß. Er ist wohl müde, läßt die Arme hängen.

«Ich habe Ihr Gepäck schon gebracht, Ihre Tasche.»

Auch ich bin sehr müde, bin völlig ausgezehrt, und mein Leib scheint geschrumpft zu sein, als ich jetzt aus der Wanne klettere. Meine Haut hat überall Runzeln.

Ich habe mich gewaschen, angekleidet, brauche nicht einmal ins Hotel zurück, da die Tasche schon im Flur steht. Und irgendwo in diesem Haus wartet Judith im Keller, der ihr Gesicht fahl erscheinen läßt, so fahl wie es nur eine tiefe Ohnmacht zustande bringt, nun siehst du, was du angerichtet hast, steht da in den achteckigen wehenden Wänden und ist halb verrückt vor Liebe. Hier gehe ich. Trage meine Tasche den Korridor hinunter – in mir zittert noch der Traum, darf ich sagen: das Fleisch des Traumes –, hinter mir Gimlet, der beteuert, daß alles so abgemacht gewesen sei (was weißt denn du). Aber das Fleisch hatte ich angreifen können, das läßt sich nicht leugnen, und so bin ich (ich reise sowieso ab), bin verwirrt, daß es so wirklich war. Passiere den Warteraum, die Flügeltür. Zu erwähnen wäre vielleicht noch, daß Jonasser im Warteraum steht …

Er steht, eben als ich passiere, auf einem Malertritt und ist damit beschäftigt, in der oberen rechten Ecke des Fensters den Lebensbaum zu vollenden, malt im Augenblick ein grünes Blatt: Mann, Frau und Kind, widernatürlich genau. Auf dem Fensterbrett stehen einige Farbtöpfe, eine Meßlatte und ein Hammer. Jonasser dreht sich nicht um, aber er sagt:

«Und lassen Sie sich nicht einfallen, hier nochmal aufzutauchen.»

Gimlet öffnet mir die Tür, irgendwo im Hause, in einem eifarbenen Mädchenzimmer, drückt jemand einen Kuß für mich an die Fensterscheibe.

Es ist alles vorbei.

Diesmal gehe ich eilig zum Bahnhof (der Zug fährt

in einer Viertelstunde, er spaßt nicht), ich bin völlig ernüchtert. An der Ecke Blumen-Georgenstraße steht der Bettler; zum Glück hat er jedoch gerade einen Passanten angesprochen und kann, während dieser vergeblich in der Tasche nach Geld sucht, mich nicht mehr behelligen. Die Bogenlampen pendeln, die Luft riecht nach Eisen, ich höre den Zug auf dem Gleis knirschen, schon von weitem, noch ehe ich das Rondell vor dem Bahnhof erreiche.

6

Der Lärm bricht über mich herein, das grelle einförmige Toben, das mich nichts angeht, so laut, so weiß wie das Licht der Bahnhofshalle. Die Bauersfrau ruft. Was ruft sie? Hierher oder Jiiih, damit sich der Gustl nicht in der Halle verläuft. Der Fahrschüler schnattert, ist glücklich. Der Bauer liest aus der Zeitung vor. Mich geht das nichts an, ich begebe mich zum Schalter, um meinen Koffer zu verlangen. ALM 138. Und dieser kleine, viereckige Beamte mit der ausgestreckten Hand will mir tatsächlich den Gepäckschein abnehmen. Er hat eine große Hand, die eine ganze Familie regiert, und er hält mir ihre Innenseite entgegen, so daß ich den Schein hineinlegen kann, wenn ich will.

Er ist ungeduldig.

Ich aber werde mich

auf den Bahnsteig begeben, der braun ist vom Rostwasser der Eisenträger, und der nach Kohlenstaub riecht, nach eingetrocknetem Kesselstein – und nach Menschen in Reiseanzügen. Ich werde mich nicht hinauslehnen und nicht auf den Boden spucken und werde die Tür nicht öffnen, bevor der Zug hält. Gußeiserne Lilien tragen das Bahnhofsdach. Der Wind ist warm. Er geht langsam an mir vorüber und löscht meine Gedanken aus, so daß ich keine Trauer spüre (keinen wattigen Schmerz), nicht einmal Enttäuschung.

Wir sitzen im Abteil, werden aus dem Bahnhof gezogen, das Dach schwindet, der Wasserkran sinkt zur Seite. Ein Wärterhäuschen flattert. Vorbei. Und der klebrige Geruch der Reise mischt sich mit dem der Maiglöckchen, auffordernd und herrschsüchtig. Ich strecke die Beine aus und denke – während ich in der Kurve gegen die junge Dame gedrückt werde – voller Erwartung an das Hotel in Aix les Bains, rosa getüncht, vorn mit Sonnendach aus gelbem durchsichtigen Kunststoff. Es gibt ein vorzügliches Menü. Kleine Krebse, Huhn und Creme Estardot, hinterher kann man einen Armagnac haben, ich weiß Bescheid. Ich sage: Es ist schön, so weich in die Nacht zu fahren. – Ja, antwortet die Dame. – Wenn am Ende der Nacht, wunderbar, das Ziel der Reise wartet (so spricht man natürlich nicht), Lyon, Dijon, Orange, sage ich. Oh, antwortet sie, wollen Sie dorthin. Natürlich ...

Wenn im hackenden Wiegen des Zuges – unsere Gedanken eilen.

Oh, sagt sie, Sie sind poetisch, und obwohl sie durchaus kein Wort versteht, ist sie doch hingerissen, breitet ihr Maiglöckchenparfum aus, indem sie den

Arm hebt, und im hackenden Wiegen kriecht sie durch den Stoff ihres roten Kostüms zu mir herüber. Ich bin gleich hellwach.

Rauchen. Dämmern. Kieselang. Ried. Der Schaffner betritt das Abteil, um die Fahrkarten zu prüfen (ich habe eine Fahrkarte), er macht einen Bauern, dessen fahle Stirn Angst und Wut auszudrücken scheint, darauf aufmerksam, daß er seinen Korb aus dem Gang zu nehmen habe. Wozu, sagt der Bauer, er steige sowieso in Finowfurt aus; bis dahin gehe es wohl noch.

«Weiter als bis Finowfurt fahre ich nicht», erklärt der Bauer und sieht uns der Reihe nach an, als wollte er sagen: Weiter kann man nämlich gar nicht fahren. Da ist Schluß.

Die junge Dame kramt in ihrer Handtasche, sucht offensichtlich das Eau de Cologne. Sie sagt:

«Aber du hast es mir doch gegeben, es muß hier sein, im Koffer ist es nicht.» Ihre Frisur ist wie ein Vorhang.

«Es wird im Koffer sein», sagt der Mann, der ihr gegenübersitzt.

«Hier ist es wenigstens nicht.»

«Na ja, dann wird es wohl im Koffer sein.» Er hat ein langes Gesicht, Furchen von den Augen bis zum Kinn. Er sieht zu, wie seine Frau in der Handtasche sucht.

«Hast du es?» fragt er besorgt.

Ich schätze: Bankbeamter. Mäßig bezahlter Bankbeamter in gewisser Vertrauensstellung, und ohne Frage tut er für seine Familie alles; das Kind ist zwar im Augenblick bei der Großmutter untergebracht, doch auch dies nur aus Rücksichtnahme gegen die junge Frau. Jawohl.

Sie klappt ihr Täschchen zu, und – als hätte er darauf gewartet, gerät der Mann in Bewegung, durchsucht den Koffer, hustet im Suchen vor sich hin. Es ist ein peinliches, unwillkommenes Husten, das wie ein kurz angebundenes Sprechen klingt.

Jetzt finde ich mich zurecht.

«Sie müssen wissen, daß wir nicht allein zu unserem Vergnügen reisen», sagt der Mann zu mir, «es sind teilweise gesundheitliche Gründe, die uns dazu bewogen haben.»

«Es ist deine Gesundheit», sagt die junge Frau.

«Natürlich, Lea», und zu mir gewandt: «Ich brauche ein warmes, vor allem trockenes Klima, da haben wir an Spanien gedacht, zumal man uns erhebliche Preisgünstigkeit zusicherte.» Das letzte sagt er in angespannt fragendem Ton.

«Sie meinen, es ist billig?»

«Ja, es wurde mir zugesichert.»

«Und Sie haben keine Erfahrung?» frage ich, «Sie waren nie dort?» Ich weiß, daß er überhaupt noch nie im Ausland war.

«Nein.»

«Dann kann es sehr teuer werden.»

Daraufhin fährt er sich mit der Hand an die Brust.

«Ja», ergänzt Lea, «wenn der Herr das sagt, wird es schon stimmen. Der Herr weiß sicher Bescheid.»

«Gnädige Frau», sage ich, «Sie scheinen einen guten Blick zu haben, Sie wissen, wie es geht.»

«Was man von meinem Mann nicht behaupten kann. – Ich höre an Ihrem Akzent, daß Sie Holländer sind.»

«Ich bin Holländer, gnädige Frau.» Ich bin ziemlich aufgedunsen, habe grobe fleischige Gesichtszüge, die alles andere als sympathisch wirken, doch fühle ich mich durch den Vorhang der Frisur begehrlich betrachtet. Wie soll man sich jemals mit den Frauen auskennen.

«Und es scheint, daß wir das gleiche Ziel haben, gnädige Frau», sage ich.

Der Ehemann horcht auf. «O wirklich?» fragt er, «da wäre es – falls Sie tatsächlich ein Stück mit uns reisen – vielleicht nicht unbescheiden», er hustet zwischendurch, «Sie um ein paar Winke zu bitten.»

«Das wäre es nicht», entgegne ich, «da sind zum Beispiel die Taxis.»

«Die Taxis!» sagt er aufmerksam.

«Ich bin überzeugt, Sie wissen nicht, was in Barcelona eine Fahrt vom Bahnhof zum Hafen kostet.»

Er beugt sich vor und schüttelt den Kopf, sieht mich gespannt an.

«Ich werde mir erlauben, Sie zu gegebener Zeit genau zu informieren. Ein anderes Problem: Trinkgelder.»

«Trinkgelder!» sagt er.

In diesem Augenblick fühle ich den Ellenbogen der Dame in meiner Seite, sie drückt sehr vorsichtig, kaum spürbar.

«Sie brauchen sich keine Sorgen zu machen.»

«Nein?» sagt der Ehemann, lehnt sich zurück.

«Ich werde Ihnen jeweils sagen, was Sie geben müssen. Es ist sehr unterschiedlich.»

Der Mann rechnet nach, ich sehe seinem langen Gesicht an, daß er dreistellig ziemlich genau rechnen kann. Dann sagt er zu mir:

«Wenn es Ihnen nichts ausmacht, würden wir uns Ihnen gern anschließen, nicht wahr, Lea?»

«Ja, sehr gern», murmelt sie undeutlich. Der Bauer gegenüber schneuzt sich kräftig, er stellt die Beine auf die Eisenstange unter meinem Sitz. Er blinzelt, oder bilde ich mir das ein.

«Zum Beispiel», erkläre ich dem Ehemann, «dürfte es Ihnen kaum gelingen, ein gutes Hotelzimmer unter vierhundert Peseten zu bekommen; ich kenne Leute, die sechshundert gezahlt haben. Nun passen Sie auf, ich besorge Ihnen eins zu dreihundert.»

Der Mann sieht mich lange und ernst an. Er überlegt. Schließlich sagt er.

«Halten Sie es für günstiger, ein Hotel zweiter Klasse oder eine Pension erster Klasse zu nehmen.»

Die junge Frau stößt einen quiekenden Laut aus. Es kann sowohl ein Jauchzer als auch – – es kann eigentlich nur ein Jauchzer sein. Der Ehemann erhebt sich, um einen Reiseführer aus dem Koffer zu holen, wendet uns den Rücken zu. Der Zug poltert.

«Ich kann Sie mir doch nicht entgehen lassen, gnädige Frau», sage ich leise, aber nicht flüsternd. Wenn er es hörte, würde er es nicht für möglich halten. Der Bauer hat nichts gemerkt, der läßt die Backen hängen und blickt auf seine Füße. Die Bauersfrau hat auch nichts gehört.

Lea sitzt bewegungslos neben mir, hat sogar ihren Ellenbogen zurückgezogen, aber mir ist völlig klar, daß überall an ihrem Körper lächerliche, kalte Schauer laufen. Ja, du Liebchen. Über den Rücken, über die Arme, die wie Weizenkuchen in den Ärmeln stecken. Und über die trägen Hüftpolster.

Ein Fressen für den Mann aus Holland.

Aber, als ich zur Seite blicke, steht dort der Fahrschüler in der Tür zum Nebenabteil, halb im Dunkeln, und die Tür ist nur um einen Spalt geöffnet. Er starrt mich an.

Haßerfüllt.

Voller Eifersucht, ganz unverkennbar. Na und – sage ich –, willst du die Welt ändern, glaubst du, deine Ansicht sei wichtig.

Ich lächle ihm zu.

«Es wäre für uns eine große Erleichterung», sagt der Ehemann, der seinen Reiseführer nicht gefunden hat, «wenn Sie wenigstens bis Barcelona bei uns blieben.»

«Gerne», erwidere ich und spreche gleichzeitig den

Fahrschüler an, «bis Barcelona, bis Taragona, bis Port Bonito, wenn Sie mögen.» Denn da wollen Sie doch hin, wenn ich mich nicht irre.

«Also, ich steige hier aus», sagt der Bauer. «Wir sind jetzt in Finowfurt.» Der Zug hält kreischend. «Da steige ich aus.» Und die Bauersfrau erhebt sich ebenfalls, der Fahrschüler hat die Tür zugeschlagen, so daß wir, als der Zug sich wieder in Bewegung setzt, nur mehr zu dritt im Abteil sind.

«Aber», tröste ich den Ehemann, der jetzt noch magerer aussieht, «es wird schon nicht so schlimm werden.» Er ist merklich zusammengefallen, die Gattin dagegen eher aufgeblüht, eher zu einem richtigen süßen Kuchen geworden. – Wir fahren durch die Anlagen von Finowfurt. Abstellgleise fächern auf und falten sich zusammen. Rotbraune Schuttflächen im Licht der Bogenlampen. Blechschuppen. Der Zwickel des Bahnwärtergartens zwischen den Gleisen. Und der Bahnwärter selbst, der schwarzbärtige Mann mit der Laterne. Vorbei. Sein Garten erzittert, und der Blechzaun, die eingegrabenen Bierflaschen wackeln im hackenden Wiegen. Er winkt noch. Tatsächlich, er winkt mit der Laterne, sein Garten hängt voller Rauch, die Obstbäume sind schwarz.

Wenn ich mich hinauslehne, kann ich vorn die Lokomotive sehen – der Fahrtwind ist kühl –, und hinten, schon weit entfernt, sehe ich immer noch den winkenden Bahnwärter, der seine Laterne wie blödsinnig im Kreis bewegt – der Mann ärgert sich wohl (denke ich) –, und ich schaue nach vorn: Da steht die große Brücke quer zur Fahrtrichtung, in der Mitte abgerissen, zeigt wie ein Katapult dorthin, wo früher die Strecke verlief, vorbei am steinernen Stationshaus mit der großen verwitterten Elf an der Vorderseite (ein Haus wandert vorbei), die Brücke hebt sich (ein langgestrecktes Gerippe), beginnt, da wir einen Bogen beschreiben, sich gemächlich zu drehen.

«Mit der Gesundheit meines Mannes steht es nicht zum Besten, müssen Sie wissen, mein Herr.» Sie beugt sich vor und ergreift die zusammengefalteten Hände des Ehemannes. Sein Nacken wird von einem Leinenkissen gestützt, das zwar nicht von Papierspitze gesäumt ist, das aber so aussieht, als ob nur noch die Papierspitze fehlte.

Die Brücke ist jetzt halb von vorn sichtbar – ein gedrängter Klotz aus Stahlträgern – und dreht sich weiter, verschiebt sich in Fahrtrichtung.

«Ich glaube, er hat sich mit dieser Reise etwas zu viel zugemutet», sagt sie und spricht dann ihren Mann so laut an, als wollte sie ihn aus dem Schlaf holen:

«Du solltest dich bei dem Herrn bedanken, er will mit uns reisen.»

Der Ehemann öffnet den Mund, um «danke» zu sagen, erstickt aber gleichzeitig an seinen Worten, stopft sich das Taschentuch in den Mund. Hustet. Ich schaue aus dem Fenster: Die Brücke ist nicht mehr zu sehen, wir fahren leicht bergan.

«Er ist recht schwächlich und kann keinen Koffer tragen», sagt sie, «da sind wir natürlich sehr dankbar, wenn ein kräftiger Mann bei uns ist.»

Die Räder unter dem Zug beginnen zu rattern, es klingt nach schlechtem, mürbem Bahnkörper. Wir stoßen hart auf – und noch einmal. Unter dem Vorhang der Frisur blickt sie schräg auf meine Arme und sagt mit diesem Mund, der wie eine Himbeere ist:

«Wenn jemand so kräftige Arme hat wie der Herr, nicht wahr, Eddy?» Der stopft sich das Tuch in den Mund, um den Strom zu halten, der aus ihm herausfahren will, und ich denke: Nein, das ist nicht wahr, so schlecht sind sie nicht. Während das Rattern ungewöhnlich stark wird, während es unter den Sitzen poltert, knackt

und rumort.

Dritter Auftritt

I

Deshalb gebe ich dem Mann am Schalter meinen Schein nicht in die Hand. AL M 138. Ich sage:

«Nein, ich habe es mir anders überlegt, ich werde hierbleiben.»

Und ich werde mich gar nicht entrüsten, sondern den Fall in aller Ruhe zu einem Ende bringen, und damit will ich sie erschrecken. Port Bonito liegt zwischen den Speckfalten der Berge, dort, wo das Meer in die Furche gelaufen ist und die Mauern von Port Bonito bespült. So ungefähr.

Auf dem Wasser liegt dunkles Licht. Die Bergrükken sind kahl und rund. Sie sind wie Walleiber nebeneinander hingestreckt, und du wartest, daß sie sich bewegen, daß sie sich ins Meer gleiten lassen. Die Begebenheit ist von äußerster Brutalität, und doch ist sie recht so für dieses Land, das die Farben des Sterbens trägt, das du betrittst, um darin zu sterben.

Der Holländer sagt: «Ich werde euch getrennte Zimmer besorgen, denn es ist nicht gut, daß deine Frau nachts von deinem Husten gestört wird, Eddy, und ich bin überzeugt, daß du selbst im Bett gern deine Ruhe hast. Du bist ja wirklich kein Kraftmeier.» Und das Schlimmste ist, daß Eddy wirklich seine Nachtruhe allzu nötig hat. Er ringt um jede Stunde Schlaf, hat sich das dunkelste Zimmer geben lassen, und nachts verstopft er sich die Ohren, um nicht durch das Poltern der Hotelgäste aufzuwachen.

«Also hört er gar nichts», sagt der Holländer und kneift Lea in den Hintern, dort, wo sie fest ist wie ein Stück Emmentaler.

Beim Baden in der Bucht offenbart sich Eddy's Zustand jeden Tag aufs neue. Die Berge regen ihre matte Haut, sie lassen sich ins Meer rollen, liegen halb im Wasser. Sie riechen stumpf nach Öl, nach Ginster, nach Fischknochen. Eddy steht aufrecht in seiner Badehose auf dem Sand. Und sein Schatten ist nicht viel breiter als der des Pfahles, an dem die Kleider hängen.

«Eddy, paß auf, du verlierst deine Hose», sagt der Holländer, und Eddy hält sie fest, damit sie ihm nicht über die Lenden rutscht. Der Holländer dagegen ist schwer und breit, er wird immer schwerer, je mehr der andere abnimmt – und Lea, die jetzt unsinnig geröstet ist, hat Gelegenheit, die beiden Männer am Strand zu vergleichen. Abends brennt ihre Haut, kocht unter dem dünnen Leinenzeug, das sie trägt – und sie weiß gar nicht, wie sie das alles kühlen soll, sie legt das Kleid ab, fährt sich mit der Hand über die Hüften, nestelt hinten das Band des Büstenhalters auf: Es stehen weiße Bälle oder sehr große weiße Nüsse im geröteten Feld. Du bist erheblich voller geworden, seit ich dich kenne, sagt der Holländer, und sie glitzert mit kleinen Schweißtropfen im Dunkeln.

Eddy kann nicht mehr an den Strand kommen. Er verträgt die Sonne nicht, liegt tagsüber im verdunkelten Zimmer, trinkt lauwarme Limonade, und der Holländer sagt zu ihm:

«Wir brauchen Nachschub, Eddy, wir sind mit sechs Wochen im Rückstand, der Portier grüßt einen kaum noch. Wenn du erlaubst, habe ich das Scheckbuch gleich mitgebracht.» Und Eddy beugt den Kopf über das Scheckbuch und schreibt – und der Holländer sagt:

«Nicht doch, Eddy, so geht es nicht, wir brauchen mindestens sechshundert. Lea meint auch, daß wir mehr brauchen. Siehst du, sie steht schon vor der Tür, du solltest wirklich sechshundert schreiben. Wozu bist du denn Bankbeamter?» Oder er sagt: «So eine Bank und dann noch dieses Scheckbuch. Eddy, du hast doch eine Vertrauensstellung, na dann solltest du auch etwas für uns tun.»

Eines Tages will Eddy abreisen, selbst seine Frau will er zurücklassen, wenn man ihn nur abreisen ließe. «Nein, das geht nicht», erklärt der Holländer, «du bist viel zu krank zum Abreisen, außerdem bekommt dir das Klima hier sehr gut.»

«Ich werde meinen Koffer packen», antwortet Eddy. Aber der Holländer verneint, indem er den Kopf schüttelt, er ist noch stärker geworden und verdeckt Eddy völlig, wie er da in der Tür steht, und draußen auf dem Korridor ringt die Frau die Hände, denn sie kann sich nicht vorstellen, wie das noch einmal enden soll.

Als er nur noch siebzig Pfund wiegt und seine Bank ihm das Gehalt auf neun Monate vorausgezahlt – dazu noch einen Scheck über zweitausend abgedeckt hat, stirbt Eddy an einem Vormittag. Mit gefalteten Händen im Bett.

Ich weiß, daß nichts verlorengeht, daß der eine hinfällig wird, wenn der andere dick werden soll, und eigentlich müßte ich die Frau verdammen; doch weil die weder gut noch schlecht ist, werde ich mich an ihn halten – und an seinesgleichen. Deshalb gebe ich dem Beamten nicht meinen Schein in die Hand, die breitgefurcht und hart genug ist, sondern gehe zurück durch die Halle, durch die Flügeltür.

Draußen ist es still, warm und grau. Ich wandere den Weg entlang, der wie eine Scheitellinie im Kornfeld steht. Den Brandmauern entgegen, dem Rauch und dem trüben Charme und dem Fenster am Hinterkopf entgegen, wo jemand meine Ankunft meldet: Er ist zurück. (Sieh Vater, ich bin gekommen, um alles wiedergutzumachen.)

Bevor ich aber in den Spalt zwischen den Mauern eintauchen kann, erscheint vor mir, verhüllt durch das unsichere Licht, die Gestalt eines Mannes. Nähert sich mir. Ich bleibe stehen und denke: Dem verdammten Bettler gebe ich nichts, der soll sehen, wie er unter der Treppe zurechtkommt. Aber der Mann geht merkwürdig zur Seite geneigt, er trägt etwas, einen Koffer. Ich würde sagen: einen Koffer mit Ringen, Armbanduhren, Anzugstoffen: Vogelauge, beste Qualität zu zwohundertachtzig. Und als er an mir vorbeigehen will, sage ich laut: «Gute Reise!»

Da bleibt er stehen, darauf war er nicht gefaßt, sein Gesicht schält sich aus dem Kragen, mies und etwas ziegenhaft, doch auch kameradschaftlich, wie es scheinen soll.

«Nanu, Kuhnwalt», sage ich, «reisen Sie ab?»

Kuhnwalt setzt den Koffer zu Boden. Er vollführt mit der Schulter eine schiebende Bewegung in der Richtung des Bahnhofs.

«Ja, ich reise ab.»

«Alles Gute», sage ich, «wir werden Sie vermissen. Ist es wegen dieser Geschichte?»

Aber Kuhnwalt schüttelt den Kopf. Hebt seinen Koffer an und setzt sich in Bewegung, dann bleibt er nochmal stehen:

«Wenn ich Sie wäre, würde ich nicht ins Hotel zurückkehren.»

«Und warum?» frage ich.

«Weil Ihnen das nicht gut bekommen dürfte – Sie!» sagt Kuhnwalt, «gehn Sie da nicht hin!» Er hebt seinen Koffer abermals an.

Ich sage: «Kuhnwalt, jetzt stehen Sie mir mal Rede und Antwort. Was haben Sie im Hotel gehört?»

«Ich habe gar nichts gehört.»

«Und was?»

«Das weiß ich doch nicht genau – – na, sie haben gesagt, wenn Sie nochmal auftauchen, geht es Ihnen dreckig – –», plötzlich fängt er an zu kichern, «sie wollen Ihnen», er kann sich gar nicht halten, so komisch ist es, «Ihnen den Sack abschneiden, haben sie gesagt.» Er winkt, geht mit seinem Koffer weiter. Dann bleibt er stehen.

«Sie, ich rate Ihnen!» Er wartet.

Ich erwidere völlig ruhig:

«Sie wollen gar nicht zum Bahnhof, Kuhnwalt, sondern man hat Sie hergeschickt, damit Sie mich unterwegs abfangen.»

Inzwischen ist er weitergegangen.

«Ich verstehe nicht, Kuhnwalt», rufe ich ihm nach, «wie Sie sich auf so etwas einlassen konnten! Sie haben ja nicht einmal Ihre Sachen mitgenommen. Der Koffer ist doch leer! – Soll ich vielleicht mal nachsehen?»

Kuhnwalt ist schon ein ziemliches Stück entfernt, jetzt beginnt er auf einmal zu laufen, und ich laufe hinter ihm her, bis er dort, wo das Kornfeld spitzwinkelig auf eine Buschgruppe zuläuft, verschwindet. Die Buschgruppe sieht wie ein Kohlenlager aus.

So stehe ich auf dem Weg, wieder näher zum Bahnhof hin, unter dieser warmen Haube, diesem warmen Abend, der meine Entschlüsse lähmt und mich träge werden läßt. Ich gehe auf die Stadt zu, auf das schwarze Gelock der Häuser und Schornsteine. Am Fenster sitzt Frau Holthusen mit dem goldenen Hund im Schoß, einem echten Stück aus Delft. Wenn ich vorübergehe, fast in gleicher Höhe, Kopf neben Kopf, wird sie mich für den Verstorbenen halten, für den Adi. Ich gehe zwischen den Kübelbäumen ins Hotel – – nein, vorher krächzt noch der Bettler unter der Vortreppe. Hallo Mister!

«Schon gut», sage ich, gebe ihm eine Kleinigkeit, «kauf dir bloß keinen Schnaps dafür.» Dann fällt mir etwas ein, und ich gehe noch einmal zurück.

«Dein Sohn, dieser feine Herr», sage ich, «würdest du ihn erkennen, wenn er vor dir stünde?»

«Es wäre eine große Ehre für mich.»

«Was?»

«So ein feiner Herr.»

Ach, es hat gar nichts genützt. Lieber Mann, rufe ich aus, es soll aber keine Ehre sein, und der Alte hört aufmerksam zu, scheint mit sich zu Rate zu gehen.

«Dann gib mir wenigstens etwas Geld.»

Wenigstens das. – Nein, so einfach ist die Lösung nicht. Ich gehe ins Hotel. Zwischen den Kübelbäumen hindurch, über den roten Läufer auf Gimlet zu, der im Sessel sitzt. Ich stelle mich vor ihn hin, sein Blick bleibt irgendwo unterhalb meines Gesichts hängen.

«Wie spät haben wir's denn», frage ich nach einer Weile. Er sieht auf die Uhr.

«Gleich acht», sagt er schnell.

Ich nehme die Zeitung, die – Sportseite nach oben –

vor ihm auf der Barriere liegt, und überfliege den Bericht vom dritten achten.

«Dann ist er wohl schon wieder zurück», sage ich, lese: Peter Niebaur im Männereinzel. Gimlet antwortet nicht.

«Kuhnwalt, meine ich.»

Sein Haar sieht von oben wie geharkt aus, wie ein gelber geharkter Sandweg. Ich spreche sehr deutlich, damit er mich versteht: «Ich meine, daß dann wohl Kuhnwalt – den ihr mir entgegengeschickt habt –, daß der jetzt wohl wieder zurück sein wird.»

Wenn es schon so spät ist.

Gimlet sagt: «Davon weiß ich nichts.» Er nimmt meine Tasche und trägt sie schnell die Treppe hinauf. Als ich in mein Zimmer trete, hat er bereits Licht eingeschaltet, Fenster geöffnet, die Tasche in den Schrank gestellt.

«Gut, Gimlet», sage ich, «ich brauche dich vorläufig nicht weiter.»

Zunächst untersuche ich, ob sich die Tür einwandfrei abschließen läßt: Sie läßt sich abschließen. Ich setze mich zur Probe auf mein Sofa, es ist weich, in der einen Ecke etwas zu nachgiebig. Dann überdenke ich den nächsten Schritt. Wenn ich eine Pistole hätte, würde ich sie in die Nachttischschublade legen, neben einen Stadtplan, auf welchem mit gepunkteter Linie die beiden kürzesten Wege zum Bahnhof eingezeichnet sind, dazu noch ein weiterer nach hinten hinaus über die Felder (ein Kreuz bezeichnet die

Stelle, wo ein alter Fordwagen steht.) Außerdem lege ich meinen Kopf auf das Kopfkissen, um festzustellen, wie weit ich, im Bett liegend, von gegenüber gesehen werden kann. Trete dann ans Fenster, und während ich noch unbeteiligt auf diesen Torso dort drüben blicke – nur der Leib ist zu sehen, Kopf und Schultern sind abgeschnitten –, wird mir bewußt, daß es Judith ist. Ich erkenne sie an den Zopfenden, die über den Kittel hängen.

Judith.

Zum Verständnis bitte ich, folgendes zu sehen: Das Fenster, hinter dem sie steht, zeigt nur einen kleinen Ausschnitt. Der obere Fensterbogen schneidet das Blickfeld in Kopfhöhe ab, im Hintergrund des Raumes – da ich von schräg oben her einsehe – sogar in Knie- oder Fußhöhe. Judith tritt jetzt einen Schritt vor, auch ihr Kopf wird sichtbar. Ich denke: Gleich dreht sie sich um, gleich blickt sie herüber –

– da ist sie weg. Der Fensterausschnitt zeigt die schwarzweißen Fliesen (in wahnsinniger Lückenlosigkeit) und die Tischdecke. Doch. Hier ist ihr Arm, er liegt auf der grünen Schreibunterlage, die Finger sind ausgestreckt.

Eine Etage tiefer! denke ich, man müßte tiefer wohnen, da könnte man alles überschauen. Jemand hat sich auf den Schreibtisch gesetzt, läßt ein Bein locker herabhängen, aber dieses Bein steckt in einer Herrenhose, Jonassers Hose. Jonasser sitzt auf dem Schreibtisch, hat seine Hand auf den Oberschenkel gestützt. Die Hand öffnet sich, schließt sich. Auf dem Ringfinger – das ist mir neu – trägt er einen Siegelring, eine von Mauerwerk getragene Frauenbüste, aber das läßt sich natürlich auf diese Entfernung hin nicht erkennen, und nun fährt die Hand auf, wie eine Taube, und schließt sich in der Luft.

Alles fort.

Die Tischkante ist leer. Ich sehe Judiths Beine; anscheinend steht sie weit hinten im Raum, vom Knie ab liegt der Fensterbogen darüber, so daß man den Leib nicht sehen kann, aber die Knie sind selber kleine Frauenleiber. Sie treten zurück, verschwinden also nach oben hin. Leeres Fenster ... Dann erscheint Jonassers rechte Schulter im Oberhemd, sein Arm ist angewinkelt, der Nacken noch sichtbar, gleichfalls der Gürtel und ein Stück Hose. Er kommt hinter dem Schreibtisch hervor, gerät dadurch etwas höher ins Bild, weil er tiefer in den Raum hineingeht. Gürtel und ganze Hose – jetzt Füße in schwarzen Halbschuhen. Daneben Judiths Füße:

Sie trägt keine Schuhe und keine Strümpfe.

In der nächsten Minute geschieht sehr viel – ich kann es aber nicht recht deuten. Judiths Füße knapp unter dem Fensterbogen heben sich, einer nach dem anderen. Eine Art langsames Trippeln. Der rechte Fuß wird zurückgesetzt, der linke auch, das geschieht wie unter einem schweren Gewicht: Judith steht auf den Fersen. Aber Jonasser gleichfalls. Einen halben Meter entfernt, knapp unter der Mitte des Fensterbogens, bohrt er seine Hacken in den Boden. Plötzlich sind Judiths Füße fort.

Schneller Wechsel: Judiths Schultern über der Schreibtischkante, beide Hände an die Holzleiste geklammert. Augenblick Pause. – Jonasser vorn. Sein Oberhemd. – Weiter. Judith ganz links, nur am Rande markiert durch drei weiße Spitzen (Brust, Knie und ein Stück des Kopfes), welche sich vergrößern, ins Bild hineingezogen werden, langsam, nur mit großer Mühe gelingt das, denn Judith ist nicht schwächlich.

Plötzlich steht sie dicht am Fenster, lehnt sich mit dem Rücken gegen das Fensterkreuz – der weiße Anstrich ist vergilbt, so daß sich der Rücken kaum vom Holz abhebt –, und ich rufe:

«Judith!»

Aus. Jonasser schlägt das Fenster zu. Ich schaue auf die Spiegelung des Glases: zwei Hotelfenster, die Hofbeleuchtung, und noch im Nachbild Judith in vergilbtem Weiß. Und in diesem Augenblick, reichlich spät, wird mir klar, daß ich alles falsch gemacht habe: Ein Mann wie ich geht doch nicht hin und läutet höflich an der Tür, Vordertür versteht sich, geht nicht die Treppe hinauf, zur Besuchsstunde, ach entschuldigen Sie, wohnen Sie hier schon lange ...

Ich bin wie vor den Kopf geschlagen.

Und nun darf ich mich vielleicht vorstellen, denn wenn jemals irgendeiner auch nur halbwegs für diese Sache trainiert war, dann doch wohl ich! Zwei Stockwerke Backstein, ohne geputzte Fugen! Ein Kinderspiel. Noch dazu in Hoflage! – Zum Donnerwetter, ich war mit fünfzehn in der Fassade, mit allen Finessen, Steigeisen, Mauertöter, alles! Mit sechzehn habe ich erstklassige Vorderwände gemacht, wie eine Schwalbe. Drei Meter fünfzig Simsabstand, kapiert? Rauhputz, Raspel, italienischer Wurf, alles gemacht. Sandstein poliert, glatt wie Affeneier (diese idiotischen Warenhäuser), drei Stockwerke und nichts wie Bandeisen dazwischen, mit Gurt natürlich, anders nicht, aber drei Stockwerke.

Fensterscheiben?

Was soll ich dazu sagen. Mit der hohlen Hand, wenn es sein muß. Und nun darf ich mir wohl die Sache mal ansehen. Also: Waschküchentür ist verschlossen – außerdem steht da unten die Hedwig, das dicke Aas, ich kann mich allerdings täuschen, denn die Türnische ist ziemlich tief. Aber nehmen wir an, die Waschküche fällt aus, dann haben wir hier die Trennmauer vom Hotel bis hinüber zum Hinterhaus. Sehr hohe Mauer. Fast bis zur Höhe meines Fensters, man könnte hinüberrutschen und würde drüben das zweite Stockwerk erreichen; von da ab dürfte es puppeneinfach sein. Etwa an der Wasserrinne hoch. Oder nee, das ist nicht gut, da sind zwei Meter bis zum Fenster zu schaffen, und an die Mauer kann ich mich nun auch nicht kleben. Also der Blitzableiter, der ist gut, der hat einzementierte Haltespangen. Geht tadellos. – Um aber auf die Mauer zurückzukommen (schließlich hat es keinen Zweck, sich etwas vorzumachen), die Mauer hat oben eine schräge Ziegelkante. Und das ist natürlich großer Mist. Ich muß noch einmal darüber nachdenken:

Es war in diesem ungewöhnlich heißen Sommer 1938. Ich wohnte Ackerstraße, nahe Ecke Rosenthaler. Im Hof war ein Taxigeschäft, dahinter die Rückfront des Kaufhauses Stecher, ziemlich häßlich, einer dieser gepflasterten Höfe. Frau Kahl, meine Wirtin, wollte mir unbedingt das Vorderzimmer vermieten, ich hingegen bevorzugte das Hofzimmer, einen Schacht von zweieinhalb mal sechs mit schmalem, aber gangbarem Fenster an der Kopfseite. Ich habe alles ausgerechnet. Ich esse noch schnell meinen Teller Kirschsuppe, warte darauf, daß es dunkel wird. Frau Kahl, augenblicklich in der Küche, ruft: «Herr Berthold, soll ich sie morgen wecken?» (Sie denkt, ich bin bei Stecher angestellt.) «Nee», rufe ich zurück, «das lassen Sie man lieber.» Sie sagt: «Sind Sie noch auf?» Ich: «Nee, ich liege schon.» Adolf Berthold aus Nauen. Aber genug davon.

Es ist Nacht.

Von der Rosenthaler schlägt der Verkehrslärm herüber. Um elf Uhr hört Frau Kahl auf, mit den Töpfen zu klappern. Um zwölf fährt die Taxe in den Hof und wird zur Nacht stillgelegt.

Ein Uhr. Ich nehme einen Schluck aus der Flasche, ziehe die weichen Schuhe an, schwinge mich aus dem Fenster, finde auch Halt auf dem Mauersims – normalerweise eigentlich nicht, aber bei den weichen Schuhen genügen drei Fingerbreit –, schiebe mich unter mehrfachem Griffwechsel (Fensterrahmen, Fensterladen, eiserner Haken, Stuckleiste) bis zum nächsten Fenster. Unten im Hof steht eine Badewanne aufrecht an der Wand, daneben ein Fahrrad und eine Gießkanne genau unter mir. Nächster Fensterrahmen, Laden, eiserner Haken. Das Fenster ist halb offen und zeigt Frau Kahl im Bett, im Schummerlicht einer Leselampe, die sie sich ans Buch geklemmt hat. Ich erreiche die Umfassungsmauer und setze mich erst einmal hin.

Die Mauer erstreckt sich über zwölf Meter von Haus zu Haus. Auf der Ziegelschräge sitzend, beginne ich mich vorzuschieben, halte dabei die Mauer wie einen Gaul fest im Schenkeldruck, weil sonst die Ziegelkante unangenehm (unanjenehm) in den Damm einschneidet.

Ein Uhr zehn. Der Hof wird hell, im dritten Stock ist jemand nach Hause gekommen, steht am offenen Fenster und überlegt. Ich rühre mich nicht. – Er blickt fahl hinaus, ich sitze auf der Mauer, als ob es so sein sollte, der Verkehrslärm aus der Rosenthaler ist dünn geworden.

Ein Uhr dreißig. Ich rücke weiter vor, bin sehr vorsichtig, denn der Hof zu meiner Linken liegt tief unten, und der Nachbarhof eher noch tiefer, weil dort eine Treppe zum Souterrain hinabführt.

Um ein Uhr vierzig erreiche ich die Rückwand des Kaufhauses Stecher, gleich darauf das erste vergitterte Fenster und damit, wie vorgesehen, auch den Blitzableiter, ein derbes Metallkabel. Soweit gut. Nun die erste Schwierigkeit: Es ist mir nicht möglich, den Fuß über die eingemauerten Halteklammern zu zwängen; der Zwischenraum erweist sich als zu schmal, andererseits ist das Kabel viel zu starr, als daß man es abbiegen könnte. Es bleibt nichts anderes übrig als, mit den Händen am Kabel hängend, sozusagen an der Wand emporzuschreiten, eine äußerst gefährliche Kletterart, da man rückwärts stürzt und sich unweigerlich das Genick bricht, wenn das Kabel reißt. Ich verzichte auf diesen Weg.

Um zwei Uhr hocke ich wieder auf der Mauer und überlege angestrengt. Zwei Uhr zehn befinde ich mich auf der Rücktour, rittlings über die ganze Länge der Mauer, Stuckleiste, eiserner Haken, Laden, Fensterrahmen. Die Leselampe brennt noch immer und beleuchtet eine rosa Höhle, gebildet aus Frau Kahls Nachthemd und ihren dicken Brüsten. Nach dreimaligem Griffwechsel stehe ich wieder in meinem Zimmer, es ist zwei Uhr fünfundzwanzig, die Unkosten sind nicht unerheblich gewesen, Garderobe, Zimmermiete, ein halbes Pfund Kaffee für Frau Kahl, und die Schuhe nicht zu vergessen, es ist Zeit, schlafen zu gehen. Im Zimmer ist es drückend heiß. Berlin im August.

Zwei Uhr fünfundvierzig. Ich bin wieder unterwegs: Fensterrahmen, Laden, eiserner Haken, rosa beleuchtete ungeheuerliche Höhle (hoffentlich brennt sie nicht an), Laden, Haken. Ab zwei Uhr fünfzig wieder rittlings auf der Mauer, ich erreiche das erste vergitterte Fenster und berühre drei Uhr drei das Kabel. Da ich bis hierhin geübt bin. Nein:

Der Hof ist plötzlich taghell, jemand hat die Hofbeleuchtung eingeschaltet (ich halte mich an der Leitung fest), ein Mann betritt den Hof, schaut um sich, tritt zurück, öffnet das Tor zur Durchfahrt: Das Taxi wird in Gang gesetzt, ich stehe sechs Meter über dem Taxi, und die Scheinwerfer strahlen die Umfassungsmauer an, daß sie blendend weiß wird. Eine Ewigkeit. Endlich schrammt das Taxi durchs Tor und hinaus. Aber das Hoflicht! Der Narr hat das Hoflicht vergessen.

Ich sage: «Du Narr hast das Hoflicht vergessen!»

Er kommt zurück und schaltet das Licht aus, schlägt das Tor zu. Stille, alles schläft.

Der Zwischenraum von Wand und Leitungskabel ist äußerst schmal und das Kabel recht starr. Gut. Andererseits, wenn man sehr daran zieht, gelingt es, den Fuß dazwischenzuklemmen, und dann kann man von Klammer zu Klammer wie auf einer Strickleiter nach oben klettern. Puppeneinfach. Oben drücke ich mit einem Tuch, Stück Wolldecke oder dergleichen, die Scheibe ein und öffne das Fenster von innen mit durchgestecktem Arm. Kapiert?

Ja, wenn es sich jetzt um Werte handeln würde! Sagen wir vier- bis fünftausend, und eines schönen Morgens prima zurechtgemacht, Bowler, Gamaschen, kleine Reisetasche vielleicht, mit dem Pullmann ab nach Portugal! Ja, da! – Aber wegen so einer Schneppe! Mensch! Und wer weiß, ob sich das überhaupt lohnt.

Im Kaufhaus Stecher, August 1938. Morgens drei Uhr zehn mit der bloßen Hand durch die Scheibe. Textilgeruch strömt aus der neugeschaffenen Öffnung, es riecht so schön nach Leder, nach Kurzwaren, Bürstenabteilung, Gummimatten. Nach dem Allerfeinsten, nach Seife, nach Damenhüten (dem dämlichen Stroh und dem geizigen Filz). Es ist dunkel im Warenhaus Stecher, gemütlich fast durch Überfülle und berstendes Angebot, das in Trauben von den Gestellen hängt. (Soll Leute geben, die haben Monate gebraucht.) Ich wate durch die Sommerstoffe. Kleingeblümte Muster, wie sie in diesem Jahre Mode sind (und auch im nächsten. Immer). Tüll und Mull. Und die feinen Jacquard-Motive. Zahlkassen, die zur Nachtzeit geleert sind und sich außerdem nicht ohne weiteres öffnen lassen. Eine sorgfältig gepackte Aktentasche in der Hand, an den Füßen die besten Schuhe, die ich finden kann, Anzug: Vogelauge, beste Qualität zu zwohundertachtzig, Unterwäsche: Jokkey, bestes Hemd, Paletot, so stehe ich als Modellpuppe auf der Tribüne neben der Haupttreppe, um den Wächter vorbeizulassen, ein Traum, nie gewesen, ein Leben lang Tand und Tand, schon vergessen (wo bin ich gewesen), nur geschehen, damit ich endlich diesen Ort ausmessen kann, zwölf Meter von Wand zu Wand (und beachten Sie bitte die Ziegelschräge), und wer weiß, ob mein Fuß hinter das Kabel passen wird. – Daß ich bei Stecher in der Bettenabteilung übernachtete, ist nicht einmal einfallsreich, nur zwangsläufig und nicht lustig, denn wo sonst? Genauer gesagt: Ich schlief in einem Chippendale-Schlafzimmer; am Morgen prüfte ich die Federung und erklärte der Verkäuferin, daß ich mich doch nicht zum Kauf entschließen könne.

2

Diese letzten Stunden sind lang. – Abendessen um neun. Bevor ich mich in den Speisesaal begebe, springe ich schnell zu Madam Schinski hinüber, muß mich zumindest nach ihrem Befinden erkundigen. Aber da steht schon jemand vor der Tür.

«Kuhnwalt am Schlüsselloch», sage ich, «angeblich sollen Sie ja abgereist sein.»

Er trägt den dunkelbraunen Rock und die messingfarbene Weste.

«Ich bitte Sie», sagt er, «versetzen Sie sich in meine Lage, wo soll ich denn hin.»

«Ganz bin ich mir über Ihre Rolle hier noch nicht im klaren», antworte ich. Sein Rock ist sichtlich abgetragen, und den Vertragsschulleiter glaube ich ihm auch nicht mehr, viel eher wird er ein kleiner abgerissener Vertreter sein – wenn ich mich recht entsinne, ist sein Koffer aus gelbbrauner Pappe gewesen.

«Kuhnwalt», sage ich ruhig, «ich erwarte in Zukunft äußerste Zurückhaltung von Ihnen.»

Er nickt.

«Hoffe, daß ich mich auf Sie verlassen kann», sage ich abschließend und betrete nach kurzem Anklopfen das Zimmer der Dame. Das erste, was mir auffällt, ist die Anwesenheit Machners: Nanu, denke ich, was will denn der hier. Machner hochrot auf einem Stühlchen am Fenster. Neben ihm hängt der Toilettenspiegel, so daß ich Machner gleich zweimal sehe (ihn und seinen unverkennbar schlechten Zustand). Das Bett von Madam Schinski steht an der gegenüberliegenden Wand.

Bei meinem Eintritt erhebt sich die Dame etwas aus ihren Kissen:

«Obodumov, daß du wieder da bist!» Aber sie ruft es nicht so strahlend, wie ich erwartet hatte. Gedämpfter, dezenter wohl auch, eine Dame, die im Begriff ist, sich zu konsolidieren, und bei näherem Zusehen ist sie wirklich matter geworden, zurückhaltender in der Farbgebung: mattblond, fast ein wenig müde im Ton.

«Obodumov, komm näher», sie winkt mit der Hand. «Diese Herren hatten die Güte, mich in deiner Abwesenheit zu unterhalten.» Sie rückt zur Seite und bietet mir die Bettkante an. «Und du, Kuhnwalt», sagt sie, «setz dich auf diesen Stuhl, nein, nicht auf den, auf den dort! Vor Machner!» Machner sitzt ganz in der Ecke, Kuhnwalt etwas weiter vorn, und auf dem Bett darf Obodumov sitzen. – «Und jetzt den Morgenmantel bitte; ihr denkt wohl, ihr bekommt mich im Nachthemd zu sehen. Da irrt ihr euch aber.»

Ich bin beim Anlegen des Morgenmantels – eines

teefarbenen Chiffon-Gewölks – behilflich, habe dabei Gelegenheit, einen Blick auf das Nachthemd zu werfen und den lebhaften Gegensatz von kaltem und warmem Gelb zu bewundern, Kopfkissen und Bettdecke in blasser Zitrone. Die Dame wünscht Kompressen: Herr Machner steht auf und geht zur Tür, ruft über den Flur. Gimlet kommt mit den heißen Tüchern, die er selbst auflegt; danach zieht er sich zur Tür zurück, bleibt aber an den Rahmen gelehnt stehen.

Kuhnwalt unruhig auf seinem Stuhl:

«Wieso bleibt Gimlet im Zimmer?»

Die Dame hebt die Arme und zeigt den Marmor ihrer Achselhöhle, scheint im übrigen an der Frage wenig interessiert zu sein. Deshalb spricht Kuhnwalt den Portier direkt an:

«Worauf warten Sie denn? Wir brauchen Sie jetzt nicht mehr.»

Aber Gimlet ist nicht sehr beeindruckt.

«Das überlassen Sie gefälligst der Dame, wenn sie sagt, ich soll bleiben, dann bleibe ich.»

«Soll er bleiben?» fragt Kuhnwalt aufgebracht.

Die Dame scheint zu überlegen, denn sie streckt die Arme von sich, in einer Pose, die ich kenne ...

«Es ist nicht Ihre Angelegenheit, Kuhnwalt», sagt sie, «aber Gimlet soll trotzdem gehen.» Gimlet zieht sich zurück.

... die ich von dem Bild auf ihrer Puderschachtel kenne.

«Aber jetzt, lieber Obodumov», fährt die Dame fort, «gib bitte meine Beine frei.»

Ich erhebe mich von der Bettkante, und während die Dame aufsteht (Kuhnwalt nimmt den Handspiegel), beobachte ich Herrn Machner, der steif auf seinem Stühlchen in der Ecke sitzt, meiner Ansicht nach sich lieber hinlegen und pflegen sollte. Ich frage: «Ist Ihnen nicht gut, Herr Machner?»

«Dem ist nicht gut», sagt Kuhnwalt, «weil seine Frau zur Behandlung gegangen ist. Kann man ihm schließlich nicht verdenken.»

«Wie meinen Sie das?» frage ich scharf zurück.

«Na, Sie sehen doch, wie er aussieht. Sie sollten mal hören, wenn er die Treppen steigt, wie ein Dampfer, hehehe.» Er haut Machner aufs Knie. «Nun sitz nicht so trübsinnig da, Machner, sei lieber dankbar, daß deine Frau anständig versorgt wird, na, denk an deinen Blutdruck!»

«Ist er krank?» erkundige ich mich.

«Krank? Das ist gar kein Ausdruck. Gestern geht er die Treppe hinunter – ich habe es genau gesehen –, da kommt ihm die Dings entgegen, die Waschfrau, wissen Sie –.»

Ich winke ab, denn ich weiß Bescheid: Mit Herrn Machner steigt das Meckern, das man ihm mit auf den Weg gegeben hat, abwärts über den roten Treppenläufer, noch hörbar, als die Wäscherin von unten heraufkommt und ihn auf dem Treppenabsatz trifft, den Waschkorb in die Seite gestemmt (Herr Machner flieht an ihr vorbei), die Wäscherin naß und dampfend.

«Der hat soo'n Kopp gekriegt», sagt Kuhnwalt meckernd, «wie eine Rübe.»

Die Dame steht vor dem Spiegel und erklärt, daß heute alle langweilig seien.

«Also, was hat es mit seiner Frau gegeben?»

«Gar nichts. Sie ist noch drüben bei Jonasser», sagt Kuhnwalt.

«Woher wollen Sie das wissen!» braust Machner auf – der abwechselnd Rouge und Puder zu reichen hat, er hält das Rouge fest in der Hand, läßt es nicht los.

«Mein Lieber», sagt Kuhnwalt und gibt dem Handspiegel eine geschickte Drehung, so daß sich vorne das Profil der Dame zeigt, «ich kann es Ihrer Frau nicht verdenken – einer sehr charmanten Frau übrigens, wenn Sie meine Meinung hören wollen.»

«Ach, seid ihr langweilig», sagt die Dame.

«Und außerdem sollten Sie hier gar nicht sitzen. Mit Ihrem Blutdruck! Nachher platzt Ihnen irgendwas, und wir können Sie aus dem Zimmer tragen.»

Die Dame kichert:

«Das war nun wirklich ungehörig, mein Lieber.»

Während Machner bereits hinausgegangen ist – werden wir ihn jemals wiedersehen? –, begleitet von seinem Blutdruck, dem roten Brausen im Kopf.

«So geht alles dahin», seufzt sie, blickt in den Spiegel, spreizt die Beine, legt sie übereinander, hebt die

Arme wie auf der Puderschachtel: Winkt mit der schwarzen Fahne der Begehrlichkeit (wieder einer weniger).

Kuhnwalt hält den Handspiegel.

Manche Dinge erhalten nachträglich übergroßes Gewicht; dennoch möchte ich sagen: Das Abendessen war wie ein Abschiedsfest gerüstet. Am Kopfende des Saales stand das kalte Buffet, Platten mit sehr reicher Auswahl, die noch dazu in einer Weise dekoriert waren, daß man zunächst gar nicht wußte, ob man süße oder strenge Speisen vor sich hatte. Diese Torte, zum Beispiel, erwies sich als eine überbackene Schafspastete, während der äußerst scharf aussehende Salat ein Nachtisch aus kandierten Früchten war. Es gab sauer eingelegte Feigen und mit Mandelpaste gefüllte Hühnermägen. Dazu Backwaren aller Art. Das Besteck zum Selbstbedienen lag auf dunkelblauem Samt. Servietten hatte man in Form von Tulpen gefaltet. Sehr schön.

Ich war der einzige nicht korrekt Gekleidete, doch spielte das keine große Rolle, da die Aufmerksamkeit aller Anwesenden sowieso auf unsere Dame gerichtet war, die bald in bordeauxrotem Atlas, bald in cremefarbener Spitze, gefolgt von Kuhnwalt und dem Ober – beide im Smoking –, den Saal betrat.

Obwohl sie kaum sprach (es herrschte eine aufmerksame Halbstille im Raum), griff ihre selbstverständliche Heiterkeit sofort um sich – bin ich doch selbst ganz verzaubert, folge der Dame, ihrem gerundeten Schritt, der uns alle durch den Saal bewegt. Sie winkt mich sogar zu sich, zieht mich wegen des Buffets zu Rate, wendet sich nebenher Kuhnwalt zu oder dem Ober, mir, der ich bereits an ihrer Seite bin. Ich darf einen Teller für sie füllen, nehme glasiertes Huhn, ein Stückchen Kalbsbrust, einen gelben Salat mit Oliven, einen Fischsalat, Cumberlandsoße. Sie dankt, indem sie das Gesicht hebt – von der anderen Seite hat Kuhnwalt ihr eine Platte mit Pickles und Brot serviert, und der Ober bedient mit einem Ettaler Klostergut 83 (weiß), und sie hebt zum Dank das Gesicht. In der Ecke neben dem Buffet sitzen Machners; er ein wenig zittrig, sie unbeweglich, in einer blauen Tafttoilette mit Silberschmuck.

Frau Machner sieht reichlich mitgenommen aus, so als ob sie erst kürzlich durchgewalkt worden wäre. O Lea. Lea! Ihre Augen sind trübe und schauen nicht, die Haut ist gereizt, Weichteile, Polster an Schulter und Hüfte brennen. Sie denkt nicht (kein Gedanke an Kremmen), brütet auf dem Stuhl mit dem brennenden Hinterteil, ohne Gespräch, ohne Nachdenken. Ihre Arme schauen wie zwei Kuchen straff aus den Ärmeln. Aber er, der Herr Machner, ist auf kein Gespräch mehr erpicht, nein, überhaupt nicht, weil ein blutrotes Brausen seinen Kopf erfüllt, besonders rechts, auf der rechten Hemisphäre (was soll er noch reden?)

Etwa gegen zehn, als wir schon fast fertig sind, erscheint Gimlet im Speisesaal. Gleichfalls im Smoking. Er wirkt gehemmt, bleibt an der Tür stehen, lehnt sich gegen die Wand.

Endlich bemerkt ihn die Dame, lächelt, na Gimlet, ihr Mund nimmt die Form eines verwehten, langgestreckten Herzens an. Aber ja. Sie winkt ihm zu, absichtslos, matt, verweht, und Gimlet, als sähe er einen Halt für sich, stürzt heran, bemüht sich sogleich, bringt eine Fruchtschale, Halbgefrorenes. Die Dame zeigt lächelnd auf eine Reihe Becher, und Gimlet bringt ihr Welfenpudding. Danach steht er ein paar Schritt von dem Tisch entfernt da, mitten im Saal, und hört auf das, was sie sagt. Sie ist sehr blond heute abend, fast weiß. Sie ist fast durchsichtig. Sie lächelt, winkt, nicht ganz anwesend, aber doch vorhanden, kurz: man sieht, sie hat es geschafft (eine wundervolle Karriere), und weil ich das vollkommen anerkenne, grüße ich, als ich mich nach dem Essen erhebe, aus der Entfernung mit einer Verbeugung, die sie hoffentlich zu deuten versteht, und denke mir: Wenn doch sonst alles ein so gutes Ende nehmen wollte.

Die Halle ist leer, das Treppenhaus, mein Zimmer erfüllt von warmen Dampfschwaden, da ich das Fenster offengelassen hatte.

Inzwischen ist eine gute Stunde vergangen. Drüben ist alles ruhig, die Fassade des Hinterhauses schwarz. Der Waschbottich steht verlassen in der Mitte des Hofes, nur noch schwach dampfend. Wenn es mir gelänge, das Hoflicht auszulöschen, wäre die Sache puppeneinfach …

«Das sollten Sie aber lieber vergessen!»

Gimlet ist unbemerkt ins Zimmer getreten, steht da plötzlich massiv hinter mir, als wolle er zeigen, wie schnell sich das Blatt wenden kann.

«Jetzt haben Sie mich aber erschreckt», sage ich, «was sollte ich lieber vergessen?»

«Daß Sie das schaffen.»

Augenblick mal. Ich betrachte ihn von oben bis unten, ob ich das richtig gehört habe. Ich betrachte ihn aber auf eine schwache Stelle hin, denn davon hat er mehr, als er selber weiß (es gibt schöne rosa Übersichtstafeln, die genau die Stellen bezeichnen), und ist nun der Zeitpunkt gekommen, ihm eine zu verpassen? Ich frage:

«Wie geht's denn unserem Professor – habt ihr ihn drüben eingesperrt?»

Die Schwachstellen befinden sich unterhalb der Gürtellinie, aber einige sitzen auch am Hals und neben der Oberarmkugel, wo die Nerven oberflächlich verlaufen.

«Ach ja», sage ich, «ihr habt ihn wohl ruhiggestellt, nehme ich an, das könnt ihr ja ausgezeichnet, wie ich annehmen darf. Sachgemäß ruhiggestellt.»

Gimlet wendet sich halb ab, so daß er mir eine ganz gute Gelegenheit bietet. Aber jetzt setzt er sich plötzlich schlaff aufs Bett, vorgebeugt, mit den Schlüsselbeingruben als Angriffspunkt. «Ich habe nichts damit zu tun», sagt er, stützt sich auf die Knie, und mir scheint, so könnte ich ihn leicht zu Boden befördern. Gimlet weint, also das ist nun vollkommen undenkbar, wieso weint Gimlet?

«Glauben Sie, ich sperre einen alten Mann ein. Nein, so dumm bin ich nicht», er steht auf, geht zum Fenster, zeigt in den Hof hinunter, «sehen Sie die Tür da?» Es ist die Waschküchentür in der Tiefe des Hofes.

«Da hat der Alte dahintergestanden und konnte nicht raus, er war ja man bloß eine halbe Portion. Nein, nein», Gimlet setzt sich wieder aufs Bett und schüttelt den Kopf. Nein, nein.

«Ich könnte Ihnen das ganz genau erzählen, aber Sie glauben mir ja doch nicht.»

Er blickt mich mißtrauisch an.

«Ich habe keinen festen Schlaf, verstehen Sie, ich höre jedes Geräusch, und sehen kann ich auch alles.»

«Ich weiß», sage ich, «du hast ja die Augen offen.»

Er mustert mich mißtrauisch.

«So kann man es auch ausdrücken. – Ich habe unten mein Bett gehabt, in der Küche. Und da, nachts, höre ich den Alten an der Tür wirtschaften und denke: Nun hat er's endlich geschafft und den Schlüssel zur Hoftür gefunden, und wie ich noch überlege, mich durch den Gang taste, im Dunkeln, verstehen Sie – im Dunkeln bin ich verdammt sicher, da können Sie mich getrost irgendwo hinstellen, ich finde mich sofort zurecht –, und wie ich noch überlege –», er hat es vergessen, blickt gedankenvoll auf seine Knie, man glaubt ihm nicht, es ist aber, als ob er im Dunkeln sehen könnte.

Kein Mensch will es glauben:

Es ist Nacht. Gimlet sitzt in der Küche, hat sich auf sein Bett gehockt, betrachtet das Viereck des Hoffensters, immer dasselbe blasse Viereck, und sortiert die Gerüche, Gurken, Kartoffeln, Aufwischlappen. Wenn er einen Schluck Schnaps braucht, streckt er nur den Arm aus, dreht ihn nur eine Spur nach rechts, dann trifft er genau auf den Flaschenhals. Sehen Sie, das ist Gimlets Stärke: Im Dunkeln bekommen seine Finger Augen und greifen jeden beliebigen Gegenstand heraus, als ob heller Tag wäre. Er steht auf, geht zwei Schritte auf die Tür zu, hebt die Hand (er weiß, wie hoch, um die Klinke zu treffen), und da ist sie – die Klinke.

Gimlet blickt auf seine Knie: Er bewegt sich lautlos, während vorn das Schaben und Knacken nicht aufhört (der Alte stochert im Schlüsselloch). Schlüpft mit der ihm angeborenen Hellsichtigkeit durch die Küchentür, streift mit großer Sicherheit am Heizungsrohr, das dreißig Zentimeter neben der Tür verläuft, knapp vorbei. Hebt die Hand, berührt mit den Fingerspitzen den Rand der Kommode. Und wie immer, unvermeidlich an dieser Stelle, tritt sie ihm entgegen. Augen aus Porzellan (Knöpfe an der Konsole), Brüste, zwei Glanzpunkte auf den Handgriffen der obersten Schublade, Frau Nachtschreck, in bleibender Verehrung, Ihr Gimlet. Und es knackt, weil der Dietrich von der Sperrung abgleitet, ah, wahnsinnig vor Angst, auf den Knien, an der Waschküchentür.

«... und wie ich noch überlege und mich durch den Gang taste, die Waschküche liegt ja ganz hinten, wissen Sie», er blickt gedankenvoll, «da ist mir, als ob der Herr, mein Gott, ruft und Jonasser, der Butler (damals war er ja noch Butler), sagt: Tut mir leid, Herr Professor, ich höre Euch schon seit einer halben Stunde zu; jedesmal, wenn das Schloß schnappt, hört man es durchs ganze Haus. Außerdem wird Euch der Dietrich nicht viel nützen, denn ich habe zweimal herumgeschlossen. Und der Alte darauf: Mein Gott, was habt Ihr vor, wollt Ihr mich denn einsperren?

Lassen Sie mal sehen, sagt Jonasser, wo haben Sie denn den Draht her. Der Alte will ihn aber nicht loslassen, und Jonasser gibt ihm einen Stoß vor die Brust, so daß er doch loslassen muß, und ich schwöre, lieber Herr, daß ich damit nichts zu tun hatte: Ich stand hinten im Flur und konnte nicht einmal die Gesichter richtig erkennen. Nur den Lichtfleck auf dem Kopf des Herrn, weil er mit seinen weißen Haaren dicht am Fenster stand.

Tut mir leid, daß die Schlüssel alle verloren sind,

sagt Jonasser, so ein Pech. Und der Herr: Dann laßt mich doch den Dietrich probieren. Nein, das müssen wir ablehnen, antwortet Jonasser, denn nachher kriegen Sie die Tür wirklich auf, und das möchten wir gerne verhindern.

Das möchtet ihr verhindern! flüstert der Herr.

Ja, unbedingt, sagt Jonasser. Plötzlich ist der Lichtfleck verschwunden – der Alte hatte ja weiße Haare –, und ich merke: Der Herr ist ohnmächtig geworden, aber so wahr ich hier sitze, mich trifft keine Schuld!

Na, sein Herz war nie besonders. Immer hat er Tabletten geschluckt und Pulver, und sein Essen hat er sich eingeteilt, genau zwanzig Happen und jeden dreißigmal gekaut. Unsereins kann sich da noch bedanken.»

Nach dieser langen Rede bleibt Gimlet auf dem Bett sitzen und betrachtet seine Knie. Anscheinend überlegt er nun, ob er vielleicht zuviel verraten habe, oder hat vergessen, wie weit er gekommen war (bis zur Kellertür).

«Der alte Herr ist also ohnmächtig geworden», helfe ich weiter, «und was habt ihr dann mit ihm gemacht?»

«Dann haben wir ihn ins Schlafzimmer getragen.»

«Jonasser und du?»

«Ja, ich habe ihn fast allein getragen, Jonasser hat nur bei den Füßen angefaßt. Auch allein ausgezogen und ins Bett gelegt, und die ganze Zeit gedacht: Wenn das bloß gutgeht. Nachher stirbt der Alte womöglich, und es heißt, wir hätten uns nicht genügend um ihn gekümmert.»

«War er denn lange ohnmächtig?»

«Nein, nicht lange. Als er im Bett lag, war er schon wieder wach. Ich weiß natürlich, daß man achtgeben muß, habe mich neben ihn gesetzt, und richtig, kaum wende ich den Kopf, steckt er auch schon die Beine aus dem Bett und will aufstehen. Ich sage: Du meine Güte, wie können Sie aufstehen wollen, Herr Professor, was glauben Sie, in welchem Zustand Sie sich befinden. Und schiebe seine Füße wieder unter die Bettdecke. Wie er mich da angesehen hat! Und gezittert hat er, kaum konnte man ihn verstehen. Ich bin nicht krank, sagt er. Nein, sage ich, krank nicht, aber unvernünftig; denken Sie vielleicht, ich habe Sie zum Spaß ins Bett gesteckt, Herr. Wie war es denn, als Sie diese Rückgratverstauchung hatten, sage ich, als Sie nicht liegen und nicht sitzen konnten, was habe ich denn da für Sie gemacht?

Da hast du mir ein paar Schlaufen gemacht …

Ja, und wozu? ich warte.

… damit ich mich einhängen konnte.

Damit Sie sich einhängen konnten, Herr, sage ich, das war meine Idee.

Ja, sagt er und strahlt mich an – ich meine nicht, daß er fröhlich war, das wohl nicht, aber er hatte so schöne blaue Augen, die immerfort leuchteten, immerfort, der Herr. Ich habe verdammt aufpassen müssen, habe sogar das Essen im Schlafzimmer zubereitet, denn der alte Herr war völlig uneinsichtig, kann man wohl sagen. Einmal hat er mir sogar in den Bauch gehauen.»

Gimlet blickt mich erwartungsvoll an, als wäre an dieser Stelle eine Frage nötig. Aber als ich nichts sage, fährt er fort:

«Stellen Sie sich dieses Männchen vor (er war ja bloß ein Männchen), liegt da im Bett und kann kaum noch piep sagen – da haut er mir doch in die Plauke», Gimlet ist aufgestanden und deutet auf seinen Bauch, «hat er sich aber erschrocken! Hat sicherlich gedacht, er haut auf Holz!»

Muß jedoch zu seinem Entsetzen bemerken, daß er auf ein Brett trifft.

«Das kann ich mir vorstellen.»

«Ja, da ist nichts zu machen», stimmt Gimlet zu und blickt an seiner Bauchwand herunter.

«Habe ich ihm natürlich nicht übelgenommen; außerdem hatte er ja nur so'n Ärmchen. Für den Rest der Nacht ging es dann besser, und am Morgen wollte Jonasser, daß der Herr nach oben umzieht, hoooh, da habe ich mich aber gesträubt, ich sagte: Er ist ein kranker Mann, muß doch seine Pflege haben.»

«Und wo habt ihr ihn dann hingeschleppt?»

«Ich doch nicht! Ich war unten in der Küche, als Jonasser ihn fortbrachte. Ich dachte noch, was gibt's denn jetzt schon wieder, und hatte wirklich keine

Ahnung. Ich sitze nämlich gern im Dunkeln in der Küche ...»

«Ich weiß – und wo habt ihr den Alten hingebracht?»

Gimlet blickt mich erstaunt an.

«Na, das wissen Sie doch. Ich denke, Sie haben ihn entdeckt.»

«Ich habe was?»

«Ja, davon ist doch die ganze Zeit die Rede. Jonasser hat gesagt, der Kerl – entschuldigen Sie –, der muß raus, der hat den Alten gefunden, der muß sofort weg.»

«Und wo habe ich ihn gefunden?»

«Wo?» Gimlet wundert sich. «Na, in dem Kabuff, wo sonst?»

Ich bin fassungslos: Das kann ich nicht glauben, soviel Durchtriebenheit gibt es nicht. Ich stand also drei Schritt entfernt, wo Haferkorn hinter dem Regal hustete, jetzt weiß ich's, ich habe ihn ja husten hören und habe nichts gemerkt?

«Deshalb sollte ich ja das Gepäck bringen.»

Und warum habe ich nichts gemerkt? Weil mich die kleine Hure – weil sie mich beschäftigt hat. Wie Philemon und Baucis, was? Und ich erkläre ihr die Sache auch noch, und sie sagt: Wie traurig das ist, man möchte weinen. Recht hat sie, weinen möchte man.

«Also im Kabuff», sage ich, «dann werde ich jetzt hingehen und den Alten holen.»

«Nein, halt», ruft Gimlet aus, «tun Sie das nicht, tun Sie bloß nichts Unüberlegtes.»

Aber wer sollte mich jetzt noch hindern?

Noch am selben Abend ziemlich spät – man ist schon im Bett gewesen – dürfte es soweit sein: Herr Machner ist auf seinem Zimmer gestorben, niemand weiß, unter welchen Umständen.

Wir stehen im Treppenhaus. Kuhnwalt und ich ganz unten. Die Dame Schinsky auf dem Treppenabsatz, in einem cremefarbenen Spitzenmantel, hat den Arm um Frau Machners Schultern gelegt, redet ihr beruhigend zu. Frau Machner dagegen macht eher den Eindruck, als wäre sie noch nicht ganz wach. Wir frösteln; jene fortgeschrittene Stunde, zu der man erwacht und feststellt, daß es noch nicht einmal zwölf ist. Die Stunde der Krankenwagen.

Der Leichnam wird von Gimlet und dem Ober vorsichtig die Treppe hinabgetragen. Der Ober ist noch in denselben schwarzen Anzug gekleidet, in dem er serviert hat (und der etwas fettig glänzt), und dem Toten haben sie einen ganz ähnlichen Anzug übergezogen, nur um den Hals trägt er eine rotgrüne Schleife.

Als Herr Machner – oder das, was von ihm geblieben – die Treppe herab an mir vorbeischwankt, fällt sein Kopf zur Seite, als ob er mir, gerade mir, noch eine wichtige Mitteilung zu machen hätte. Aber dann fällt sein Kopf wieder zurück, wie um anzudeuten, daß es sich wohl doch nicht lohne. Und wer weiß … Herr Machner ist zu einem kleinen bleichen Großvater geworden, die Nase steht wie ein Finger hoch, eine Hand baumelt abwinkend herab, im Schritt der beiden Träger schaukelt sich Herr Machner leise auf der Bahre, die Anstrengung des Hochdrucks noch immer im Gesicht. Und da mich dieser Vorgang tief anrührt (alles vergeht – der Hochdruck ist schon vergangen), rufe ich aus: War dies unausweichlich, hätte man es nicht aufhalten können? Er aber hält die Nase spitz zur Decke gerichtet, wandert davon, und ich sage: Gott sei mit dir – es schien unausweichlich zu sein. Kuhnwalt aber, dem ich die Hand ins Kreuz stoße, flüstere ich zu:

«Das werden Sie büßen.»

«Erlauben Sie», sagte Kuhnwalt ebenso leise, «ich habe doch nichts mit ihr gehabt.»

«Ganz gleich», sage ich, «Sie oder sonstwer.»

Das ist das Ende.

3

In dieser Nacht, als ich am Fenster über dem Hof stand, glaubte ich, etwas zu erkennen, etwas lange Vergessenes, ein Arrangement, Vorderhaus, Hinterhaus, nebst den entsprechenden Trennmauern. Eine nunmehr endgültige Anordnung. Als ob die Dinge nach vielmaliger Wandlung endlich an der rechten Stelle stünden, ja. Port Bonito, Falte zwischen den Bergen, Rosenthaler Straße 1938 meine Lea, meine liebe Judith, nach vielmaliger Drehung endlich an den rechten Platz gerückt. Ein verworrener Einfall, jawohl, aber ich glaubte – man mag mir verzeihen –, mein eigenes Ich in diesem Hof zu erkennen.

Diese Mauer kenne ich; sie trägt einen Sims von schräggestellten Ziegeln, es dürfte also schwierig werden. Ich stehe am Fenster, und mein Schatten liegt groß auf dem Hinterhaus, denn in meinem Rücken brennt eine harte scharfe Birne. Die ich aber auslöschen werde.

Es ist spät. Ich taste mich vorsichtig durch das Treppenhaus nach unten. Das Geländer, der Läufer. Das Grün der Blattpflanzen, das im Dunkeln lastet. Ich öffne die Tür unter dem Treppenbogen – sie ist unverschlossen –, überquere rasch den Hof und öffne die Waschküchentür, die ebenfalls unverschlossen ist, die ...

Ja, nun erlebe ich die erste Überraschung: Man drückt die Klinke herunter, und die Tür geht auf – kein Widerstand, kein Riegel, nichts –, öffnet sich erschreckend leicht und leer in die Waschküche hinein. Ich will noch einmal zurücktreten und meine Geschicklichkeit erproben, denn ich bin im Öffnen von Schlössern nicht so unerfahren. Aber das ist gar nicht notwendig.

– – –

Die Waschküche ist kühl, feucht und riecht nach gescheuertem Steinfußboden. In der Mitte sind unsinnige Stufen angebracht, gefährlich glatt in der Dunkelheit. Dahinter schließt sich ein geknickter, mit Kisten und Schränken vollgestellter Gang an. Ich lasse mich von meinen Händen leiten, schlüpfe (mit der mir angeborenen Geschmeidigkeit) an der Küchentür vorbei (meine Glieder sind wie Honig), knapp vorbei am Heizungsrohr, das dreißig Zentimeter neben der Küchentür verläuft, hebe die Hand und treffe mit den Fingerspitzen genau richtig auf die im Gang abgestellte Kommode: Frau Mitternachts Porzellanaugen, zwei Glanzpunkte auf den Handgriffen der obersten Schublade. Und obwohl ich diesen Effekt erwartet habe, fahre ich doch zusammen und denke: Der Himmel stehe uns bei, die Witwe selig.

Ich erreiche das Stiegenhaus, das vom Hof her etwas graues Licht empfängt. Im Keller sind die Stufen noch aus Stein, aber weiter oben sind sie aus Holz, und ich muß ganz dicht an der Wand gehen, damit sie nicht knarren, und sie knarren trotzdem höllisch laut: ich brauche fast eine Viertelstunde bis zum Absatz.

Erreiche die erste Etage. Oben hinter dem Geländer stehen weiß die Trennschirme, verlieren sich perspektivisch in die Schwärze des Hintergrundes, gleichsam unbegrenzten Raum vortäuschend. Kein Laut. Nur der Atem des Hauses.

Zu anderer Zeit ein wunderbares Erlebnis.

Ich aber betrete den Behandlungsraum, stoße zu den weißen Kacheln vor, zu den Emailleeimern, den Nierenschalen, Schlaufen, in denen die Füße aufgehängt werden. In den Dunst von schwarzen glatten Sitzpolstern, von Fleisch und Schweiß und Angst. Nicht aufdringlich, eher verdrängt durch Reinigungsmittel, aber deshalb noch unerträglicher. Und Blut. Nein, Gott sei Dank, Blut nicht. Aber ein Abfalleimer mit Metalldeckel ist vorhanden, einer von der Sorte, die sich durch einen Fußhebel öffnen lassen. – Es ist unmöglich, in einem solchen Raum zu atmen, ich schalte das Licht ein: Riesig rund und tief wie ein grüner Himmel. Ich schalte es schnell wieder aus, erschrocken, horche. Da wo die Lampe gewesen ist, steht ein großer violetter Ball, der mich vollends blind macht. Kunststoff, Fleisch und noch etwas – der kalte Halsring des Äthers, der auf meinen Kehlkopf drückt.

Eine Drogenkammer. Hier stehen die Einreibemittel, die Tiegel, die Gläser, voller Abführkapseln, Wurmpillen, rot für Bandwürmer, gelb für Spulwürmer, ein ganzes Faß mit Perubalsam und ein Glasballon mit Waschalkohol, dreiviertelvoll. Eine Tonne, eine offene Tonne (ich koste: Epsomsalz).

Aha.

Unter dem kaum quadratfußgroßen Fenster steht ein Bett. Es ist hell genug in der Kammer, denn das Fensterchen fängt durch irgendeinen glücklichen Zufall eine Lichtbahn auf, die vom Hotel über den Hof fällt. Das Bett ist nicht bezogen, nur die kahle Matratze liegt da. Und eine Bürste, hingeworfen, von sehr kleinem Format: Ist es eine Bartbürste, sehen Bartbürsten so aus? Ich stehe in der Drogenkammer. In Kampfer, Terpentin und Holzteer. In gerauchter Kamille. Aber hier –

fand ich den Vater nicht.

Den Gang hinauf, durchs Wartezimmer und wieder zurück durch den Gang, durchquere zum dritten Mal den Behandlungsraum, wo

im Dunkeln

der Abfalleimer steht.

Wie ein Gespenst, lautlos, grausig. Und dann – als ich den Gang hinaufgehe –, ja, war es ein Luftzug? Ein Flackern, eine weiße luftige Bewegung? Irgendjemand? – Ich werde sagen, weshalb ich mich so unsinnig aufrege (mein Herz klopft unsinnig stark): Weil ich sehr wohl bemerkt habe, wer da gekommen ist.

Ja, du Süße, sage ich, du Liebe, du kleine Lackpuppe! Hast du dein Bettchen eben mal verlassen und bist über'n Gang gelaufen. Schnell zwanzig Schritte. Warm vom Schlaf, hast ein Jäckchen übergeworfen, einen Schal. Und nun inmitten der Nacht hockst du da unter dem kalten Licht, das nicht ganz wirklich ist, eine Aussparung nur, nur ein kurzer Riß im langen Schlauch der Nacht. Sitzt da und blickst in dich.

Aber ich! Ich denke an Dich. Und mich rührt dein kleines Bedürfnis, ich stehe an der Wand, die hier eine Nische bildet, so daß ich mich hineinlehnen kann. Und dort, unter der Klinke, schwebt das Schlüsselloch, gelb, ein heller Stern. Eine Spülung – – der Stern erlischt.

Aber ich habe aufgepaßt, jetzt weiß ich Bescheid, hier am Ende des Ganges führt die Stiege abwärts, hier bin ich abwärtsgestiegen (ko-do-mal), und am Ende der Stiege steht ein Stern unter der Türklinke, dort befindet sich das Kabuff. Nur um es zu lokalisieren.

Jetzt finde ich mich zurecht.

Anscheinend hat hier jemand vergessen, das Licht auszuschalten. Als ich eintrete, stehen da die weißen Rückenschalen geradlinig auf dem Längsregal. Ich sehe sogar eine mit neuestem Datum, gleich vornean. Was ich aber vordem nicht gesehen habe, und das wundert mich sehr, das ist die Lücke, die sich hier befindet. Der Durchtritt.

Ein leises Husten.

«Hallo.»

Eine Stille.

«Sind Sie das, Herr Haferkorn? Bist du das?»

– – –

Folgende Situation, die mir nicht ganz glaubhaft erscheint: Da sucht der Sohn mitten in der Nacht – nach zehn oder zwanzig Jahren – den totgeglaubten Vater im Kabuff, den es gar nicht gibt, ich meine, den Sohn gibt es nicht, und der Vater ist nicht tot. Höre ich ihn leise husten?

«Vater?»

Totenstille. Ich kann den Staub fallen hören.

Während ich durch die Lücke trete und dort tatsächlich ein Bett stehen sehe, eine eiserne Bettstatt mit Matratze, und noch denke: Na Gottseidank …

Das Bett ist leer.

Wahrscheinlich hatten sie von Anbeginn jeden meiner Schritte beobachtet, ich weiß es nicht. Vielleicht sogar die Waschküchentür absichtlich offengelassen. Jedenfalls standen sie da ganz selbstverständlich im Flur, noch nicht einmal besonders aufgebracht.

«Unser Patient ist da!»

Soeben eingetroffen.

Ich gebe zu, daß ich völlig kopflos handelte, sehe mich wie ein Huhn den Flur hinunterlaufen. Schreie. Die andern schreien auch:

«Der Patient.»

Renne hier kopflos durch die Gegend. Wie gehetzt,

oder gar nicht so gehetzt, denn sie stehen immer dort, wo ich gerade hinlaufe.

Stürze in das nächstbeste Zimmer, wo, als hätten sie auf mich gewartet, schwarzweiße Säulen auf geradezu täuschende Weise auf dem Boden liegen. Als Stolpersteine sozusagen. Und stürze dann auch auf dem glatten Boden der Länge nach hin.

«Hat anscheinend beschlossen, weiterhin in Behandlung zu bleiben», sagt Jonasser.

Gimlet schließt die Tür. Und richtig, als ich mich aufrichten will – ich bin hier auf geradezu lächerlich einfältige Weise hineingeschlittert –, durchfährt mich ein stechender Schmerz, ein feuriger Stich geradezu: Jetzt habe ich mir doch tatsächlich den Fuß gebrochen, denke ich, oder wenigstens ernstlich angeknackst (das hatte mir gerade noch gefehlt).

«Wünscht, stationär aufgenommen zu werden», sagt er feststellend, «der Mann kann ja keinen Schritt mehr gehen.»

Diagnose: Unterschenkelfraktur links.

Jonasser mustert mich einigermaßen besorgt, «vermutlich das Fersenbein, doppelte Fersenbeinfraktur. Vermutlich.»

– – –

«Oder um es anders auszudrücken: Allzugroße Sprünge kann er im Augenblick nicht machen.» Zu diesen Worten lacht Gimlet laut an der Tür, Jonasser aber, der sie gesprochen hat, bleibt ernst; von unten gesehen wirkt er fast beruhigend. «Was uns zwar nicht unlieb ist», fährt er fort und lächelt jetzt leicht, nicht unangenehm, nur ein wenig amüsiert, «was Sie allerdings, lieber Herr, selbst verschuldet haben, wenn Sie hier wie wild durchs Haus laufen.»

Es ist schätzungsweise drei Uhr morgens, die Stunde, da die Krankenwagen zum zweitenmal kommen. Ein Tuch wird über mich gedeckt, ich fühle mich angehoben. Mit den Füßen voran trägt man mich über Stufen, über Fliesenböden. Hinten geht Gimlet im schwarzen fettigen Anzug eines Zimmerkellners; den vorn tragenden Jonasser kann ich wegen des Tuches nicht sehen, vermute aber, daß er bei diesem Handlangerdienst einen krummen Rücken hat und die Schultern etwas gewöhnlich hängen läßt. Und ich?

Ich bin käseweiß. Mein Kopf fällt zur Seite, als man mit mir über die Stufen schwankt. Meine Nase ist spitz. Unter dem Tuch entblößen sich die Zähne, eine Hand baumelt herab.

Vergangen und verblaßt.

Als man mich in der Kammer absetzt, rutscht mein Kopf in die aufrechte Lage zurück; das Tuch wird abgenommen.

«So», sagt Jonasser, «hier wollten Sie doch unbedingt her.»

Ja, das Kabuff. Die eiserne Bettstelle hat gerade noch Platz hinter dem Regal gefunden, flankiert von je einem eisernen Galgen, an dem Lederschlaufen hängen. Gimlet zieht das Laken stramm. Ich merke, daß er Übung hat, er knüpft sogar einen Knoten in die Zipfel, ehe er sie unter die Matratzenecken schiebt. Dann werde ich ins Bett gelegt, und es tut nicht einmal sehr weh, weil sie sich sehr geschickt anstellen: Gimlet nimmt mich hoch, und Jonasser hebt mein verletztes Bein sozusagen gesondert an.

«Wahrscheinlich ist auch noch der Schenkelhals gebrochen», sagt er, «sehen wir mal, was sich machen läßt.»

«Also hier sperrt ihr den Alten ein.»

Jonasser blickt Gimlet erstaunt an.

«Er kann reden; ich hätte nicht gedacht, daß er reden kann.»

«Ja», nickt Gimlet, «ich auch nicht. Aber nun bringt er doch den Mund auf.»

«Wenn wir hier jemanden eingesperrt haben, wo ist der denn?» fragt mich Jonasser.

«Genau das wollte ich Sie fragen», erwidere ich, «wenn er nicht mehr hier ist, wo ist er denn? Was habt ihr mit ihm gemacht?»

Darauf wissen sie keine Antwort, aber ich weiß sie.

«He, Jonasser!» rufe ich.

Ich bin allein, das über den Hof hereingeworfene Viereck erhellt mein Bett. Ich wünsche mir, daß Judith kommen möge, oder Madam Schinski im roten Pelzbesatz. Sie haben mir die Arme festgebunden, aber ich habe gar keine Angst (mein rechter Arm kribbelt in der Lederschlaufe). Oder die Wäscherin, ja selbst die Wäscherin. Soll ihren Bauch hereinschieben! Ich bin mir darüber im klaren, daß meine Lage schlecht ist; aber habe ich deshalb Angst? Frage ich mich. Genau gesagt: Nein, nicht sehr, denn das alles erscheint mir gar nicht glaubhaft – die Kammer nicht, der Kampfergeruch nicht. Es begann, als mich der Zug durch diese gekräuselte Landschaft trug, das ist lange her. Wenn ich aufwache, werde ich vielleicht vor meinem Spiegel stehen und vor den Schminktöpfen, in denen die Farbe schmilzt. Und warum sollte ich Angst davor haben? …

Es kratzt jemand an der Tür, reibt jemand an der Klinke, die Judith kommt. Denn sie weiß immer, wo ich zu finden bin. Die Judith. Aber statt dessen tritt Jonasser ein.

Und das ist nun eigenartig, kommt hier wie auf Socken, gibt acht, daß die Tür nicht knarrt, blickt sich auch noch einmal um, wie um sich zu vergewissern. Jetzt lehnt er, ohne den weißen Mantel ungewohnt zivil aussehend, im Regal.

«Sie irren.» Er flüstert sogar. «Sie machen sich ein falsches Bild von mir.»

Und das ist nun noch eigenartiger, denke ich, will er sich hier entschuldigen, will er eine heimliche Erklärung abgeben (zu dieser Stunde)? Immerhin ist er mit äußerster Umsicht vorgegangen, jetzt geht er sogar noch einmal zur Tür und blickt hinaus.

«Ein völlig falsches Bild», sagt er, «ich habe dem alten Herrn nur zu helfen versucht, und sonst gar nichts.»

Aber das ist doch schon etwas.

Vielleicht sollte man den Mann wirklich ermuntern, denke ich, wenn er sich schon soweit entschlossen hat. Es ist früh um vier, die graue Stunde, die Konturen sind unscharf. «Sprechen Sie, Mann, sprechen Sie ohne Scheu», weiß allerdings nicht, ob er den feinen Hohn heraushört (immerhin bin ich derjenige, der festgebunden ist), denn er scheint seine ganze Aufmerksamkeit nach hinten, auf die Tür zu richten.

«Gimlet weiß nicht, daß ich hier bin», flüstert er, «der sitzt vorne und liest in seinem Buch.»

Gut: Gimlet vorne. Buch. Ich warte.

«Da!» er hebt die Hand und horcht längere Zeit zum Hausinneren hin, «eben ist er in die Küche gegangen, das können Sie natürlich nicht hören, aber ich schon, ich habe Übung darin und merke, wenn er die Treppe herunterkommt, wenn er im ersten Stock ist, oder im zweiten –.»

Er hat sich auf den Bettrand gesetzt und behält, während er spricht, die Tür im Auge. Leise und sehr betont:

«Glauben Sie mir, Gimlet ist verrückt.»

Er horcht.

«Vollkommen, glauben Sie mir, wahnsinnig wie eine Krähe. Vorhin sagt er zu mir: Paß auf, das ist der Sohn vom Alten, der will was von uns.» Jonasser starrt mich an. «Sie sind doch nicht sein Sohn?»

«Doch.»

Er mustert mich scharf und schüttelt schließlich den Kopf.

«Sehen ihm aber gar nicht ähnlich», sagt er und starrt mich an, «Ihr Herr Vater hat eine ganz andere Stirn, lassen Sie mal sehen – vielleicht schlagen Sie mehr nach der mütterlichen Seite.»

«Möglich», sage ich.

«Ihre Frau Mutter habe ich ja nicht mehr gekannt, aber Ihren Herrn Vater dafür um so besser, wir waren so –», er hält die Zeigefinger nebeneinander, «Freunde waren wir, wirklich befreundet; bei allen entscheidenden Fragen zog er mich zu Rate, er kam und legte mir die Hand auf die Schulter – sehen Sie, so! – und sagte: Na Jonasser, was halten Sie davon. Und wenn ich meine Meinung geäußert hatte, bedachte er sie immer sehr genau.»

«Und richtete sich auch immer danach?»

«So wie Sie es sagen! Immer. Meistens. Bis auf die Sache mit Gimlet. Da habe ich geredet und geredet, habe ihm, Ihrem Herrn Vater, klipp und klar gesagt, daß mir der Bursche nicht gefällt; aber er wollte Gimlet unbedingt einstellen, Sie wissen, wie eigensinnig er manchmal sein kann, entschuldigen Sie. Er hat Gimlet in Kremmen aufgetrieben, buchstäblich auf der Straße.

Stellen Sie sich vor!

Eines Tages, als wir durch Kremmen fuhren – wir unternahmen damals noch Fahrten mit dem Wagen (ja, mit dem großen Horch) –, läßt Ihr Herr Vater an der Gemeindewiese halten, die kennen Sie ja, wo oben die Friedrich-Franz-Säule steht, winkt so einen Burschen heran, der da Ziegen oder irgendwas hütet, und sagt zu mir: Wie gefällt Ihnen Gimlet, unser neuer Hausbursche?

Ich sage: Meine Güte, Herr, den wollen Sie doch nicht einstellen, das ist doch sicher der Dorfblöde, der die Schweine hütet. Aber nichts zu machen. Ich habe geredet und geredet.»

Jonasser blickt mich bekümmert an, und ich gebe ihm ein Zeichen fortzufahren.

«Was glauben Sie, was ich hier im Haus ausgestanden habe mit dem Menschen! Ihr Herr Vater merkte ja nichts – aber ich mußte immer diese riesigen Pfoten ansehen, und dieses Gesicht! Haben Sie mal bemerkt, was für engstehende Augen er hat? So dicht beieinander», er legt wieder zwei Finger zusammen, ich schüttle den Kopf, er protestiert:

«Doch. So sieht er aus. Wie habe ich mich gefürchtet, oh, noch heute, wenn er manchmal unvermutet hinter mir steht. – Anfangs habe ich ausprobiert, ob er wohl klaut, legte ihm ein Fünfmarkstück hin und wollte mal sehen, ob er es nimmt.» Jonasser überlegt und sieht dabei ziemlich verschlagen aus.

«Na und?» frage ich.

«Er nahm es nicht. Nein, ich kannte Gimlet noch nicht. Stellen Sie sich vor, eines Tages kam er in mein Zimmer, als ich mich rasierte – Ihr Herr Vater legte Wert darauf, daß ich mich zweimal am Tage rasierte, und wenn abends Gäste kamen, sogar dreimal.»

«Sie geben also zu, sein Butler gewesen zu sein.»

«Natürlich, warum sollte ich das nicht zugeben», Jonasser blickt mich erstaunt an, «ich wollte sagen, eines Tages kommt Gimlet in mein Zimmer, als ich mich gerade rasiere. Erst bleibt er eine Weile neben mir stehen, schließlich sagt er: Soll ich dich rasieren? Ich sage natürlich: Nein, wie kommst du darauf? Aber er sagt: Gib mir das Messer, ich will dich rasieren. Und wie er mich mit seinen engstehenden Augen so ansieht, lacht er plötzlich und nimmt mir, ohne daß ich etwas dagegen tun kann, das Rasiermesser aus der Hand.

Ich denke: Jetzt ist es aus.

Schlenkert das Messer umher. Du hast wohl Angst, sagt er, daß ich dir den Kopf abschneide, weil der nicht mehr nachwächst. Das ist aber ein Irrtum, sagt er, alles wächst nach.

Im Gegenteil, sagt er.

Sie können sich denken, junger Herr, daß ich wie gelähmt vor Entsetzen war.»

«Nun gut», entgegne ich, «was wollen Sie mit Ihrer Geschichte glaubhaft machen, Jonasser?»

«Glaubhaft», er zieht die Schultern hoch, «aber ich berichte die reine Wahrheit. Ich habe Ihren Herrn Vater gewarnt, ich, immer nur ich. Und wenn er auf mich gehört hätte, säßen wir heute nicht hier.

Der gnädige Herr war leichtsinnig, Verzeihung,

aber er war zumindest etwas unvorsichtig. Er brachte oft größere Geldsummen mit nach Hause, und manchmal schloß er das Geld nicht einmal in den Tresor ein. Ich erinnere mich noch genau: Es war ein regnerischer Tag, an dem es früh dunkel wurde, der ganze Hof stand unter Wasser. Ich war zum Rückgebäude hinübergelaufen – wo jetzt das Hotel ist, verstehen Sie –, ich weiß noch, daß meine Hosenbeine völlig naßgespritzt waren, und wie ich oben mein Zimmer aufsuche, komme ich an Gimlets Kammer vorbei – die Tür stand offen –, und mir fällt auf, daß er wie ein Klotz am Fenster steht und hinausstarrt. Nun bin ich etwas neugierig; ich trete zu ihm, um zu sehen, was ihn so beschäftigt, denn sonst sitzt er immer nur herum und schläft mit offenen Augen –.»

«Weiß ich.»

«Ja, ich stelle mich neben ihn und frage, was glotzt du denn so? – Der Alte zählt sein Geld, sagt er. Und richtig, drüben ist das Fenster vom gnädigen Herrn erleuchtet, man kann ihn an seinem Schreibtisch sitzen sehen: Er hat ein Bündel Geldscheine vor sich liegen, ein sehr dickes Bündel, das er durchzählt und in zwei Haufen teilt. Dann angelt er sich den Safeschlüssel aus dem Hemd, öffnet den Safe, tut die Banknoten hinein. – Nichts Besonderes also. Aber Gimlet stößt mich an und sagt:

Ich überlege mir, warum er das tut.

Was? will ich wissen.

Warum zählt er uns das Geld vor. Er könnte ja die

Vorhänge zuziehen oder das Geld im Dunkeln zählen.

Im Dunkeln sieht er nichts, sage ich.

Er sieht schon genug, sagt Gimlet, und warum zeigt er seinen Schlüssel, warum geht er nicht und steckt ihn sich unters Hemd?

Wahrscheinlich weil er uns vertraut, sage ich.

So? Und wenn er uns so sehr vertraut, warum legt er dann Fünfmarkstücke hin und paßt auf, ob ich sie klaue. Kannst du mir darauf antworten?

Das konnte ich natürlich nicht, versuchte deshalb, Gimlet auf andere Weise zu beruhigen. Ich sagte: Der gnädige Herr merkt gar nicht, daß wir hier am Fenster stehen.

Er merkt es, sagt Gimlet, der merkt alles, mehr als uns lieb ist. – Und dann sieht er mich plötzlich so eigenartig an, wie eine Kröte mit ganz weißen Augen. Halt, denke ich, das ist doch völlig unnormal, der hat ja Angst, denke ich, es ist gar nicht zu übersehen, solche Augen hat ein Mensch, der ganz irrsinnige Angst hat. Junger Herr, ich habe ihn an den Schultern gefaßt und ihn hin- und hergerüttelt: Gimlet, habe ich gerufen, was ist dir?

Aber er schiebt mich weg und blinzelt, wissen Sie, so ganz tückisch und mißtrauisch, und sagt zu mir:

Mach du mir nichts vor; ich weiß, was ich von euch zu halten habe, ihr steckt beide unter einer Decke, ihr wollt mich reinlegen.

Ich sage: Aber kein Mensch will das.

So? antwortet er, und warum gebt ihr euch Zeichen, das habe ich wohl bemerkt. So: Gimlet hebt einen Finger in die Luft. Mir ist ganz flau dabei geworden.»

«Das ist eine häßliche Geschichte», sage ich.

«Ja, wirklich häßlich», erwidert Jonasser eifrig, «vor allem gefährlich. Er sagte auch noch: Ihr denkt wohl, ich habe es auf das Geld abgesehen, ihr wollt mich wohl anzeigen. – Das ist doch Verfolgungswahn!»

Ich winke vorsichtig ab.

«Ja», sagt Jonasser, «man kann nichts dagegen tun», ist durch die Erinnerung ganz in sich zusammengesunken, läßt das Kinn auf die Brust fallen, bekümmert, wie mir scheint.

«Aber nun passen Sie auf, die Sache ist noch nicht ausgestanden: Vor dem Schlafengehen bringe ich dem Herrn seinen Nachttrunk, wie üblich um neun, da hält er mich zurück. Was ist denn mit Gimlet los, fragt er, ist der krank?

Ich will natürlich nicht zuviel sagen. Nein, warum soll er denn krank sein, erwidere ich.

Vorhin habe er seine Tasche gesucht, erzählt der Herr daraufhin, und da sei er in der dunklen Garderobe auf Gimlet gestoßen! – Sie, junger Herr, haben Sie mal gesehen, wie Gimlet im Dunkeln sitzt und mit offenen Augen schläft?»

«Vielleicht schläft er gar nicht», erwidere ich.

Jonasser starrt mich an; er weiß nicht, ob ich scherze.

«Daran habe ich noch gar nicht gedacht, das wäre ein unheimlicher Gedanke.»

«Nicht wahr?» sage ich, «und was geschah weiter?»

«Also: der alte Herr fragt Gimlet nach der Tasche.

Nein, behauptet Gimlet, die ist nicht hier.

Aber woher willst du das wissen, Gimlet, sagt der alte Herr ganz gefaßt (wenn man ihm Glauben schenken will), du hast sie ja noch gar nicht gesucht.

Sie ist nicht da, erklärt Gimlet wörtlich, und es hat auch keinen Zweck, danach zu suchen, Sie müssen Ihr Geld im Schrank lassen, den Schlüssel tragen Sie doch um den Hals.

Sie können sich denken, was für einen Schreck der alte Herr da bekam; er glaubt, nicht richtig zu hören, und außerdem ist es spät abends, die Halle stockdunkel. Völlig verdattert tritt er den Rückzug an, das heißt, er tastet sich rückwärts zur Tür, stürzt dabei über einen Eimer. Und das scheint wohl Gimlet aufs äußerste gereizt zu haben:

Nun habt ihr ja euer Ziel erreicht, schreit er, nun könnt ihr mich abführen lassen! Stellen Sie sich das vor.

Irgendwie ist der gnädige Herr wieder in sein Arbeitszimmer gelangt und hat dort gewartet, bis ich kam. Bist du nicht früher Krankenpfleger gewesen? fragt er mich, da mußt du doch wissen, wie man solche Leute beruhigt. Mit feuchten Wickeln oder so.

Das mag vielleicht etwas nützen, entgegne ich, aber schließlich bin ich kein Irrenpfleger gewesen – denn das war ich wirklich nicht, oder wenigstens kein richtiger Irrenpfleger.»

«Na, und haben Sie ihm einen feuchten Wickel gemacht?»

«Das war leider nicht möglich, denn in der Nacht hatte sich Gimlet in seinem Zimmer eingeschlossen. Nichts zu wollen. Und am nächsten Tag war erst recht der Teufel los. – Morgens, als ich den Herrn massiere, sagt er zu mir: Jonasser, sagt er, hilf mir bitte, bleib in meiner Nähe; zunächst müssen wir das Geld aus dem Hause schaffen, denn das scheint ja auf Gimlet wie ein rotes Tuch zu wirken. Ich muß mich auf deine Hilfe verlassen können!

So hat er zu mir gesprochen, junger Herr, wie zu einem vertrauten Freund –.»

«Und weiter?»

«Weiter? – Als der Herr mit dem Geld das Haus verlassen wollte, war die Haustür abgeschlossen und die Tür vom Hinterhaus auch. Alles abgeschlossen.»

«Also waren Sie eingesperrt.»

«Sozusagen, Sie wissen ja, wie das Haus gebaut ist, die Fenster bis zum zweiten Stock vergittert. Jonasser, hat mich der alte Herr beschworen, jetzt kommt es auf dich an, du bestimmst, was geschehen soll, du bist der einzige, der helfen kann, hat er gesagt. Und gezittert hat er, junger Herr, wie eine Katze.»

«Und Sie sind immer in seiner Nähe geblieben.»

«Ja immer, so wahr ich hier sitze. Ich mußte natürlich zwischendurch für das Essen sorgen, man konnte doch nicht immer direkt neben ihm hocken.»

«Also haben Sie ihn alleingelassen.»

«Nein! Zwischendurch mal, ja.»

«Und da war er mit Gimlet allein.»

«Ich kann nichts dafür! Ich habe nur in der Küche ein Glas ausgespült, um ihm einen Tomatensaft vor dem Frühstück zu bringen, weil er das so liebte.»

«Und wo hat er ihn hingebracht?»

«Na, nirgends hin. Ich weiß nicht, was Gimlet mit ihm angestellt hat, aber hinterher war der alte Herr so verängstigt, daß er unbedingt abreisen wollte; keine Minute länger wollte er hierbleiben. – Du achtest auf das Haus, hat er gesagt, ich lege alles in deine Hände, du bist doch Pfleger gewesen, und mußt wissen, wie man so etwas handhabt! Bitte, junger Herr, Sie sehen selbst, daß sich Gimlet beruhigt hat. Er redet zwar noch reichlich viel und wird Ihnen wahrscheinlich lauter Unsinn erzählt haben, aber sonst wirkt er ganz geordnet, das müssen Sie zugeben.»

«In gewisser Hinsicht, ja.»

«Sehen Sie, da kann der alte Herr doch zufrieden sein.»

«Das Ganze ist ziemlich gut ausgedacht», gebe ich zu, «aber es stimmt nicht.»

Jonasser sitzt still auf meinem Bett. Seine Perücke ist verrutscht, seine Wangen sind ledern und erbarmungswürdig wie die eines Altenpflegers. Eine Hand hat er auf das Glas mit den Abführpillen gelegt, mit der anderen sucht er in der Rocktasche herum. Es können aber auch rote Wurmpillen sein, und der Schlauch in der Rocktasche ist ohne Zweifel ein Klistierapparat. Jonasser ist allen Ernstes zusammengebrochen, er sagt weinend:

«Sie haben recht, die Geschichte stimmt nicht, er hat sich keineswegs gebessert. Neuerdings droht er mir mit der Sichel, er hat so ein Ding im Schuppen gefunden ... Als Sie gestern bei mir waren, stand er hinter dem Wandschirm und zeigte mir die Sichel, als wenn er sagen wollte: Ich muß dir nächstens ein Stück abschneiden.»

«Hinter dem Schirm stand doch die Dame!»

«Die auch, ja. Was soll ich tun? Ich muß ihn bei guter Laune halten, sonst richtet er uns alle zugrunde. Haben Sie gehört, wie er vorhin sagte, wir müßten Sie hier stationär aufnehmen? Daß Sie selbst den Wunsch geäußert hätten! Ich wußte natürlich, daß es nicht der Fall war, aber was soll ich tun, ich muß ihn bei guter Laune halten.»

«Und wo habt ihr den Alten eingesperrt?»

«Ich habe ihn nicht eingesperrt, denken Sie immer daran, junger Herr: Er hat es getan, er ist derjenige, ich dagegen versuche nur zu retten, was noch zu retten ist, gemäß meinen Weisungen.»

Ich überlege.

«Das stimmt aber auch alles nicht. Ich glaube Ihnen kein Wort, Jonasser.»

«So?» Jonasser ist aufgestanden, er hat nie geweint. «Dann möchte ich nur wünschen, daß Sie selber herausfinden, wie es gewesen ist. – Außerdem glaube ich nicht, daß Sie der Sohn vom Alten sind; Sie haben überhaupt keine Ähnlichkeit mit ihm.»

«Gute Nacht, Jonasser», sage ich.

Er steht hochgereckt neben dem Ballon mit Waschalkohol, seine Perücke sitzt wieder gerade.

«Gute Nacht», sagt er, «morgen werden wir Ihr Bein einrichten, hoffentlich überstehen Sie das, mein Lieber.»

Ich bin allein. Wünschte, Judith käme oder die dicke Wäscherin. Ich bin aber nicht traurig ...

Denn jetzt weiß ich es: Ich bin doch sein Sohn.

Er berührte mich mit seiner Wange. Geküßt hat er mich nicht, legte zum Abschied nur seinen Kopf an den meinen, diese kurzen weißen Stoppeln, die etwas hervorstanden und mich leicht und freundschaftlich kratzten, und die welke Haut, die mir lieb war – ich fühlte das Leben darunter, wie mein eigenes, nur etwas älter, dem Tode näher, und ich war traurig und küßte die Wange des alten Mannes flüchtig von der Seite, denn Zärtlichkeiten waren sonst nicht üblich zwischen uns.

Heute morgen haben sie mich hier hereingebracht. Sie holten mich aus dem Schlaf, der mich während der Nacht im Kreise herumgeführt hatte, so daß ich nicht mehr wußte, wo ich mich befand, trugen mich im Haus umher und legten mich schließlich auf diesen Tisch, ehe ich mich besinnen konnte.

Aber nun bin ich wach und blicke in die große grüne Sonne über mir, die alles ausfüllt und sehr hell ist. Wenn ich die Augen halb schließe, laufen schwarze Figuren über das Licht – ich weiß: das sind nur meine Wimpern, die mich täuschen, aber die schwarzen Läufer sind mir unbehaglich, es ist besser, ich halte die Augen offen und lasse das Licht herein.

Es ist Operationslicht, das schattenlos fließt und nie blendet.

«Jetzt heben Sie mal den Kopf», sagt Jonasser. Er steht irgendwo am Ende des Tisches, ich kann ihn nicht sehen, aber vorhin preßte er seinen Bauch gegen meinen Scheitel und beugte sich über mich; ich roch seinen Atem.

«Gimlet», sagt er, «schieb ihm mal einen Keil unter, sonst verschluckt er sich noch.»

Gimlet gehorcht. Er trägt einen weißen Kittel, darüber eine schwarze Schürze, und ist durch diesen Kontrast, obwohl er sich außerhalb des Lichtkreises bewegt, für mich sichtbar. Er schiebt mir ein hartes Lederkissen unter den Kopf.

«So, jetzt haben wir's», sagt Jonasser gemütlich.

«Habt ihr mich jetzt?» frage ich.

«Ja, gleich», sagt Jonasser.

Er lehnt sich behäbig gegen meinen Scheitel. Ist anscheinend guter Laune.

«Na, mein Lieber», sagt er, «jetzt sieht die Geschichte wohl ein bißchen anders aus. Bei Tage besehen.»

Tag?

Ist dies der Tag? Eine große grüne Lampe. Gimlet in schwarzer Schürze im Dunkeln, Öffnen des Eimers und Geruch von gebrauchtem Zellstoff. So stelle ich mir den Tag vor, es ist noch sehr früh, das erste bröckelige Licht erscheint, die Luft ist noch voll vom Kohlenstaub, und vom Bahnhof her heult der Frühzug. Ich horche genau hin. Und richtig, da heult er. Ganz schwach nur.

Es ist mein Tag, denn nun wird sich zeigen, was er enthält. Ich glaube, wenn ich Finger und Handfläche zusammenpresse, dürfte es nicht schwierig sein, aus den Schlaufen zu rutschen. Ich habe das Empfinden, die Riemen geben bereits nach.

«Nanu», Jonasser schlägt mir auf den Handrücken, «ich verbitte mir solche Albernheiten.»

Ich sage: «Jonasser, Sie begehen eine ungeheure Dummheit. Sie glauben doch nicht im Ernst, daß Sie heutzutage einen Mann verschwinden lassen können, ohne daß jemand danach fragt.»

«Das ist Ihre Ansicht», sagt Jonasser.

Nun. Man hat mich hier hereingehen sehen und erwartet doch, daß ich eines Tages wieder herauskomme.

Hat man dich hereingehen sehen? – Na also!

Aber ich werde um Hilfe rufen. Ihr habt zwar die

Haustür versperrt und die Waschküchentür, so daß ich nicht einmal in den Hof darf; aber ich werde das Fenster aufstoßen und laut schreien. Vergiß nicht, daß ich schreien kann. Wie wollen Sie aus dem Fenster schreien, wenn Sie im Bett liegen, Sie alter Knochenmann. Darf ich nicht aufstehen? Nein, das duldet Gimlet nicht. Nicht wahr, Gimlet? Er hat Euch zu Bett gebracht und wird darauf achten, daß Ihr da liegenbleibt, nicht wahr, Gimlet? Er sorgt sich um Eure Gesundheit, Herr. Wie war es denn, als Sie diese Rückgratverstauchung hatten, wer hat sich denn da um Sie gekümmert? Sehen Sie, einen besseren Pfleger finden Sie nicht.

Um Gottes willen, schafft mir diesen Idioten vom Halse.

Nehmen Sie mal gefälligst Ihren Fuß hoch, sagt Jonasser.

«Ja bitte», antworte ich hellwach und hebe den Fuß.

«Jetzt können Sie ihn wieder hinlegen.»

Danke.

Sagt der alte Herr und schlägt die Augen auf. Durst, da trink. Danke. Was für wunderschöne Augen er hat, blau und strahlend, daß man sie immerfort anschauen möchte, wie zwei Glaskugeln. Es ist der fünfte Tag. Und wie war es Neujahr, als Sie zuviel gegessen hatten, wer achtete da streng auf Diät? Jonasser, du, ja. Aber ich hatte nicht zuviel gegessen, sondern der Fischsalat war schlecht.

Und wir wollen doch bitte nicht darüber streiten, ob er schlecht war oder nicht.

Nein, wahrhaftig.

Die Wangen sind von silbernen Stoppeln bedeckt. Die Glieder sind schwach, zittrig, und die Knochen stehen hervor, so daß man sie zählen könnte. Und über dem Nachthemd sitzt eine Wolljacke, weinrot und unernst, wie bei einem Zirkusäffchen, das sich im Bett krank stellt.

«Es ist der fünfte Tag», sagt er, «soll ich hier ewig liegen?»

Ewig nicht.

Jetzt fällt mir noch etwas ein: seine Hände. Breit und kurz, mit quadratischen Nägeln, der ganze Eigensinn in Person – du lieber Querkopf, wie war es denn, wenn du die Konservendosen öffnen wolltest? Jedesmal hast du dir prompt in den Daumen geschnitten. Ja, weil ihr gesagt habt: Er wird sich schneiden, gleich schneidet er sich, der alte Dussel.

Aber wir wollen doch nicht streiten.

«Jetzt atmen Sie mal ruhig ein und aus. Ich werde Ihnen etwas auf die Nase geben, das stinkt ein bißchen, bleiben sie aber schön ruhig liegen.»

«Seid ihr verrückt geworden», schreie ich, «davon versteht ihr doch gar nichts.»

«So?» sagt Jonasser dicht über meinem Gesicht, «dann werden wir dir etwas auf die Nase gießen, ohne was davon zu verstehen.»

Ich versuche, mich aufzurichten, werde aber von

zwei Metallbügeln, die meine Schultern umfassen, zurückgehalten. Es gelingt mir nur, den Kopf zur Seite zu wenden, und ich habe den Eindruck, daß der Raum heller geworden ist. Man kann jetzt die Kachelwand erkennen und den Glasschrank und den Dreifuß mit dem Waschbecken. Ganz hinten neben der Tür steht eine Waage. Gimlet hat indessen mein Bein ergriffen, eine Hand am Fußgelenk, die andere in der Kniekehle, und ich verspüre sofort einen Stich im Hüftgelenk.

«Gimlet, du Idiot, laß mein Bein los.»

Gimlet steht in seiner Schürze da und blickt aufmerksam zu Jonasser hin, während er mein Bein festhält. Jonasser nimmt eine braune Flasche vom Tischchen, ferner ein Ding, das wie ein metallener Maulkorb aussieht. Das setzt er mir jetzt auf Mund und Nase.

«So Freundchen», sagt Jonasser – ich sehe sein Gesicht über mir verkehrt herum, die Augen wirken deshalb äußerst grausam (über der Iris ist das Weiße freigelassen) –, «nun zähl mal langsam und deutlich eins zwei drei.»

Mein Maulkorb ist mit Zellstoff gefüttert, eine Zeitlang rieche ich nur fade weiße Masse. Plötzlich stinkt es.

«Eins», sage ich.

Ewig könnt ihr mich hier ja nicht liegen lassen, sagt der alte Mann, ich bin gespannt, wie lange ich noch Arrest haben werde. – Eigentlich müßtet ihr doch soviel Verstand haben –

«Ja?» sagt Jonasser.

«Zwei», sage ich.

– soviel Verstand haben, euch zu sagen, daß eure Lage unhaltbarer wird mit jedem Tag, den ihr mich einsperrt, überlegt doch mal.

Ich überlege sehr genau, sagt Jonasser.

Aber dann erzähle mir, was du nach einem Monat tun willst. Willst du mich einen zweiten Monat einsperren, oder vielleicht noch länger, wie? Die Leute werden kommen und nach mir fragen. Was willst du nach einem Jahr tun? Überlege doch!

«Drei», sage ich. Es stinkt kaum noch nach Äther, aber ich habe das Gefühl, meine Kehle ist voller Sand, mein Atem wird dick, nein, sandig wird er – ich glaube, ich werde ersticken.

Er liegt ganz still. Seine Hände, die seltsam eigensinnig aus den Ärmeln des Nachthemdes mit der gehäkelten Kante schauen, hält er auf der Brust gefaltet. Seine Wangen sind silbrig. Er spricht leise:

Überlege, du hast doch Verstand, was willst du nach einem Jahr tun. Du kannst es nicht durchhalten. Eines Tages werden die Leute mich in dieser Kammer entdecken und werden fragen: Wie kommt es, daß man den Alten hier eingesperrt hat.

Nach einem Jahr?

Ja, oder nach zwei Jahren.

Aber was soll ich tun? fragt Jonasser, der mir aus der braunen Flasche unaufhörlich etwas auf die Nase träufelt.

«Vier», sage ich.

Ja, was sollst du tun, antwortet der alte Herr, ich weiß es nicht; aber ich werde darüber nachdenken, vielleicht finde ich die Lösung, damit schließt er seine Augenlider, die pergamentfarben sind und die ich liebe, ich bekomme sehr schlecht Luft, mein Gehirn ist voller Sand.

Sag mir das gefälligst!

«Fünf», sage ich, ich bin schon bei fünf und schlafe immer noch nicht.

Es gibt keine Lösung, sagt der alte Herr, man kann es drehen und wenden, wie man will: kein Ausweg. Er schüttelt den Kopf. Du kannst nicht zurück, und vorwärts kannst du auch nicht, du bist erledigt, Jonasser, es sei denn, ich würde mich in Luft auflösen.

Ja, das wäre eine Möglichkeit, sagt Jonasser.

Der alte Herr setzt sich auf, seine Jacke ist rot, sein Gesicht vergilbt, die Haut ist zu weit und schlägt Falten. Er spricht leise. Eindringlich:

Kannst du nicht logisch denken? Siehst du nicht, daß du mich höchstens umbringen könntest, anders wirst du mich doch nicht los, siehst du das nicht ein?

Doch, ich sehe es ein, erwidert Jonasser, aber ich weiß nicht, ob Ihr es einseht, gnädiger Herr.

Der alte Herr horcht auf das, was Jonasser sagt.

«So sagen Sie doch etwas», ruft Jonasser.

Aber ich kann nicht, ich kann nicht «sechs» sagen, mein Hals ist verschlossen, ich werde erwürgt, ich schreie, wie? Mein letzter Gedanke: Der kalte Halsring des Äthers. Also, ruft Jonasser, haben Sie's nun begriffen, wissen Sie jetzt, was ich meine? Und der alte Herr schließt die Augen, ist schon sehr weit entfernt. Er läßt die Hand aus dem Bettzeug hängen, die Hand ist gelb, die Nase spitz und traurig wie ein einzelner Finger.

Vergehen und verblassen.

Gott vergelt's – es schien aber unausweichlich zu sein. Und als er abgefahren wird, vergleiche ich mich mit ihm und sehe, daß er immer mein Vater gewesen ist, so wie ich es immer sagte. Das scheint mir das Wichtigste zu sein!

Jonasser heult, denn ich habe ihm in die Hand gebissen. Judith hat ihm die braune Flasche weggenommen, Gimlet hält mein Bein in den Händen, ich bin aus der rechten Handschlinge gerutscht.

Judith, der Engel, hat ihm die Ätherflasche weggenommen.

Ich bin überzeugt, daß die beiden nichts von Verrenkungen verstanden, aber Gimlet hatte mein Bein immer noch in Händen, Jonasser hielt mir den Arm fest, ich schüttelte den Maulkorb ab – da die Flasche fort war –, und weil ich mich aufrichten wollte, riß Gimlet mit aller Kraft mein Bein nach unten:

Ich verspürte einen ungeheuren Stich in der Hüfte
und spürte das Schnappen im Gelenk,
dachte, der Schmerz versengt mich.

Da habe ich Jonasser in die Hand gebissen, aber ich glaube nicht, daß dies den Ausschlag gegeben hat, vielmehr glaube ich, Judith hat ihn so erschreckt. Sie sagte: Jonasser, nimm dich in acht! Oder sie hat gesagt: Jonasser, draußen steht die Polizei, und Jonasser außer sich: Was schon wieder! Doch am ärgsten hat ihn wohl getroffen, daß sie «Jonasser» zu ihm sagte. Schlicht Jonasser. Das hatte er nicht erwartet.

4

Damit sollte die Geschichte enden.

Statt dessen beginnt sie aber von neuem.

Wir stehen auf dem Bahnsteig. Es ist ganz früher Morgen. Die Luft riecht nach Eisen, kühl und vielversprechend. Nun ist es doch soweit gekommen, sage ich. Ja, antwortet sie, bist du froh darüber? Das Bahnhofsgebäude ist noch dunkel, nur in der Halle brennt eine einzelne Lampe. Die Gleise sind blanke Bänder, und die Blumenkrippe unter dem Bahnsteigdach hängt vor einem grünlichen Himmel. Ich bin glücklich. Ich habe meinen Koffer mit der Gepäckkarte AL M 138 abgeholt.

Offensichtlich sind wir heute morgen die einzigen Reisenden, der Beamte am Schalter schlief noch, als ich ihm den Gepäckschein in die Hand drückte. «Paß auf», sage ich zu Judith, «wenn der Zug kommt, setzen wir uns so, daß wir vom Bahnsteig aus nicht gesehen werden.» – «Meinst du, daß sie uns noch suchen?» fragt Judith. – Ich sage: «Jedenfalls müssen wir damit rechnen.»

Von den Rangiergleisen weht Pfeifen und Klappern herüber. Die Wagen stoßen aneinander und ineinander, man hört die Kupplungen einschnappen. Wie spät? Fünf Uhr. Ich glaube, in einiger Entfernung doch ein paar Leute zu erkennen, allerdings stehen sie im Schatten des Vordaches. Ich sage: «Wenn der Zug kommt, laufen wir nach hinten, zum letzten Wagen, verstehst du.» – «Ja», sagt Judith, «ich richte mich ganz nach dir», fast erdrückt von der Last ihres Haares.

Wir laufen. Wenn der Zug kommt. Laufen ihm entgegen – bis er stehen bleibt – bis zum letzten Wagen. Und besser, wir sitzen auf der dem Bahnsteig abgekehrten Seite. Mein Gott, sagt Judith, wie du die große Glasscheibe eingeschlagen hast, ich bin gestorben vor Angst, ich glaubte, die ganze Straße wacht auf. – Ja, das ganze Stadtviertel, sage ich. Es sind nur wenige Reisende zu diesem Zug gekommen; außer uns vielleicht drei oder nur zwei. Andererseits hätten natürlich ein paar Bauern nicht geschadet. Oder ein Reisevertreter, ein netter älterer Herr, der kaum von seiner Zeitung aufblickt. Und der Fahrschüler. Ausgerechnet der, sagt Judith, ich kann die Kerle nicht ausstehen, picklig wie die sind.

Es wäre gut, sich ein wenig in der Menge zu verlieren. Eine Bauersfrau ist auch noch da, ihre schwarzen Unterröcke knistern, wenn sie die Beine spreizt, um den Korb im Schoß zu halten. Und draußen ist es hell geworden. Siehst du jemanden? sage ich. Wo? fragt Judith. Wir haben inzwischen den Bahnhof hinter uns gelassen, fahren an den Wasserkränen vorbei, am Stellwerkhaus, und als das letzte ockergelbe Bahnhofsgebäude hinter uns liegt, breitet sich noch einmal die Stadt aus. Eine schwarze Kulisse von Hausrücken, grandios, ohne Unterbrechung, ohne Fenster. Das riesige über eine Hausbreite gespannte Lächeln, mattrosa und geschwärzt vom Ruß. Die Stadt fällt zurück, das Kornfeld breitet sich aus, ein einzelner Fußgänger, flink wie eine Spinne, geht zur Arbeit; wir winken ihm zu (wären gerne noch geblieben, müssen leider abhauen), der Fußgänger winkt nicht zurück. Und dann ist das Kornfeld groß geworden, es füllt bereits das ganze Fenster aus wie eine blonde Felldecke, und die Stadt ist klein, Rauch hängt über ihr. Ich sage: Siehst du Jonasser? – Wo? – Da, sage ich, er hängt über der Stadt, er hat sich aufgebläht und hängt, Bauch nach oben, in der Luft. – Nein, sagt Judith, das ist nicht Jonasser, es ist die dicke Wäscherin, die hat solch einen Bauch. Und richtig, wenn ich genau hinschaue, erkenne ich sie (ich kann es beurteilen). Aber dann verzieht sich der Rauch im Weiterfahren, stellt noch ein Schwein dar, dann eine lange Gabel und endlich nichts mehr.

So fahren wir. Judith lehnt an meiner Schulter, während uns der Bauer mißbilligend gegenübersitzt. Die Bauersfrau strickt und schüttelt den Kopf. Bist du nicht sehr müde? Ja, sehr, sagt Judith. – Du mußt schrecklich müde sein, sage ich, schließlich hast du die ganze Nacht nicht geschlafen. Der Bauer wendet sich an den Herrn neben ihm, der jedoch nicht zugehört hat: Der Herr liest die Zeitung, er hat ein langes Gesicht mit tiefen Furchen von den Augen bis zum Kinn. Wie werden wir uns zurechtfinden, fragt Judith, ich meine, wie wollen wir uns verständigen? – Aber ich verstehe jedes Wort, antworte ich vergnügt, ich kenne dort jede Straße, jedes Café – die Cafés wohl besonders, sagt Judith. – Aber ja, Cafés, Restaurants, alles.

Ich weiß genau, wieviel ich dem Taxichauffeur zahlen muß, sage ich und achte auf die Zeitung, die der Herr in der Hand hält, auf die Schlagzeile! Mir kann man nichts vormachen, ich weiß, wieviel ein anständiges Menü kostet und wo man es einnimmt. – Wo? fragt Judith. – Verlaß dich auf mich, sage ich.

Der Herr legt die Zeitung in den Schoß und sieht aus dem Fenster. Sein Gesicht, das er uns jetzt von der Seite darbietet, deutet zwar auf ein Leiden, womöglich auf ein schweres inneres Leiden hin, läßt jedoch auch andere Schlüsse zu. Was sage ich? Bankbeamter? Na, das dürfte wohl nicht ganz zutreffen. Eher schon Exbankbeamter. Einer, der mit der Kasse auf und davon ist. Oder, wenn ich ihn mir recht betrachte, nicht einmal das, vielleicht nur einer, der so aussieht.

Ich sage zu Judith: Du brauchst dir keine Sorgen zu machen. Und ihre Arme schauen wie zwei süße Kuchen aus den Ärmeln. Man kann es nicht mit ansehen, sagt der Bauer, und die Bauersfrau strickt kopfschüttelnd weiter. Aus der äußersten Ecke blickt der Fahrschüler herüber.

Judith fragt: Wirst du mir ein neues Kleid kaufen? – Selbstverständlich, erwidere ich. – Ich habe nur das, das ich auf dem Leibe trage. – Aber selbstverständlich kriegst du ein Kleid.

Der Herr legt seine Zeitung beiseite und fixiert Judith, dann öffnet er den Mund und sagt: Ich kenne dort ein ausgezeichnetes kleines Modegeschäft, das nicht teuer ist; wenn Sie wollen, beschreibe ich Ihnen, wo es zu finden ist.

Danke, sage ich, in Barcelona weiß ich sehr gut Bescheid, auch was Modegeschäfte anbelangt. (Verstehen Sie?)

Laß den Herrn doch erklären, wo es ist, sagt Judith.

Aber nein, erwidere ich, wozu denn?

Der Herr stutzt, denkt nach. Na, sage ich, Sie nehmen es uns doch nicht übel; aber wir finden uns wirklich selbst zurecht. Der Herr nimmt wieder seine Zeitung, blickt ernst auf die Überschriften. Zwischendurch fährt er mit dem Finger unter dem Hemdkragen entlang. Färbt wohl ab, was? Mein Lieber, mir machst du nichts vor.

Auf der nächsten Station – es ist Kremmen – steigt er aus.

Ich wette, daß er in die Stadt zurückfährt.

Wieso? Kennst du ihn? fragt Judith. Sie ist schläfrig, ruht an meiner Brust, sie atmet, rührt sich von Zeit zu Zeit, ist schon halb auf meinen Schoß gerutscht. Man kann es nicht mit ansehen, sagt der Bauer laut, wirft mir einen bösen Blick zu und beißt in sein Leberwurstbrot. Schmeckt es? Frage ich. – Allerdings, sagt er. – Dann ist es wohl Leberwurst, was Sie da essen, sage ich, lassen Sie mich raten: Es ist von dem Schwein, das Sie neulich totgestochen haben. Eine Zumutung, protestiert der Bauer, gehen Sie doch in Ihre eigenen vier Wände mit dem Fräulein, wenn es unbedingt sein muß, benehmen Sie sich gefälligst in der Bahn. – Lassen Sie mich mal raten, sage ich: Sie sind gar kein richtiger Bauer.

Hier können wir nicht bleiben. Besser wir gehen ins Nebenabteil, aber die Tür schließt nicht richtig, daher bleiben die Stiefel des Bauern im Spalt sichtbar. Wir könnten höchstens noch in die Toilette (wo die Schwellen aus dem Becken heulen). Nein, flüstert sie, das geht nicht, was sollen die Leute denken. Wir wollen es nicht zu weit treiben.

Ried. Der Zug hält, auf der Böschung weht das Gras heftig im Wind. Es ist günstiger, wenn Sie hier aussteigen, erklärt der Bauer nebenan, von hier aus ist es auch nicht weiter. – Meinen Sie? fragt die Frau. – Aber sicher, auf den Zug ist nie Verlaß, mal bleibt er stundenlang stehen, mal fährt er einfach durch. Die Bauersfrau nimmt ihren Korb (man hört den Deckel zufallen), steigt aus, wirft die Tür hinter sich zu, Kraft hat sie. Ich beobachte, wie sie in ihrem Taftrock über die Bahngleise hüpft, der Wind schlägt ihr den Rock zwischen die Beine und enthüllt eine Leibstellung (durch

Klopfen an die Fensterscheibe versucht man, sie darauf aufmerksam zu machen), als sie auf die Böschung steigt, werden orangefarbene Strümpfe sichtbar ...

Wir fahren wieder. Jetzt kommt Finowfurt, äußert der Bauer im Nebenabteil, da müssen wir achtgeben, daß wir rechtzeitig rauskommen. – Na, meinetwegen. – Du hast wohl auch nicht gelernt, wie man anständig antwortet? – Wenn schon, sagt der Fahrschüler. Er sitzt so, daß er durch den Türspalt auf Judiths Beine sehen kann, mir ist das unangenehm, sie trägt keine Strümpfe, siehst du, ganz glatt, wie Honig. Und nun streckt er sogar heimlich die Zunge heraus – gleich kommt Finowfurt –, er macht das ganz geschickt, öffnet nur den Mund, und da, zwischen den Zähnen, hängt die Zunge.

Finowfurt, ruft der Bauer. Der Zug beginnt zu bremsen (das sandige Bremsen der Lokalzüge).

Schnell raus, ruft der Bauer.

Ich schlage, während sie nebenan polternd das Abteil verlassen, die Tür zu, draußen drängen sie sich, versuchen, aneinander vorbeizukommen, laufen alle auf die Sperre zu. Finowfurt ist einer der Orte, wie man sie in der Nähe von Braunkohlenbergwerken findet: wenig Grün, übergroße Schuppen, Lauframpen. Ich stehe mit dem Rücken zum Fenster und habe deshalb nicht gesehen, ob nebenan wieder jemand einstieg; allerdings ist mir ein wiederholtes Klappen erinnerlich, so als ob die Außentür aufschnappte, einschnappte oder wieder aufschnappte. Nun gut.

Wir fahren. Ich habe meinen Arm um dich gelegt. Ausruhen über dem Hacken der Räder. Draußen ziehen Schutthalden vorbei. Wasserspeicher, gebogene Lichtmasten. Du bist müde, du schläfst. In diesem Gehäuse, auf dieser klappernden Bank. Ich streiche deinen Rock zurecht, hebe dich auch ein wenig in der Taille an, damit dein Schlaf leicht ist und die Bank angenehm.

Draußen wandern Plateaus von Schutt und Schlacke vorbei. Wir poltern kurz über einige Weichen. Ein Gleisgelände, immer ein Gleis am andern, ganz hinten bemerke ich die großen Bögen einer Brücke. Ich freue mich, daß sich letztlich doch alles zum Guten gewendet hat. Hebe Judith etwas an, hebe ihren süßen Arm, ihre Schultern, hebe ihre süßen Hüften. An der Abteilwand, mir gerade gegenüber, hängt das Gildehaus von Antwerpen. Daneben ein zweites Bild: Mühle im Schwarzwald. Gleich werde ich einschlafen, viel fehlt nicht mehr. – Und dann, auf offener Strecke, soeben glaubte ich, ein Gebäude mit einer großen aufgemalten Zehn gesehen zu haben – fährt der Zug wieder ganz langsam, als ob er anhalten wollte. Ein Streckenwärterhaus. Bäume, in denen der Rauch der Lokomotive hängt, sorgfältig umwickelte Stämme, beringt und gespritzt. Es sind Obstbäume: ein Apfelbaum, nicht sehr groß, und drei oder vier Pflaumenbäume, wenn ich mich nicht irre. Der Spinat auf den Beeten ist geschwärzt, das Bohnenkraut, der Endiviensalat, die Zwiebeln. Alles schwarz vom Rauch der Lokomotiven im Garten des Streckenwärters. Und wenn die großen Fernzüge vorüberheulen, erzittert die Erde, zittern Rüben, Grünkohl und Spinat.

Da steht er.

Ich habe mich, um Judith nicht zu stören, nur wenig vorgebeugt, und so kann er mich kaum sehen. Er steht am anderen Ende des Gartens gegen den Zaun aus Blechteilen gelehnt – oder eigentlich, wenn ich genau sein will, lehnt er gar nicht, scheint eher daran festgehakt zu sein, ja, er rudert mit den Armen, benutzt sie aber auch nicht, um sich zu befreien, sondern arbeitet ziemlich dumm in der Luft umher. Hat er sich dort an einem Haken oder einer Zacke verfangen, oder ist er nicht bei Sinnen? Ja, tatsächlich, denke ich, als der Wagen langsam über die Weiche rumpelt, so sieht ein Mann aus, der vor lauter Schreck nicht weiß, was er tut. Und wie wir langsam passieren – was will er denn, der Streckenwärter –, wie wir diesen Zwickel, dieses Gärtchen hinter uns lassen, hat sich der Mann endlich freigemacht. Rennt über seine Kieswege zwischen den eingegrabenen Bierflaschen im Laufen fast neben meinem Fenster, so daß ich in sein Gesicht hineinsehen kann. Ruft. Was ruft er denn? Sieht maßlos erstaunt aus. Soweit man das bei diesem ausladenden Bart mit Sicherheit sagen kann. Außerdem ist sein Gesicht geschwärzt, und als er den Mund öffnet, um zu rufen, tut sich da eine rosa Spalte auf, wie bei einem Neger, ich kann kein Wort verstehen, denn die Räder klappern wieder lauter, wir fahren schneller, rosa mit einer weißlichrosa Zunge, Mensch, beruhige dich doch, sage ich. Gevatter!

Wir haben ihn hinter uns gelassen, fahren ruhig, drüben weicht der abzweigende Gleiskörper schräg von uns und blinkt stark im Licht. Irgend etwas aber stört mich jetzt: Es muß mit dem Garten zusammenhängen, und da ich nicht daraufkomme, erhebe ich mich vorsichtig – bemüht, Judith nicht aufzuwekken –, schaue nach rückwärts, wo sich der Rauch zwischen den Gleisen lagert – und ja: da steht der Streckenwärter, ich muß an mich halten, um nicht zu lachen (damit Judith nicht aufwacht), steht der Mann klein und einsam an seinem Zäunchen aus Blech, hat wohl gerade eine Lampe gefunden und bewegt diese wie irrsinnig im Kreis. Immer herum und herum. Ich lache laut auf, und Judith sagt: Nun lach doch nicht. Nein, nein, schlaf nur, warte, ich werde dich stützen, und ich setze mich wieder hin, hebe ihre süßen Hüften an, ihr Kinn, streiche über ihren Rock. Bitte David, sagt sie, nein, nein, sag ich, schlaf du nur, ruh' dich aus, ja, murmelt sie und kauert sich in meinen Arm, und ihr Nacken steht wie eine Scheibe Honig vor meinem Gesicht. So ist das also. Draußen Disteln und Steine, eine weite braune Geröllfläche, die sich langsam dreht; und vorn, nicht mehr so sehr weit entfernt, steht die alte Eisenbahnbrücke, in der Mitte abgerissen (eingestürzt? – ja, vor vier Jahren), wie eine gewaltige Sprungschanze. Und sie dreht sich ebenfalls, sehr langsam – der Zug beschreibt einen Bogen –, und als ich einen Augenblick lang Judiths Rock betrachtet habe und danach wieder hinausblicke, haben sich die Proportionen bereits verschoben: Die Brücke ist jetzt halb von vorn sichtbar – ein gedrängter Klotz aus Stahlträgern – und verschiebt sich in Fahrtrichtung.

In diesem Augenblick klopft es an die Wand des Abteils. Es mag ungefähr beim Streckenhaus Nr. 11 gewesen sein, einem turmartigen Steingebäude mit einer großen verwitterten Elf an der Vorderseite – was soll ich sagen, ich bin ungeheuer erschrocken. Ich sitze auf meinem Platz, habe den Kopf an die Rückwand gelehnt, plötzlich klopft es dicht neben meinem Ohr. Hart und schnell. Erst drei- und viermal, und gleich darauf gut ein dutzendmal, als ob jemand sich durch die Wand hindurch verständigen wollte, und anscheinend benutzt er seinen Schuh dazu.

Ich springe sofort auf – wobei ich Judith aber noch weiterhin mit einer Hand stütze, damit sie nicht zur Seite sinkt –, springe auf, um nachzusehen, wer sich da im Nebenabteil einen solchen Scherz erlaubt. Jedoch als ich die Tür öffnen will, muß ich zu meinem Erstaunen feststellen, daß sie jetzt abgeschlossen oder von der anderen Seite her verriegelt ist.

Was soll das heißen?

Mir fällt zudem ein, was mit dem Garten nicht in Ordnung war: Er hat links gelegen!

Das ist aber nicht möglich.

Ich weiß es ganz genau, und ich irre mich auch nicht in der Fahrtrichtung: Damals saß ich so wie jetzt in der Fensterecke (aber ja!), und der Garten lag auf der linken Seite. – Also müßte er jetzt, da wir in der entgegengesetzten Richtung fahren, rechts liegen.

Er lag aber links – –.

Vorsichtshalber, da ich nicht weiß, was im Nebenabteil los ist, klopfe ich beruhigend ein paarmal leise mit der flachen Hand gegen die Holzwand. Es bleibt danach still. Ich blicke aus dem Fenster (die Brücke ist nicht mehr sichtbar), stütze Judith mit meinem Arm, sie lehnt sich dagegen, ihr Mund ist halb offen, und in den Mundwinkeln hat sich ein wenig Speichel gesammelt. Schläfst du? frage ich. Nein, sagt sie schwerfällig. Schlaf nur, sage ich, laß dich nicht stören. Ich küsse sie, ziehe ihr den Rock über die Knie, und es ist, als wäre es mein eigenes Bein, als ich die Hand dort liegen lasse. Jaja, sagt sie. Schlafen, sage ich.

Und da sieht er zum Fenster herein.

Ich habe immer gedacht, daß ich die Sache geträumt habe; aber nein: Ich sitze mit Judith im Abteil, die Wände sind aus Holz, mattbraun. Es ist warm. Ich sitze bei Judith, und jemand klopft, und ich beachte es nicht, lege die Hand (Judith ist immer noch leibhaftig anwesend) auf ihre Schenkel. Sie sagt jaja. Und ihr Leib ist warm. Im hölzernen Abteil.

Da sieht jemand herein, stellen Sie sich vor, ich merke, daß uns jemand beobachtet.

Natürlich kann niemand draußen stehen, das geht nicht, denn hinter dem Fenster liegt eine rasende Landschaft, und dennoch – sehen Sie – schaut er herein. Sein Gesicht schiebt sich von der Seite her vor die Scheibe, er beugt sich vom Nebenabteil herüber (anders ist es ja nicht möglich), käsebleich, die Augen weit aufgerissen, wie Löcher, der Mund ebenfalls ein Loch, laut rufend.

Ich habe dich vor Schreck losgelassen, und da ich aufspringe und dir damit den Halt nehme, wärst du fast von der Bank gefallen. Judith, rufe ich aus, sieh doch, wer da ist! Und der Fahrschüler bewegt draußen vor der Glasscheibe den Mund, sein Haar flattert wie eine braune Fahne.

Ich ziehe das Fenster herunter – ich schreie: Was wollen Sie denn. Aber der Fahrtwind reißt mir die Worte vom Mund.

«Und was geschieht dann?» fragt Judith.

Dann ist der Fahrschüler plötzlich verschwunden, eben noch stand sein Gesicht vor mir, gleich darauf ist es weg. Nur die braune Fahne flattert noch einen Augenblick seitlich an der Zugwand, dann ist auch sie fort. Der Verfluchte, denke ich und meine wirklich: Verflucht.

«Warum verflucht?» fragt Judith.

«Weil er unnötigerweise überall auftaucht», sage ich. – Aber hör zu: Ich stehe noch unschlüssig und verärgert am offenen Fenster, da rauscht plötzlich ein Stahlpfeiler vorbei. Einer und gleich noch einer. Große verrostete Streben, etwas geneigt, paarweise immer zwei und zwei, wie die Rippen eines riesigen schlagenden Fächers, und so nahe, daß es mich fast ins Abteil zurückwirft. Einszwei, einszwei. Sie sind mit einer stacheligen Haut bedeckt, mit Rostblasen und Schründen. Muscheln und Krebsen. Wie die Haut eines Urtieres. Na na! Doch, es läßt sich anders nicht ausdrücken.

Da hätte es mich beinahe umgeworfen.

Ich denke: Was hat er denn gewollt, der Fahrschüler? Und die Pfeiler fliegen vorbei. An einigen kleben noch Betonbrocken, von unten schauen ein paar umgekippte Loren durch das Gestänge, ein schmales Gleis, auf dem die Loren sitzen, sehr tief unten. Man kann in eine Wellblechhütte sehen, weil das Dach fehlt, man kann sogar, obwohl klitzeklein, das Waschbecken sehen, und diese dunkle Ecke da war ohne Zweifel der Abtritt; die mit Teerpappe ausgelegte Rinne führt nur noch Regenwasser. So ungefähr meine Beobachtungen, während die Pfeiler rauschend, paarweise ...

Ich würde sagen: die Schwingen ...

Ach was. Ich stehe in diesem Abteil, und Judith ist noch immer leibhaftig anwesend. Ich trage einen sandfarbenen Anzug und eine dunkle Krawatte, und wo eben noch Rattern war, ist jetzt ein Schweben. Ist eben ein Schweben. Und die Pfeiler rauschen nicht mehr, wir schweben und fallen, oder vielmehr: Man hat das Gefühl, als ob es über eine Weiche ginge, etwas holprig zu Beginn, danach aber weich und gleitend, unglaublich rapide, so daß mir die Krawatte waagrecht vor der Brust steht.

«Schade», sagt Judith, «daß es so ausgehen mußte.» Schade.

Aber wieso? Ich kann keinen Schimmer von Tragik darin entdecken. Außerdem handelt es sich um Sekunden. Einundzwanzig, zweiundzwanzig ... Mit einem Blick läßt sich die Lage übersehen – man glaubt gar nicht, wie wunderbar schnell so etwas zu erfassen ist –, unten stehen abgebrochene Stahlträger in regelmäßigen Abständen nebeneinander, wie die Pfeiler einer Halle, in die man von oben hineinsehen kann. Man wundert sich höchstens, warum der Zug ausgerechnet über eine Halle fährt. – Sogar eine alte Seilwinde oder Trommel, oder wie man das nennt, kann ich entdecken, und wenn mich nicht alles täuscht, lautet der Firmenname Jentz oder Lentz. Der erste Buchstabe ist auf der Trommel verdeckt. Wie willst du das so schnell erfassen, im Moment der Ewigkeit. – Erlaube mal, sage ich, in einem solchen Moment kommt es auf jede Einzelheit an, ich könnte sogar angeben, welche Gedankenverbindungen mit dem Namen Lentz kommen: Schweidnitz, Schulferien, Kaufmann Lentz an der Ecke, etwa hundert Meter von unserem Haus entfernt – und ich könnte bestimmen, in welchem Verhältnis diese hundert Meter zu meiner damaligen Körpergröße standen (ich war fünf Jahre alt), fernerhin zu meinem Zeitempfinden (hundert Meter sind eine halbe Stunde), die Welt reicht bis zum Schützenplatz, und ich bin in der Lage, aus den tausend Tagen den einen herauszufinden, an dem ich dunkelrote Samthosen trug – der Junge sieht immer so proper aus –, ein warmer Tag, das Pflaster war heiß, und bei Kaufmann Lentz gab es für zehn Pfennig Sahnebonbon, bei Frau Wrigge ein Schreibheft zu fünf, bei Frehbohm Amerikaner ...

«Aber das hört ja gar nicht auf», sagt Judith, sie geht bedrückt neben mir her.

«Natürlich», sage ich, «es ist uferlos, nirgends ein Ende abzusehen, denn wie soll man sich jemals ein Ende vorstellen.»

Es ist hell geworden.

Zwischenzeitlich haben sich eine Menge Reisende angesammelt, meist einfache Leute, die zum Braunkohlenrevier fahren, aber auch ein paar fein gekleidete Herren, Vertreter, Obsteinkäufer. Der Zug läuft ein, und ich fasse Judith bei der Hand: Wir treten von der Bahnsteigkante zurück, warten, daß die Leute einsteigen, gehen schließlich, als alle eingestiegen sind, den Bahnsteig ganz hinunter, damit wir nicht wieder mit Koffer durch die Halle müssen. Es ist noch früh, wir können uns Zeit lassen.

Wohl eine Stunde lang sind wir zur Stadt zurückgewandert, sehr langsam durch die Felder, haben das Ausfahren des Zuges beobachtet (die Fenster klirrten in der Morgenluft), haben in der Erfrischungsbude jeder eine Flasche Zitronensprudel getrunken und jeder ein paar Würstchen mit Senf gegessen. Dann kaufte ich Judith eine Tüte Bonbon zu dreißig, saß lange Zeit mit ihr auf der Böschung, von wo man einen Überblick über die ganze Stadt und alle zuführenden Wege genießt.

Jetzt ist es warm geworden. Die Sonne steht schon hoch und unterlegt alle Mauervorsprünge mit schwarzen Schatten, so daß sich die Einzelheiten scharf darstellen; zum Beispiel wird jetzt deutlich, daß die Zigarettendame keineswegs über eine glatte Mauerpartie gemalt ist, sondern zwei- oder dreimal durch Kaminzüge zerschnitten wird. – Wir gehen den Weg hinauf. Ich trage den Koffer. Judith mein Jackett. In Bäcker Frehbohms Laden herrscht wie üblich um diese Zeit Hochbetrieb. Plätterei Segenau, Jörß' Stehbier mit dem flauen Vormittagsgeruch vor der Tür, Kaufmann Ahlers, Rechtsanwalt Maurau. Ich fühle mich zwar ziemlich übernächtigt, mit weichen Knien und Spinnweben, dennoch bin ich keineswegs müde. Bei vollem Tageslicht erscheint der Anstrich der oberen Stockwerke eher ocker als gelb, ich drücke den Klingelknopf, aber das ist gar nicht nötig, denn die Tür ist nur angelehnt.

Wie hätte es anders ausgehen sollen – ich glaube nicht, daß dies sehr überrascht: Das Treppenhaus ist im Vergleich zur Straße auffällig kühl, im Warteraum sitzt niemand, und da die große bemalte Fensterscheibe fehlt, wird der Raum von einem harten Licht ausgefüllt, das ungewohnt an diesem Platz ist. Wir betreten Jonassers Arbeitszimmer. Auch hier hartes weißes Licht. Auf dem Schreibtisch steht ein Glas Wasser, das von der Nacht her Luftbläschen angesammelt hat. Übrigens kann man von hier aus Madam Schinski im Bett liegen sehen; ihr Fenster befindet sich gerade gegenüber. – Zunächst haben wir den Wunsch, Kaffee zu trinken: Frau Starke soll kommen. Frau Starke ist die Wäscherin – ihren Namen kannte ich bis zu diesem Augenblick auch noch nicht –, sie hockt auf einem Stuhl im Flur und flennt. Ich sage:

«Nanu, Frau Starke, was sitzen Sie denn hier? Machen Sie uns doch mal einen Kaffee?»

Sie nimmt den Rock hoch und wischt sich mit dem Zipfel übers Gesicht.

«Aber, aber!» sage ich, «was weinen Sie denn?»

Sie latscht in die Küche und macht uns einen starken Kaffee, oder wenigstens ist er ganz gut und heiß.

«Nun mal raus mit der Sprache», sage ich – wir sitzen am Arbeitstisch und trinken aus Jonassers Tassen, Frau Starke steht aufmerksam daneben –, «also was gibt es», muntere ich sie auf, «Sie sind ja richtig schwer vor Kummer.»

Das versteht sie natürlich nicht.

«Der Herr Jonasser –», sagt sie.

Ich bin vollkommen im Bilde.

«Ist er weg?»

«Abgereist», sagt sie und flennt vor sich hin, ich kann mir schon denken, warum; aber das hätte sie sich eben vorher überlegen sollen.

«Na, Mädchen», beruhige ich sie, «vorerst kann ich noch keine Tragik darin erblicken.» Das versteht sie wieder nicht.

«Er hat kaum was gepackt», sagt sie, «kaum hat'r was gepackt. Nur'n paar Hemd'n und die Zahnbirste.» Sie flennt wieder stärker.

Drüben ist Madam Schinski aufgewacht, regt sich, sieht mich über den Hof hinweg an. Ich habe eigentlich das Gefühl, daß sie stark kurzsichtig ist: Man denkt, sie sähe einen an, in Wirklichkeit schaut sie aber nur über den Hof.

«Liebe Frau Starke», sage ich, «nun beruhigen Sie sich doch.» Kann mir aber schon denken, worum es sich handelt.

«Der Zug ist verunglickt», weint sie laut, «heit' um neine beim Frehbohm, als ich die Breetchen hole, da sagen alle, der Zug ist verunglickt in der Friehe.»

Wie hätte es anders ausgehen sollen.

«Dann ha-haben sie gesagt, bei der Bricke ist er verunglickt.»

Ich wiederhole für mich: Der Frühzug um fünf verunglückte an der Brücke.

«Ja, um finfe», sagt die Wäscherin erstickt.

Ich sehe Judith an und bemerke, daß sie blaß geworden ist.

«Na, haben sie ihn denn gefunden?», forsche ich weiter, «war er denn im Zug?»

«Ahhhh», heult die Wäscherin.

Es überrascht einen kaum.

Der Zug fährt.

Flaches Land, spärliches Gras, Steine, Flechten. Manchmal kreuzt ein Graben. Dann wieder Geröll, zerrupfte Büsche. Das Land dreht sich wie eine endlose Scheibe.

Ich glaube, es zu sehen – ja –, eine völlig reizlose Gegend, gar nicht aufregend, ein paar Sandlöcher, Klee, Brennessel, Lattich. Nichts Heroisches. Möglich, daß die Landschaft sich mit der Zeit verändert, trockener wird und karger. Jonasser mag eingeschlafen sein, hat die Schuhe ausgezogen, die Beine auf die Bank gelegt, ist im Schlaf über eine Weiche gefahren. Und als er aus dem Schlaf fällt (es ist der rasende Sturz ins Erwachen), sitzt er in seinem Abteil, und draußen vor dem Fenster hat sich das Land nur wenig verändert. Der Zug fährt sehr langsam.

Lange Zeit.

Der Himmel bezogen, die Sonne kaum sichtbar, breitet sich als unbestimmter greller Fleck in halber Höhe aus, hat allen Schatten aufgesaugt. Jetzt wird Jonasser denken: Mein Gott, fährt dieser Zug langsam, welch eine Bummelei. Und er hat recht. Der Zug fährt erbärmlich langsam, er bleibt endlich ganz stehen.

Da steht er. Jonasser lehnt sich aus dem Fenster, blickt an der langen Wagenreihe entlang nach vorn, kann keine Station entdecken, kein Signal.

Wie lange soll denn das dauern, sagt er.

Er sagt es laut in das Gelände hinein.

Wartet. Sieht in das Nebenabteil, das leer ist. Der Sand rieselt draußen an den Gräsern entlang. Das nächste Abteil ist auch leer und das übernächste, die Abteile sind nicht besetzt. – Das erscheint ihm merkwürdig.

Er springt vom Trittbrett, das unerwartet hoch über dem Bahndamm hängt, hinab auf den Schotter und geht ein Stück nach vorn zu. Wartet. Läuft ziemlich aufgebracht weiter zur Lokomotive, die kaum unter Dampf steht (er ist zwar kein Fachmann), und als er näher kommt, sieht es so aus, als ob sie überhaupt nicht in Betrieb wäre ...

Was gibt es denn, ruft er, warum fahren wir nicht? – Steht auf dem Schotter und blickt hinauf zum Führerhäuschen.

Ehrfürchtig, ja, ich meine, Jonasser mag ehrfürchtig hinaufgeblickt haben, weil diese schwarze Kanzel einen besonderen Bereich darstellt mit ihren Eisentüren und öligen Leitern.

Hallo Zugführer, ruft er. – – Faßt die Leiter an und steigt vorsichtig nach oben. Gewaffelter Eisenboden.

Hallo, Herr Zugführer, sagt er leise.

Danach läuft er ganz nach vorn zur Stirn der Lokomotive und blickt die Strecke entlang, die sich schnurgerade in der Ferne verliert. Er blickt nach hinten, steigt über das Gleis auf die andere Seite. Steht auf dem Bahndamm und ruft Hallo! Und Heeh! Und seine Stimme wird ihm schmetternd in den Ohren klingen.

Er gibt aber nicht auf.

Denn er weiß noch nicht, wie unendlich viel Zeit er hat. Vorerst geht er noch eilig von Abteil zu Abteil, in jeden Abort, auch in den Packwagen und das Dienstabteil. Im zweiten Wagen findet er im Gepäcknetz eine einsame Handtasche, im vierten Wagen vielleicht einen dunkelgrauen Lodenmantel. Außerdem mehrere leere Bierflaschen und eine fast leere Packung Leibnizkeks.

Im letzten Wagen findet er einen Koffer mit sorgsam entfernter Anschrift, und es ist erst der Anblick seines Eigentums, der ihm Entsetzen einflößt. Das qualmgelbe Kunstleder, der schwarze Handgriff. Entsetzen? Doch nicht einmal das.

Wenn er einen Schritt geht, knirscht der Schotter übermäßig laut. Dazwischen Schweigen, Knirschen, Schweigen. Wie ein dröhnendes Gewölbe. Der Wind bewegt die Sandkörner, ein Batzen trockener Grashalme rollt am Bahndamm entlang, bleibt liegen, rollt ein Stück. Aus. Jonasser geht ein paar Schritte über den Sand, bleibt stehen. Aus. Dreht sich um. Begibt sich nach vorn, legt die Hand an den Bauch der Lokomotive (nie zuvor hat er eine Lokomotive angefaßt), das Eisen ist noch lauwarm, er horcht: Es knackt manchmal, die Eisenteile ziehen sich zusammen. Er geht nach hinten, steigt in sein Abteil und hier, beim Anblick seines Gepäcks …

Nein.

Geht nach vorn. Geht nach hinten. Und beim Anblick seines Gepäcks …

Wie könnte man sich je ein Ende vorstellen?

«Na, und der andere, der Gimlet», forsche ich weiter, «ist der auch mitgefahren?»

Schweigen, Sandkörner, der Zug steht steif auf dem Gleis.

«Ja der», sagt die Wäscherin äußerst verächtlich, «der auch, der mußte ja unbedingt mit.»

Es überrascht einen kaum.

Offiziell wird das Unglück dann am Abend bestätigt, als es groß auf der ersten Seite erscheint.

Ich hatte den Tag genutzt, ein paar grundsätzliche Dinge zu entscheiden. Zum Beispiel möchte ich das Hotel geöffnet lassen, allerdings ohne Küche – den Servierkellner möchte ich in die Rezeption setzen, wo er dann in seinem schwarzen Aufzug eine gute Figur machen kann. Der Badebetrieb dagegen wird vorerst eingestellt, das ist sicher, vielleicht daß man ihn später einmal unter neuer Regie, mit meinen Leuten, wieder aufnimmt, wenigstens schwebt mir da etwas vor. Kuhnwalt habe ich auch im Auge.

Kuhnwalt übrigens ist bereits mit dem Koffer unterwegs zum Bahnhof gewesen, zeigte sich anfangs sehr mißtrauisch. Madam Schinski bleibt im Hotel, das möchte ich so haben. Und die kleine Judith steht sowieso ganz auf meiner Seite, sie sagt: Die Leute schwören auf dich. Du mit deinen Anlagen.

Wir wollen uns aber nichts vormachen.

Am Abend schiebt sie mir fast beiläufig den «Volksanzeiger» über den Tisch. Ich weiß, habe ich schon gelesen.

Menschliches Versagen?

... ereignete sich ein folgenschweres Zugunglück, als der Lokalzug 7:15 nach Kremmen aus bisher ungeklärter Ursache ... nach bisher unbestätigten Angaben beläuft sich die Anzahl der Todesopfer auf ... wie kurz vor Redaktionsschluß zu erfahren war, befand sich auch der Leiter des hiesigen Badehaus II Dr. F.C. Jonasser sowie sein Assistent Dr. Gimlet ... die Redaktion drückt hiermit allen Angehörigen ihre aufrichtige Anteilnahme aus.

Der man sich nur anschließen kann.

«Wie aber», rufe ich aus, «ist es möglich, man höre sich das an!» ich kann nicht umhin, beim Lesen mit der Hand aufs Blatt zu schlagen, «es ist so typisch für unsere Zeit», während Judith fragend von ihrer Teetasse aufblickt, «sie besteht nur noch aus Zeitungsenten. Bei aller Tragik, die hier zweifellos besteht, die beiden h a t t e n doch gar keinen Doktor!»

Nie gehabt.

5

Oh, ich habe noch etwas nachzutragen. Stellen Sie sich einen hellen Morgen im Juli vor. Ich sitze mit Judith beim Frühstück im Arbeitszimmer. Sehen Sie es richtig: Sonnenreflexe auf dem Fußboden, Judith trägt ein entzückendes Spitzengewölk, ich selbst einen von Jonassers bordeauxroten Morgenmänteln, die mir so gut stehen.

Als ich eben mein Frühstücksei verzehrt habe, tritt Frau Starke, die Hedwig, die sich inzwischen als tüchtige Hilfskraft erwiesen hat, mit dem Tablett ein und knickst.

«Na», sage ich, «was gibt's denn Schönes?»

Sie schämt sich etwas und dreht die Ellenbogen nach vorn, so daß die Grübchen erscheinen.

«Draußen ist 'ne Auffahrt», sagt sie endlich.

Fest steht, daß dieses Mädchen gar nicht so dumm ist, man muß ihr nur Zeit lassen. Ich frage freundlich.

«Ja – und was ist das für eine Auffahrt?»

«Draußen bei Nummer zweiundfuffzig. Über die Straße.»

«Gut», sage ich, «und was ist über die Straße?» Ich bin nicht so ganz bei der Sache, weil soeben Madam Schinski in den Hof schaut. Jetzt steht sie auf.

«Da dachte ich», sagt Frau Starke, «Sie möchten das vielleicht sehen. Die warten da schon seit 'ner Stunde. Alle in Gala, und der junge Herr kommt auch jeden Augenblick.»

Mir ist durchaus geläufig, worum es sich handelt; genauer gesagt, schon seit vier oder fünf Tagen weiß ich, daß sein Sohn zurückgekommen ist: Der alte Narr lief wie ein Huhn in der ganzen Straße umher und erzählte es jedem, der es wissen wollte oder nicht. Einmal habe ich den jungen Menschen flüchtig gesehen, als ich eine Besorgung machte, ein nichtssagendes blasses Bürschchen, ziemlich mitgenommen, meinem Eindruck nach. Ich kann nicht behaupten, daß er sonderlich sympathisch auf mich wirkte; trotzdem möchte ich gerne wissen, wie das weitergehen soll, begebe mich deshalb ins Vorderzimmer, von wo aus man die Vorgänge auf der Straße gut verfolgen kann. Weiß natürlich jetzt schon, daß das Ganze eine Farce werden wird: Der verlorene Sohn als Volksstück.

Gegenüber hat sich eine Menschenmenge angesammelt. Man bringt Hochrufe aus. Sogar eine lächerliche Fahne haben sie am Portal hochgezogen. Jetzt tritt der Vater (in Gala) heraus, ein Mickermännchen mit scharfen vogelartigen Gesichtszügen, großer Geizhals, der durch sein jetziges Gebaren besonders possierlich wirkt. Nun, mich regt das alles nicht sonderlich auf.

Das Söhnchen erscheint vor der Tür, in hechtgrauem Anzug aus bestem Material, dumm natürlich und sehr sicher. Weinrote Krawatte. Klar. Handschuhe, Wäsche, Strümpfe, alles vom Besten. Und ich möchte wetten, daß in seiner Brusttasche ein größerer Schein steckt, extra für diesen Tag vom Vater spendiert. Wenn Sie mich fragen, ich würde mit dem Bürschchen nicht soviel Theater machen. Man sieht ja auf den ersten Blick, was für ein Gewächs das ist, und ich möchte mal wissen, wo der überhaupt so plötzlich hergekommen ist.

Inzwischen hat er die Glückwünsche entgegengenommen, ich kann leider nicht verstehen, was er sagt, er hat gewinkt, zieht sich jetzt die Handschuhe an und besteigt den Wagen, der lang und schwarzglänzend wie aus Lackleder gefertigt vor der Tür steht. Der Vater sitzt zur Linken, vorn der Chauffeur, man fährt los, um die Grundstücke in der Großoststraße zu besichtigen, die Wagenfabrik und die Geschäftsräume am östlichen Stadtrand. Es gelingt dem Kerl sogar, einen gewissen Benimm zu zeigen, ein gewisses Air, so daß man sagt: Aber wirklich, wie der Vater, als er noch jung war. Völlig absurd, da von Ähnlichkeit keine Rede sein kann. Aber so etwas gefällt den Leuten: Er küßt der Frau des Geschäftsführers länger als nötig die Hand und sucht schon nach den ersten vierzehn Tagen Damen für lebende Bilder anläßlich eines Wohltätigkeitsballes aus. Ist der geborene Charmeur. Faßt morgens dem erstaunten Mädchen, das ihm den Kaffee bringt (und bald mehr bringen wird), um die Taille. Zeigt einen Medizinbeutel mit Jaguarzähnen und geflochtenen Menschenhaaren vor, der das Interesse des Mädchens erregt. Droht andererseits ein wenig. Wie man das so macht. Aber der Vater liebt ihn, der alte Ziegenbart, gebärdet sich geradezu läppisch vor lauter Liebe, flattert durchs Haus wie eine Henne, läßt alles Erdenkliche herbeischaffen, Konserven, extra süße Zigaretten aus London, nur um den Sprößling zufriedenzustellen. Er richtet ihm ein Schlafzimmer ein und einen Salon, nach vorne hinaus. Ja, vormittags läuft er doch tatsächlich auf Strümpfen herum, bloß um den Sohn nicht aufzuwecken. Die reinste Afferei …

Aber glauben Sie nicht, daß mich das zweifeln ließe.

Nein.

Allenfalls manchmal,

wenn es regnet, wenn ich am Schreibtisch sitze und auf die Pfützen im Hof blicke, kommt mir der Gedanke, den alten Haferkorn letzten Endes doch verfehlt zu haben. Man weiß nie so recht.

Ernst Augustin bei C. H. Beck

Mahmud der Bastard. Roman
365 Seiten. München 2003
(zuerst erschienen 1995)

Die Schule der Nackten. Roman
255 Seiten. München 2003

Raumlicht: Der Fall Evelyne B. Roman
349 Seiten. München 2004
(zuerst erschienen 1976)

Der Künzler am Werk. Eine Menagerie
215 Seiten. München 2004

Eastend. Roman
328 Seiten. München 2005
(zuerst erschienen 1982)

Der amerikanische Traum. Roman
269 Seiten. München 2006

Literatur bei C. H. Beck

SAID
Das Rot lächelt, das Blau schweigt.
Geschichten über Bilder
Etwa 112 Seiten mit etwa 44 farbigen
Abbildungen. München 2006

Nico Bleutge
Klare Konturen. Gedichte
Etwa 80 Seiten. München 2006

Iso Camartin
Bin ich Europäer? Eine Tauglichkeitsprüfung
128 Seiten. München 2006